L'ENFANT QUI NE PLEURAIT PAS

Torey L. Hayden

L'ENFANT QUI NE PLEURAIT PAS

Traduit de l'américain
par Anne Laflaquière

FRANCE LOISIRS
123, boulevard de Grenelle, Paris

Édition du Club France Loisirs, Paris
avec l'autorisation des Éditions Balland.

ISBN 2-7242-1676-8

A Sheila R., bien sûr

On me demande sans cesse
quel est ce poème qui décore
le mur de mon bureau.
Il me semble juste que l'on connaisse
l'enfant qui l'a composé.
Et j'espère seulement avoir eu
la moitié de son talent
pour écrire ce livre.

Prologue

Je travaille avec des enfants caractériels pratiquement depuis le début de mes études. A la rentrée de ma première année d'université, j'avais choisi en option l'étude des enfants déficients d'âge préscolaire. Dès lors, je me suis passionnée pour les divers aspects, complexes et troublants, de la maladie mentale infantile. J'ai, depuis, obtenu trois diplômes, enseigné pendant plusieurs années en tant qu'aide scolaire, institutrice spécialisée, chargée de cours à l'université ; j'ai entrepris des recherches en psychiatrie, vécu dans cinq Etats des Etats-Unis, et travaillé dans des hôpitaux de jour privés, des écoles publiques, des asiles psychiatriques et des institutions d'Etat, en m'efforçant toujours de chercher l'insaisissable réponse à l'énigme de ces enfants, la clé magique qui les ouvrirait enfin à mon entendement. Pourtant, je sais depuis longtemps qu'il n'y a pas de clés, et que pour certains enfants, même l'amour ne suffira jamais. Mais la foi en l'âme humaine échappe à la raison et défie les frêles certitudes de notre savoir.

On me pose de nombreuses questions sur mon travail. Celle qui revient le plus souvent est sans doute : N'est-ce pas frustrant ? N'est-ce pas frustrant, demandent les étudiants, de côtoyer jour après jour la violence, la misère, la drogue et l'alcoolisme, l'agression physique et sexuelle, la négligence et l'apathie ? N'est-ce pas frustrant, demande le professeur de classes normales, de travailler si dur pour obtenir si peu en retour ? N'est-ce pas frustrant, demandent-ils tous, de savoir que votre plus grande réussite ne sera probablement jamais plus qu'une approximation de la normalité ; de savoir que ces tout petits enfants sont condamnés à une vie qui, selon nos critères, ne sera jamais productive, responsable, ou seulement ordinaire ? N'est-ce pas frustrant ?

Non. Non, pas vraiment. Ce sont simplement des enfants, décevants parfois, comme tous les enfants. Mais ils sont aussi d'une tendresse extrême et d'une sensibilité obsédante au monde qui les entoure. La folie seule semble autoriser à exprimer la vérité nue.

Mais ces enfants sont plus encore. Ils sont courageux. Tandis que nous écoutons aux nouvelles du soir les péripéties et les conquêtes de quelque front militaire lointain, nous ignorons les tragédies très réelles qui se jouent parmi nous. Et c'est regrettable, car nous verrions ici une bravoure que rien ne surpasse. Certains de ces enfants vivent avec de tels cauchemars hallucinés dans leur tête que le moindre geste est chargé de terreur inconnue. Certains vivent dans une violence et une perversité que les mots sont impuissants à dire. Certains vivent sans la dignité que l'on accorde aux animaux. Certains vivent sans amour. Certains sans espoir. Pourtant ils supportent. Et généralement ils acceptent, ne sachant comment faire autrement.

Ce livre ne raconte l'histoire que d'un seul de ces enfants. Son but n'est pas de susciter la pitié. Ni de louer le travail d'une enseignante. Ni d'attrister ceux qui ont trouvé la paix en refusant de savoir. Ce récit est une réponse à la question de la frustration inhérente au travail psychiatrique. C'est un hommage à l'âme humaine, car cette petite fille est pareille à tous mes autres enfants. Pareille à nous tous. Elle est une survivante.

1.

J'aurais dû m'en douter.

C'était un article très court, juste quelques paragraphes coincés en page six sous les bandes dessinées. Il parlait d'une petite fille de six ans qui avait kidnappé un enfant du quartier. Par cette froide soirée de novembre, elle avait emmené le gamin de trois ans, l'avait attaché à un arbre d'un bosquet voisin puis avait mis le feu. L'enfant était à l'hôpital, dans un état critique. La petite fille avait été appréhendée.

Je lus l'article de l'œil indifférent dont je parcourais le reste du journal, avec un vague sentiment d'indignation sur l'évolution de la société. Plus tard, au cours de la journée, il me revint en mémoire tandis que je faisais la vaisselle. Je me demandai ce que la police avait fait de la petite fille. Pouvait-on mettre une enfant de six ans en prison ? J'eus quelques visions kafkaïennes de la gamine errant dans la vieille prison sinistre de la ville. J'y pensai d'une manière anonyme, impersonnelle. Mais j'aurais dû m'en douter.

J'aurais dû me douter qu'aucun enseignant n'accepterait dans sa classe une élève ayant un tel antécédent. Qu'aucun parent ne voudrait que son enfant côtoie à l'école une fillette de ce genre. Que personne ne la laisserait se promener en liberté. J'aurais dû me douter qu'elle finirait par échouer dans ma classe.

J'étais chargée de ce qu'on appelait affectueusement dans notre secteur scolaire la « classe-poubelle ». On n'avait pas encore tenté d'intégrer les enfants « pas comme les autres » dans un cycle scolaire normal, et on les casait dans des classes spécialisées. Il y avait des classes pour les attardés mentaux, des classes pour les caractériels, pour les handicapés moteurs, pour les pré-psychotiques, pour les dyslexiques, et puis il y avait ma classe. J'avais hérité des huit dont personne ne voulait, des huit qui défiaient toute classification. C'était le dernier arrêt avant l'institution. Une classe pour jeunes déchets humains.

Le printemps précédent, je faisais office de rééducatrice psychopédagogique et m'occupais d'enfants dyslexiques et perturbés sur le plan affectif, qui fréquentaient des classes normales une partie de la journée. Cela faisait quelque temps que je travaillais dans le secteur, et je ne fus pas surprise lorsque Ed Somers, le directeur de l'Education Spécialisée, me contacta en mai pour me proposer de prendre en charge la classe-poubelle à la rentrée suivante. Il savait que j'avais de l'expérience en matière d'enfants très perturbés et que j'aimais les petits. Et que j'aimais les défis. Il ricana d'un air gêné après avoir prononcé ces paroles flatteuses, conscient de ce qu'elles avaient d'artificiel, mais il était assez désespéré pour y recourir malgré tout.

J'acceptai, non sans quelques réserves. Cependant, j'aspirais à avoir de nouveau une salle de classe et un groupe d'enfants bien à moi. Je désirais également m'éloigner d'un directeur qui m'opprimait sans le vouloir. C'était un brave homme, mais nos conceptions divergeaient. Il désapprouvait ma façon décontractée de m'habiller, le désordre de ma salle de classe et le fait que mes gosses m'appelaient par mon prénom. Il s'agissait de détails, mais qui devinrent, comme souvent dans ces cas-là, des points très douloureux. Je savais que si je faisais à Ed la faveur de prendre cette classe, on me pardonnerait mes jeans, ma désinvolture et ma familiarité avec les gamins. Aussi acceptai-je ce poste en toute confiance, persuadée que je surmonterais toutes les difficultés qu'impliquait ce genre de travail.

Ma belle assurance s'effondra entre la signature du contrat et la fin du premier jour de classe. Tout d'abord j'appris que je retournais dans la même école, sous l'autorité du même directeur. Après quoi je me retrouvai installée dans une salle de l'annexe, que nous partagions avec le gymnase, rien d'autre. Nous étions totalement isolés du reste de l'école. Ma salle aurait été assez grande pour des élèves plus âgés et plus calmes. Mais avec huit petits et deux adultes, plus dix pupitres, trois tables, quatre bibliothèques et un nombre invraisemblable de chaises qui semblaient s'accoupler et se multiplier pendant la nuit, la pièce était désespérément encombrée. Aussi fis-je enlever mon bureau, deux bibliothèques, un classeur, toutes les petites chaises sauf neuf, et finalement tous les pupitres. De plus, la salle était longue et étroite, avec une seule fenêtre au fond. Destinée à l'origine aux tests et aux consultations, elle était lambrissée et moquettée. J'aurais avec grand plaisir troqué tant de splendeurs contre une classe où il ne fallait pas garder les lampes allumées tout le jour et un linoléum imperméable aux liquides renversés et aux taches.

La législation de l'Etat exigeait que je sois secondée à plein temps dans mon travail, car on m'avait confié le nombre maximum d'enfants. J'espérais qu'on m'enverrait l'une des deux femmes très compétentes avec lesquelles j'avais travaillé l'année précédente, mais il n'en fut rien. Dans notre communauté, qui comptait un hôpital d'Etat, une prison d'Etat et un gigantesque bidonville de travailleurs saisonniers, la liste des assistés sociaux était impressionnante. En conséquence, les emplois non qualifiés étaient généralement réservés aux chômeurs pris en charge par les pouvoirs publics. Si je ne considérais nullement comme un emploi non qualifié le travail d'aide scolaire dans une classe comme la mienne, ce n'était pas l'avis des services sociaux, et le jour de la rentrée, je me trouvai face à un colosse, d'origine mexicaine, qui parlait plus espagnol qu'anglais. Agé de vingt-neuf ans, Anton n'avait jamais terminé ses études secondaires. Non, reconnut-il, il n'avait jamais travaillé avec des enfants. Eh bien non, il n'en avait jamais eu vraiment envie. Mais voyez-vous, expliqua-t-il, il fallait prendre le travail qu'on vous proposait, sinon on perdait les indemnités. Il posa sa carcasse gargantuesque sur l'une des minuscules chaises d'enfant, en précisant que si cela marchait bien pour lui ici, ce serait la première fois qu'il passerait tout l'hiver dans le Nord au lieu de suivre la migration des travailleurs saisonniers qui descendaient chaque année en Californie. Donc, nous étions deux. Plus tard, après que l'année scolaire eut commencé, j'héritai d'une lycéenne de quatorze ans qui consacrait chaque jour ses deux heures d'étude à travailler dans ma classe. Ainsi équipée, je fis connaissance des enfants.

Je ne me faisais aucune illusion sur ces huit gamins. J'étais dans le métier depuis trop longtemps. De plus, l'expérience m'avait appris que lorsque j'étais surprise ou choquée, ma meilleure défense consistait à ne jamais le montrer. C'était plus sûr.

Le premier qui arriva ce matin du mois d'août fut Peter. Petit Noir costaud de huit ans, coiffé d'une boule de cheveux crépus à la mode Afro, Peter avait un corps robuste qui démentait la dégradation de son état neurologique, cause de crises graves et d'un comportement de plus en plus violent. Le gamin fit irruption dans ma salle en fureur, jurant et criant. Il détestait l'école, me détestait, détestait cette classe, refusait de rester dans cette saloperie de pièce, et je n'allais pas l'y obliger.

Le suivant fut Tyler qui, à ma grande surprise, était une fille. Elle se camouflait derrière sa mère, baissant sa petite tête brune et frisée. Tyler avait également huit ans et avait déjà tenté à deux reprises de se suicider. La dernière fois, le produit de vidange qu'elle avait bu lui avait brûlé un morceau d'œsophage. Maintenant, elle avait une sonde dans la gorge et de nombreuses cicatrices témoignaient de sa maladresse.

Max et Freddie entrèrent en hurlant, chacun traîné par un parent. Max, blondinet solide de six ans, était déclaré autistique. Il se mit à pleurer, à pousser des cris rauques et à tournoyer dans la salle en tapant des mains. Sa mère s'excusa : il était tellement imprévisible dans ses réactions, dit-elle. Elle me regarda d'un air las, et je lus dans ses yeux le soulagement, à peine voilé, qu'elle éprouvait à être débarrassée de lui pour quelques heures. Freddie avait sept ans et pesait quarante-sept kilos. La graisse débordait de ses vêtements, sortait en bourrelets entre les boutons de sa chemise. Dès que je l'eus autorisé à s'asseoir par terre, il cessa de pleurer, cessa même toute forme d'activité, et demeura comme un tas de chair sans vie. Un rapport du dossier affirmait qu'il était, lui aussi, autistique. Un autre, qu'il souffrait d'un grave retard mental. Un troisième avouait ne pas savoir.

Sarah, je la connaissais depuis trois ans. Elle en avait sept. J'avais travaillé sur son cas alors qu'elle était en maternelle. Victime de violences physiques et sexuelles, Sarah était une enfant coléreuse et méfiante. Elle avait délibérément refusé, tout au long de l'année précédente, d'ouvrir la bouche en classe — elle suivait alors un cours préparatoire spécialisé dans une autre école. Elle n'adressait la parole qu'à sa mère et à sa sœur. Nous nous fîmes un sourire en nous voyant, heureuses de rencontrer un visage connu.

Une femme d'une quarantaine d'années, élégamment vêtue, amena une fillette ravissante, vraie petite poupée. Elle ressemblait à une image de magazine de mode pour enfants, avec ses cheveux blonds et soyeux bien peignés, sa robe froncée impeccablement propre. Elle s'appelait

Susannah Joy, avait six ans, et c'était la première fois qu'elle allait à l'école. Mon cœur se serra. Commencer sa scolarité dans ma classe n'était guère de bon augure. Les médecins avaient dit aux parents que Susannah ne serait jamais normale, qu'elle était schizophrène. Elle souffrait, semblait-il, d'hallucinations visuelles et auditives, et passait la majeure partie de ses journées à pleurnicher en se balançant d'avant en arrière. Elle parlait rarement et ce qu'elle disait était le plus souvent dénué de sens. Les yeux de la mère me suppliaient d'opérer le rituel magique qui changerait sa petite fée en une enfant comme les autres. Ce regard implorant me fit peine, car il signifiait le refus de l'évidence. Je savais la douleur et l'angoisse qui fondraient sur ces parents lorsqu'ils apprendraient qu'aucun de nous ne possédait la formule magique qui sauverait Susannah Joy.

William et Guillermo arrivèrent en dernier. Ils avaient tous deux neuf ans. William était un gamin efflanqué, au visage terreux, hanté par la peur de l'eau, du noir, des voitures, des aspirateurs et de la poussière qui pouvait s'accumuler sous son lit. Pour se protéger, William entreprenait des rituels complexes, qui consistaient à toucher obligatoirement une partie de son corps, ou à murmurer de petites incantations. Guillermo appartenait à cette nombreuse communauté de saisonniers d'origine mexicaine qui venaient chaque année s'engager comme ouvriers agricoles. C'était un gamin coléreux, mais pas indomptable. Malheureusement, il était également aveugle. Je protestai contre le fait qu'on l'ait placé dans mon groupe, mais on me répondit que les classes pour enfants mal ou non-voyants n'étaient pas adaptées aux sujets caractériels. Ma foi, nous étions quittes. Je me sentais démunie devant sa cécité.

Ainsi, nous étions dix, onze en tout avec Whitney, la jeune lycéenne. Lorsque je pris conscience de la disparité de ce groupe de gamins et de celle, non moins étonnante, de mon équipe, une vague de désespoir m'envahit. Comment pourrions-nous jamais former une classe ? Comment parviendrais-je à faire avec eux du calcul, et tous les autres miracles qu'il fallait accomplir en neuf mois ? Trois des enfants n'avaient pas appris à être propres, deux s'oubliaient encore parfois. Trois ne savaient pas parler, une ne voulait pas. Deux refusaient de se taire. Un ne voyait rien. Pour un défi, c'était certainement un défi.

Mais nous nous arrangeâmes. Anton apprit à changer les couches, Whitney apprit à nettoyer les taches d'urine sur la moquette. Et moi j'appris le braille. Le directeur, Mr. Collins, apprit à ne pas venir à l'annexe. Ed Somers apprit à se faire discret. Et ainsi nous devînmes une classe.

Vers les vacances de Noël, nous nous sentions très proches les uns des autres, et je commençais à envisager avec plaisir chaque nouvelle journée. Sarah acceptait désormais de parler régulièrement. Max déchiffrait son alphabet ; Tyler souriait de temps en temps ; Peter ne se mettait pas en fureur si souvent ; William pouvait passer devant tous les interrupteurs du couloir qui mène au réfectoire sans réciter un seul charme pour se protéger ; Guillermo apprenait à contrecœur le braille. Susannah Joy et Freddie ? Nous avions encore beaucoup à faire avec eux.

J'avais lu l'article du journal fin novembre et l'avais oublié. Mais je n'aurais pas dû. J'aurais dû me douter que tôt ou tard, nous serions douze.

Ed Somers vint me voir dans ma classe le jour de la rentrée des vacances de Noël. Il arriva de bonne heure, avec sur son visage empreint de bonté cet air gêné dont je commençais à savoir qu'il signifiait pour moi une mauvaise nouvelle. C'était l'expression qui annonçait, par exemple, que Guillermo n'aurait pas de tuteur, ou qu'on avait reçu un nouveau rapport sans espoir du dernier médecin que les parents de Susannah Joy avaient contacté pour leur fille.

Ed souhaitait que les choses changent ; je pense qu'il était sincère, et pour cette raison, je ne pouvais lui en vouloir.

— Vous allez avoir une autre enfant dans votre groupe, dit-il d'un air hésitant.

Je le dévisageai un long moment sans comprendre. J'avais déjà l'effectif maximum autorisé par la loi, et ne pensais jamais accueillir un gamin de plus.

— J'en ai huit, Ed.

— Je sais, Torey. Mais c'est une classe spéciale. Nous ne pouvons la mettre nulle part ailleurs. Votre groupe est la seule solution qui nous reste.

— Mais j'ai déjà huit gosses. (Je me répétais bêtement.) Je ne peux pas en avoir plus.

Ed semblait peiné. C'était une sorte de gros ours, grand et musclé comme un joueur de football, que la quarantaine aurait rendu un peu mou. Il n'avait presque plus de cheveux, et ceux qui lui restaient, il les ratissait soigneusement sur le dôme luisant de son crâne. Mais surtout, Ed était gentil, et je m'étonnais toujours qu'il fût parvenu à un poste aussi important dans l'éducation, domaine peu réputé pour son indulgence envers les natures douces. Mais peut-être était-ce justement là son secret, car je me laissais toujours attendrir quand il semblait si triste de ce qu'il était obligé de me faire.

— Qu'a-t-elle donc de si particulier, cette gamine ? lançai-je, à tout hasard.

— C'est la fillette qui a brûlé ce bébé, en novembre. On l'a retirée de son école et on a pris des dispositions pour la faire admettre à l'hôpital psychiatrique. Mais il n'y a pas encore de place disponible dans le service des enfants. Alors la gamine est chez elle depuis un mois, et n'arrête pas de faire des bêtises. Et l'assistance sociale nous demande si nous ne pouvons rien faire pour elle.

— On ne peut pas lui faire donner des cours à domicile ? demandai-je.

Un certain nombre de mes gosses avaient travaillé ainsi.

On leur envoyait un enseignant qui leur donnait des leçons à la maison quand, pour une raison ou une autre, ils ne pouvaient fréquenter l'école. On agissait souvent ainsi avec les enfants extrêmement perturbés, en attendant de leur trouver un placement approprié.

Sourcils froncés, Ed baissait les yeux.

— Personne ne veut travailler avec elle.

— Cette gosse n'a que six ans. (J'étais stupéfaite.) Tout le monde a peur d'une gamine de six ans ?

Il haussa les épaules, et son silence m'en dit plus long sur cette fillette que tous les mots.

— Mais j'ai déjà le nombre maximum d'enfants dont je puisse m'occuper.

— Faites transférer l'un d'entre eux. Nous devons absolument mettre cette fillette ici, Torey. Ce ne sera que temporaire. Mais nous devons la mettre ici. C'est le seul endroit où l'on peut s'occuper d'elle efficacement. Le seul endroit qui lui convienne.

— Vous voulez dire que je suis la seule idiote qui acceptera de la prendre.

— Vous pouvez faire transférer le gamin que vous désirez.

— Quand doit-elle venir ?

— Le huit.

Les enfants commencèrent alors à arriver, et je dus me préparer pour cette journée de rentrée. Voyant que j'avais du travail, Ed me fit un signe de tête et partit. Il savait qu'avec le temps, j'accepterais. Il savait que sous mes airs de bravache, j'étais une bonne pâte.

Après avoir annoncé la nouvelle à Anton, j'observai attentivement les enfants. Tout au long de la journée, je me demandai lequel devrait nous quitter. Guillermo, sans aucun doute, pour la simple raison que je n'étais pas formée pour enseigner à des petits aveugles. Mais Freddie, Susannah Joy ? Aucun d'eux ne faisait de progrès notable.

N'importe qui pourrait les trimbaler et changer leur culotte. Tyler, peut-être. Elle ne pensait plus autant au suicide, parlait rarement de se tuer maintenant, ne griffonnait plus ces dessins noirs au fusain. Un psychologue scolaire pourrait certainement s'occuper d'elle. Je les regardai tous, en me demandant où ils iraient, et comment ils s'adapteraient. Et ce que notre groupe deviendrait sans eux. Je savais au fond de moi qu'aucun d'entre eux ne survivrait aux rigueurs d'une classe moins protégée. Aucun d'eux n'était prêt. Moi non plus. Je ne voulais ni les abandonner, ni renoncer.

— Ed ? (Je serrais fort le combiné qui glissait dans ma paume en sueur.) Je ne veux faire transférer aucun de mes gosses. Nous nous entendons trop bien. Je n'arrive pas à choisir.

— Torey, je vous ai dit que nous devons mettre cette gamine dans votre groupe. Je suis vraiment désolé. J'ai horreur de vous imposer ça, mais nous n'avons pas le choix.

Je fixai une prunelle morose sur le panneau d'affichage suspendu à côté du téléphone, et qui proclamait toutes les réjouissances auxquelles mes gamins ne pourraient jamais participer. Je me sentis à bout de forces.

— Est-ce que je peux en prendre neuf ?

— Vous accepteriez ?

— C'est illégal. J'aurai un troisième assistant ?

— Nous verrons.

— Est-ce que cela veut dire oui ?

— Je l'espère, répondit Ed. Mais il faudra voir. Aurez-vous besoin d'un autre pupitre ?

— Ce qu'il me faut, c'est un autre aide. Ou une autre salle.

— Alors, je vous fais mettre un autre pupitre ?

— Non. Nous n'avons pas de pupitres. Il n'y avait pas assez de place pour les huit. Nous travaillons sur la moquette ou sur des tables. Non, je n'ai pas besoin d'un autre pupitre. Envoyez-moi cette gamine.

2.

Elle arriva le 8 janvier. Entre le moment où je décidai de l'accepter et le matin de sa venue, je n'entendis plus parler d'elle, ne reçus aucun dossier, n'appris rien sur son milieu familial, son passé. Tout ce que je savais, je l'avais lu dans un article de deux paragraphes, sous les bandes dessinées de la page six, un mois et demi plus tôt. Mais je suppose que cela n'avait pas d'importance. Rien n'aurait pu me préparer de manière adéquate à ce qui me tomba dessus.

Ce fut Ed Somers qui l'amena, en la tenant fermement par le poignet et en la traînant derrière lui. Mr. Collins les accompagnait.

— Voici ta nouvelle institutrice, expliqua Ed. Et voici ta nouvelle salle de classe.

Nous nous regardâmes. Elle s'appelait Sheila. Elle avait six ans et demi, presque ; c'était un minuscule bout de chou aux yeux hostiles, aux cheveux emmêlés, et qui sentait très mauvais. Je fus surprise de la voir si petite. Je m'attendais à une fillette plus grande. Le garçonnet de trois ans devait presque avoir la même taille qu'elle. Vêtue d'une salopette de jean usée et d'un tee-shirt de garçon rayé, aux teintes fanées, elle ressemblait à ces gosses que l'on voit sur les affiches de l'Aide à l'Enfance.

— Bonjour, je m'appelle Torey, dis-je (voix de maîtresse d'école, ton amical) en lui tendant la main.

Elle ne fit pas un geste. Je finis par saisir le poignet inerte que Ed serrait dans sa main.

— Je te présente Sarah. C'est notre hôtesse. Elle va te faire visiter la classe.

Sarah tendit la main, mais Sheila ne bougea pas, son regard volant d'un visage à l'autre.

— Viens, toi.

Sarah la prit par le poignet.

— Elle s'appelle Sheila, dis-je.

Mais Sheila se hérissa devant la familiarité de ce geste et retira vivement sa main en reculant. Elle se retourna pour fuir, mais Mr. Collins se tenait fort heureusement dans l'encadrement de la porte et elle lui rentra dedans. Je la saisis par un bras et la traînai de nouveau dans la classe.

— Nous vous laissons, dit Ed, de sa mine piteuse. J'ai laissé son dossier au bureau de l'administration.

Anton repoussa le verrou après avoir fermé la porte sur Ed et Mr. Collins. Je tirai Sheila jusqu'à ma chaise, de l'autre côté de la salle, dans le coin où avait toujours lieu la discussion matinale, et je l'installai par terre en face de moi. Les autres enfants se rassemblèrent prudemment autour de nous. Maintenant nous étions douze.

Nous commencions toutes les matinées par une « discussion ». Dans notre école, il était de bon ton de réciter le serment d'allégeance au drapeau américain et d'entonner des chants patriotiques avant le début des cours. Je pensais que le patriotisme n'était pas vraiment un sujet approprié à des enfants qui ne pouvaient même pas exprimer leurs besoins élémentaires. Aussi, en guise de compromis, instituai-je la discussion. Les enfants venaient tous de foyers tellement chaotiques et disloqués qu'il nous fallait quelque chose qui nous réunît chaque matin, après la séparation de la nuit. Et je désirais une activité qui stimulerait la communication et développerait la compréhension verbale. Nous commencions par le serment, dont je tirais profit en demandant à un des gamins de le diriger, donc de l'apprendre. Cette récitation, en fait, était intéressante, dans la mesure où elle présentait une suite de mots organisée, qui avait un sens. Après quoi, j'ouvrais la discussion avec un « sujet ». Généralement, le sujet consistait à explorer des sentiments, à parler, par exemple, des choses qui nous rendaient heureux ; d'autres fois, c'était une table ronde destinée à résoudre des problèmes, comme celui de savoir comment réagir devant quelqu'un qui s'est fait mal. Ces thèmes nous servaient de point de départ et permettaient à chacun de s'exprimer. Au début, c'était moi qui avais proposé les sujets, mais au bout d'un mois ou deux, les enfants avançaient déjà leurs propres suggestions, et cela faisait une éternité que je n'avais pas ouvert une discussion.

Après le sujet, je laissais à chacun un petit moment pour raconter ce qui lui était arrivé depuis la fin des cours, la veille ou le vendredi précédent. Ces deux aspects de la discussion matinale avaient pris un tour de plus en plus vivant, et même Susannah participait, à l'occasion. Les gamins avaient tous une foule de choses à dire, et j'avais du mal, certains jours, à clore cette activité. Ensuite, je présentais l'emploi du temps de la journée, et nous terminions par une chanson. J'avais tout un répertoire de chansons mimées, que je pouvais interpréter avec plus d'entrain que de justesse, et où j'entraînais généralement l'un des enfants, en le manipulant comme une marionnette. Les gosses adoraient ça, et nous terminions toujours dans des éclats de rire, même les jours où nous n'étions pas arrivés très joyeux.

Ce matin-là, donc, je rassemblai le groupe autour de moi.

— Les enfants, je vous présente Sheila, qui va faire partie de notre classe.

— Pourquoi ? demanda Peter d'un air soupçonneux. Tu nous as jamais dit qu'on allait avoir une autre fille.

— Si, Peter. Rappelle-toi, nous avons répété, vendredi

dernier, ce que nous allions dire et faire pour montrer à Sheila que nous étions contents qu'elle vienne avec nous. Tu te rappelles ?

— Moi, je suis pas content qu'elle vienne avec nous. J'aimais bien comment on était.

Il se couvrit les oreilles des deux mains pour ne plus m'entendre et se mit à se balancer.

— Il faudra nous y habituer, j'imagine. Mais nous y arriverons. (Je caressai l'épaule de Sheila, la fillette s'écarta.) Bon, qui propose un sujet ?

Ils étaient tous assis par terre autour de moi. Muets.

— Personne ? Eh bien moi, j'en ai un : quelle impression est-ce que cela doit faire, à votre avis, quand on est nouveau et qu'on ne connaît personne, ou même quand on a envie de faire partie d'un groupe et que les autres ne veulent pas ? Comment est-ce qu'on doit se sentir, au-dedans de soi ?

— Mal, dit Guillermo. Ça m'est arrivé une fois et je me sentais mal.

— Tu peux nous parler de ça ?

Soudain Peter bondit sur ses pieds.

— Elle pue, maîtresse. (Il s'éloigna de Sheila à reculons.) Elle pue vraiment et je veux pas qu'elle s'assoie avec nous. J'ai pas envie de sentir mauvais aussi.

Sheila lui lança un regard noir mais ne broncha pas. Elle s'était recroquevillée, les bras serrés autour des genoux.

Sarah se leva et s'approcha de Peter qui s'était rassis.

— C'est vrai qu'elle pue, Torey. Elle sent la pisse.

Les bonnes manières n'étaient certainement pas notre fort. Ce manque de tact ne me surprenait pas, mais me consternait chaque fois. Neutraliser les perceptions aiguës que ces enfants avaient du monde était impossible. Pour chaque pas gagné dans le sens de la bonne éducation que je m'efforçais de leur inculquer, j'en faisais deux en arrière et six de côté.

— A ton avis, Peter, quel effet est-ce que cela doit faire quand quelqu'un dit qu'on sent mauvais ?

— Mais elle pue vraiment, répliqua Peter.

— Ce n'est pas ce que je te demande. Je te demande ce que tu ressentirais si quelqu'un te disait ça ?

— Je voudrais pas faire fuir tout le monde en puant comme ça, c'est sûr.

— Ce n'est pas ce que je te demande.

— Ça me ferait de la peine, proposa Tyler, en se mettant vivement à genoux.

Toute manifestation de colère ou de désaccord terrifiait Tyler, qui s'efforçait alors d'apaiser les esprits, avec une maturité excessive pour ses huit ans et une sollicitude toute maternelle envers les protagonistes.

— Et toi, Sarah ? demandai-je. Comment te sentirais-tu ?

Sarah, les yeux baissés sur ses doigts, hésitait à me regarder.

— J'aimerais pas trop ça.

— En effet, je crois que ce serait désagréable pour nous tous. Voyez-vous un meilleur moyen de régler ce problème ?

— Tu pourrais lui dire en secret qu'elle sent mauvais, suggéra William. Comme ça, elle serait pas gênée.

— Tu pourrais lui dire comment faire pour qu'elle sente plus mauvais, ajouta Guillermo.

— On pourrait tous se boucher le nez, dit Peter, refusant encore d'admettre que ses remarques étaient mal venues.

— Ça servirait à rien, Peter, dit William. Après, on pourrait plus respirer.

— Mais si. On pourrait respirer par la bouche.

Je me mis à rire.

— Bon, nous allons tous essayer la proposition de Peter. Toi aussi, Peter.

Tous les gamins se pincèrent les narines, bouche

ouverte pour respirer, sauf Sheila. Je l'invitai à essayer, elle aussi, mais elle refusa obstinément de se déplier. Au bout d'un moment, nous avions tous le fou rire, même Freddie et Max, de voir les drôles de têtes que nous faisions. Tous, sauf Sheila. Je commençai à craindre qu'elle n'y vît une mauvaise plaisanterie à ses dépens et m'empressai de lui expliquer qu'il n'en était rien. Elle m'ignora totalement, ne prenant même pas la peine de me regarder. C'était ainsi que nous résolvions nos problèmes, lui dis-je.

— Comment ressens-tu tout cela ? lui demandai-je enfin.

Il y eut un long silence. Nous attendions. Les autres gamins commencèrent à s'impatienter.

— Elle parle pas ? demanda Guillermo.

— Je parlais pas, avant, moi non plus, vous vous souvenez ? intervint Sarah. Avant, quand j'étais folle, je parlais à personne. (Elle s'adressa à Sheila.) Je parlais jamais, Sheila. Je sais quel effet ça fait.

— Bien, je pense que nous avons assez discuté de Sheila pour aujourd'hui. Laissons-lui un peu de temps pour s'habituer à nous, d'accord ?

Nous poursuivîmes le reste de la discussion matinale, qui se termina sur le chœur entraînant de « Tu es mon soleil ». Freddie tapait joyeusement des mains, Guillermo dirigeait des siennes, Peter s'époumonait et moi, j'agitais Tyler en tous sens, comme une poupée de chiffon. Mais Sheila resta assise, la mine furieuse, son petit corps solidement planté au beau milieu des danseurs.

Après la discussion, les enfants se dispersèrent pour aller faire leurs exercices de calcul. Tandis qu'Anton commençait à leur donner des indications, je fis visiter la classe à Sheila. Ou plutôt, je dus la transporter d'un point à un autre, car elle refusa de bouger. Je m'estimai heureuse de ne pas m'occuper d'adolescents. Donc, quand je la posais à l'endroit que je voulais lui montrer, elle se couvrait le visage des mains pour ne pas regarder. Je la trimbalai néanmoins dans toute la pièce, fermement décidée à ce qu'elle s'intègre au groupe. Je lui désignai son casier et son portemanteau. Je lui présentai Charles l'iguane, Benny le serpent, et Onions, le lapin qui mordait quand on l'ennuyait un peu trop. Je lui fis voir les plantes que nous avions commencé à faire pousser avant Noël et que j'avais dû venir arroser pendant les vacances ; et les histoires que nous lisions tous les jours avant d'aller déjeuner ; et les plats dans lesquels nous cuisinions, le mercredi après-midi. Je lui montrai notre aquarium et nos jouets. Je la soulevai devant notre unique fenêtre pour lui faire découvrir le paysage. Tout cela en la portant d'un coin à l'autre et en bavardant comme si elle s'intéressait à ce que je racontais. Mais si ce fut le cas, elle ne m'en fit rien savoir. Elle pesait comme un poids mort dans mes bras, raide et tendue contre moi. Et elle empestait comme une étable par un après-midi torride de juillet.

Je finis par déposer Sheila sur une chaise, devant la table, et sortis une feuille de calcul. Ce geste suscita sa première réaction. Elle empoigna le papier, le froissa et me le jeta à la figure. J'en pris un autre. Elle récidiva. J'en pris un autre. Qui me revint par le même chemin. Je savais que je serais à cours de feuilles avant qu'elle ne soit à bout de forces. Alors je la pris sur mes genoux, emprisonnant au creux de mon bras son corps filiforme et ses mains. Je posai un nouvel exercice de calcul devant elle. Il s'agissait d'additions toutes simples ; deux plus un, un plus quatre, rien d'extraordinaire. De ma main libre je tirai vers moi un jeu de cubes, que j'éparpillai sur la table.

— Bon, maintenant nous faisons du calcul, annonçai-je. Premier problème, deux plus un. (Je lui montrai deux cubes, auxquels j'ajoutai un troisième.) Combien est-ce que ça fait ? Comptons ensemble. (Elle détourna la tête, crispant un peu plus son corps raide contre moi.) Tu sais compter, Sheila ? (Pas de réponse.) Je vais t'aider. Un, deux, trois. Deux plus un égale trois. (Je pris un crayon.) Voilà, maintenant nous allons l'écrire.

Le moindre geste était une bagarre. Je dus aller pêcher une de ses mains, lui dérouler les doigts, puis y placer le crayon. Soudain, ses doigts fermement serrés se relâchèrent complètement, et le crayon glissa sans effort jusqu'à terre. Dans la seconde où je me penchai pour le ramasser, elle saisit deux cubes de sa main libre et les lança violemment à travers la classe. Je lui empoignai la main, y poussai le crayon, tentai de resserrer les doigts autour, en les maintenant afin que le crayon ne tombe pas encore. La gamine était douée pour ce petit jeu de guérilla, et le crayon retomba. Après une dernière manœuvre, je renonçai.

— De toute évidence, tu ne veux pas faire de calcul aujourd'hui. D'accord, tu peux rester assise sans bouger. Je tiens à te dire qu'ici chacun travaille et fait de son mieux. Mais nous n'allons pas nous disputer. Tu veux simplement rester assise, libre à toi.

Je la traînai jusqu'au coin de repos, où j'isolais les enfants lorsqu'ils étaient trop énervés et avaient besoin de retrouver leur calme, ou lorsqu'ils agissaient sottement pour attirer l'attention sur eux. Je tirai la chaise et y installai Sheila. Après quoi je m'en retournai auprès des autres.

Au bout d'un moment, je levai les yeux.

— Sheila, si tu es prête à te joindre à nous, tu peux venir.

Elle ne broncha pas, le visage tourné vers le mur. Je la laissai. Après quelques minutes, je réitérai ma proposition. Et puis encore un peu plus tard. De toute évidence, elle ne ferait rien de ce que je voudrais. J'allai vers elle et ramenai la chaise au centre de la pièce. Puis je revins auprès des autres gamins. Elle ne voulait pas bouger, soit. Mais je ne la laisserais pas se couper ainsi de nous. Si elle désirait rester plantée sur sa chaise, ce serait au milieu de notre groupe.

Les activités du matin se déroulèrent comme d'habitude. Sheila ne participa à rien. Blottie sur la petite chaise de bois, elle ne fit pas un geste, se repliant au contraire sur elle-même, genoux au menton, bras serrés autour des jambes. Elle se leva une fois de son siège pour aller aux toilettes, mais reprit, en revenant, sa position tordue. Même pendant la récréation elle resta assise, sur le ciment glacé cette fois. Je n'avais jamais vu une gamine aussi immobile. Mais ses yeux me suivaient sans cesse dans mes déplacements. Des yeux maussades, furieux, amers, qui ne quittaient pas mon visage.

A l'heure du déjeuner, Anton aida les enfants à s'habiller pour partir à la cantine. Il avait mis Sheila en rang avec les autres, mais je pris son maigre poignet et la sortis de la file. Lorsque le groupe fut parti, je baissai les yeux sur elle et elle leva les siens vers moi. Je crus apercevoir, l'espace d'une seconde, une émotion autre que la haine vaciller dans ses prunelles, et qui n'était pas la colère. La peur ?

— Viens ici. (Je la tirai vers la table et la fis asseoir sur une chaise en face de moi.) Nous avons quelque chose à mettre au point, toi et moi.

Elle me jeta un regard sombre, ses minuscules épaules voûtées sous son maillot usé.

— Il n'y a pas beaucoup de règles à respecter, dans cette classe. Il n'y en a que deux, en fait, sauf quand nous devons établir des règles spéciales, à des moments exceptionnels. Mais en général, il n'y en a que deux. La première est qu'on n'a le droit de faire du mal à personne. Ni aux autres. Ni à soi-même. La seconde est qu'on essaie toujours de faire son travail de son mieux. Il me semble que tu n'as pas encore compris cette règle-là.

Elle baissa légèrement la tête, les yeux toujours fixés sur moi. Elle remonta ses jambes et commença à se replier sur elle-même.

— Vois-tu, une des activités que l'on doit faire ici consiste à parler. Je sais que c'est difficile quand on n'en a pas l'habitude. Mais ici, on parle, c'est une partie importante du travail. La première fois est toujours la plus dure, et il arrive même qu'on pleure. Ce n'est pas grave, ici on peut. Mais il faut parler. Et un jour ou l'autre, tu parleras. Plus tôt tu te décideras, mieux ce sera. (Je la regardai, m'efforçant de soutenir son regard impassible.) Me suis-je bien fait comprendre ?

La fureur assombrit son visage. Je redoutai ce qui arriverait si toute cette haine explosait soudain, mais je tentai de refouler mon inquiétude et de n'en rien laisser paraître dans mes yeux. Cette petite fille savait fort bien déchiffrer un regard.

J'avais toujours estimé indispensable de faire connaître à mes gamins ce que j'attendais d'eux. Certains de mes collègues se montraient sceptiques vis-à-vis de cette méthode, estimant que la personnalité de ces enfants était trop fragile pour supporter une telle franchise. Je n'étais pas d'accord. Car si tous avaient un petit ego triste et réduit en miettes, aucun d'eux n'était fragile. Bien au contraire. Le fait qu'ils aient survécu assez longtemps pour être arrivés là où ils en étaient après les épreuves qu'ils avaient traversées, pour la plupart, était bien une preuve de leur force. Cependant, ils vivaient tous des existences chaotiques et la nature de leurs troubles contaminait les autres. Je ne m'estimais pas le droit d'ajouter encore à leur confusion en leur laissant deviner ce que j'attendais d'eux.

De toute évidence, ils avaient déjà prouvé qu'ils étaient incapables de fixer seuls leurs propres limites, sans quoi ils n'auraient pas échoué dans ma classe. En temps voulu, j'entamais le processus destiné à leur en laisser la responsabilité. Mais au début, je tenais à ce que mes intentions soient toujours bien claires dans leur esprit.

Je restai donc face à Sheila, dans un silence glacé, tandis

qu'elle digérait cette information. Je n'eus pas la patience de lui faire baisser les yeux, ni n'en ressentis d'ailleurs le besoin. Au bout d'un moment, je me levai et allai chercher les exercices de calcul qui attendaient dans la corbeille.

— Vous pouvez pas me forcer à parler, dit-elle.

Je continuai à fouiller dans les papiers, à la recherche de mon stylo. La ruse constitue les trois quarts du travail d'un bon enseignant.

— J'ai dit, vous pouvez pas me forcer à parler. C'est être impossible.

Je la regardai.

— Vous pouvez pas me forcer.

— Je sais. (Je souris.) Mais tu parleras. Cela fait partie de ton travail ici.

— Je vous aime pas.

— Tu n'es pas obligée.

— Je vous déteste.

Je ne répondis pas. C'était le genre de remarque auquel j'estimais qu'il valait mieux ne pas réagir. Je continuai donc à chercher mon stylo, en me demandant qui me l'avait pris, cette fois.

— Vous pouvez pas me forcer à faire rien ici. Vous pouvez pas me forcer à parler.

— C'est possible. (Je reposai les feuilles dans la corbeille et vins vers elle.) Si nous allions déjeuner ?

Je lui tendis la main. Sa colère s'était légèrement dissipée, laissant place à une émotion moins identifiable. Puis, sans que j'insiste, elle se leva et sortit avec moi, en prenant bien soin de ne pas me toucher.

3.

Après avoir accompagné Sheila au réfectoire, je me retirai dans mon bureau pour consulter son dossier. J'étais curieuse de savoir comment les autres s'en étaient tirés avec cette déconcertante gamine. A l'observer, il semblait évident qu'elle ne souffrait pas de ces troubles inexpliqués qui paralysaient Max ou Susannah. Elle faisait preuve au contraire, dans son comportement, d'une maîtrise étonnante, supérieure à celle de tous les autres gosses de ma classe. Derrière ce regard plein de haine, je percevais une fillette réceptive et très probablement intelligente. Elle devait l'être, pour manipuler ainsi, dans un effort conscient, son environnement. Mais je désirais savoir ce qui avait été tenté auparavant.

Le dossier était étrangement maigre par rapport à ceux qui m'arrivaient d'ordinaire. La plupart de mes gamins avaient des dossiers épais, bourrés de feuilles, qui regorgeaient des rapports verbeux de dizaines de médecins, thérapeutes, juges, assistantes sociales. Il me semblait évident, chaque fois que j'en parcourais un, que ceux qui les remplissaient n'avaient jamais travaillé avec l'enfant du matin au soir, heure après heure. Les mots alignés sur ces feuilles composaient des discours savants, qui n'étaient d'aucun secours pour un enseignant désespéré, des parents affolés. Je doutais que quiconque, d'ailleurs, pût indiquer ce genre de recette. En réalité, chaque enfant était si différent et évoluait de manière si imprévisible que l'expérience d'une journée était le seul point fixe à partir duquel on pouvait prévoir le travail du lendemain. Il n'existait aucun manuel, aucun cours spécialisé dans le cas d'un Max, d'un William ou d'un Peter.

Mais le dossier de Sheila était maigre, juste quelques bouts de papier : un historique de la famille, des résultats de tests et un formulaire des services de l'Education Spécialisée. Je feuilletai le rapport de l'assistante sociale sur la famille. Comme tant d'autres, il abondait en détails sordides dont, malgré mon expérience, mon esprit petit-bourgeois ne parvenait pas à saisir totalement la réalité. Sheila vivait seule avec son père dans une bicoque d'une pièce, dans le camp des travailleurs saisonniers. Le logement n'avait ni chauffage, ni eau, ni électricité. La mère avait abandonné Sheila deux ans plus tôt, en emmenant un fils plus jeune. Elle vivait maintenant en Californie, précisait le rapport, mais on ignorait où exactement. Elle n'avait que quatorze ans quand Sheila était née, deux mois après un mariage forcé, alors que le père en avait trente. Je secouai la tête de stupeur. La mère devait avoir à peine vingt ans maintenant, et sortait elle-même tout juste de l'enfance.

Les premières années de la vie de Sheila, son père les avait passées en prison, inculpé de coups et blessures. Depuis sa remise en liberté, deux ans et demi auparavant, il avait également effectué plusieurs séjours à l'hôpital d'Etat pour alcoolisme et abus de drogues. Trimbalée d'un foyer à l'autre, chez les parents et amis de la famille, notamment du côté maternel, Sheila avait finalement été abandonnée sur le bord d'une autoroute où on la retrouva, cramponnée aux chaînes du terre-plein central. Au centre de protection de l'enfance où on l'emmena, on découvrit que la fillette, alors âgée de quatre ans, présentait de nombreuses contusions et traces de fractures multiples, résultats des mauvais traitements qu'elle avait subis. On la confia à la garde de son père, et un éducateur spécialisé fut chargé de s'occuper d'elle.

Un acte de la cour joint au dossier précisait que le juge avait estimé préférable de maintenir l'enfant dans son milieu familial. Un médecin désigné d'office avait griffonné au bas du document que sa taille minuscule était sans doute le résultat de malnutrition, mais que par ailleurs, c'était une petite Caucasienne en bonne santé, dont les plaies et les fractures avaient bien cicatrisé. Mal agrafé au dos de ces deux déclarations, le rapport du psychiatre officiel se contentait d'une simple formule . Inadaptation chronique à l'enfance. Je souris malgré moi ; quelle conclusion pertinente, en vérité. Et de quelle utilité pour nous tous. Il me semblait que la seule réaction saine et normale à une enfance comme celle que vivait Sheila fût une inadaptation chronique. S'habituer à une vie aussi obscène eût été, à coup sûr, signe de démence.

Les résultats des tests étaient encore plus obscurs. A côté de chaque titre de rubrique figurait, d'une écriture serrée, la mention : A refusé. Le résumé du bas de la page déclarait simplement que l'enfant était « intestable », et soulignait le fait à deux reprises.

Le questionnaire de l'Education Spécialisée ne contenait que des indications d'ordre démographique. C'était le père qui l'avait rempli, et il avait vécu en prison toutes ces années cruciales. Sheila était née, sans complications apparentes, dans un hôpital de la ville. On ignorait tout des premiers épisodes de son développement. Elle avait fréquenté trois écoles dans sa courte carrière scolaire, sans compter celle qui venait de l'accueillir. Tous ces transferts résultaient d'un comportement incontrôlable. Chez elle, indiquait le formulaire, elle mangeait et dormait normalement. Mais elle mouillait son lit toutes les nuits et suçait son pouce. Elle n'avait pas de camarades parmi les enfants des travailleurs saisonniers, et ne semblait pas non plus entretenir des relations avec des adultes. Son père écrivait qu'elle était solitaire, inamicale et hostile, même avec lui. A la maison, elle s'exprimait de façon désordonnée, presque uniquement lorsqu'elle était en colère. Elle ne pleurait jamais. Je m'arrêtai et relus la phrase. Elle ne pleurait jamais ? Je ne pouvais imaginer une petite de six ans qui ne pleure pas. Il avait dû vouloir dire qu'elle pleurait rarement. C'était sûrement une erreur.

Je poursuivis ma lecture. Son père la considérait comme une enfant indocile et la corrigeait fréquemment, le plus souvent en lui donnant la fessée ou en la privant de gâteries. Je me demandai quelles sortes de gâteries on pouvait bien lui retirer. Outre l'affaire du bébé brûlé, elle avait été appréhendée pour avoir allumé des incendies dans le camp et barbouillé de matières fécales les toilettes d'une station d'autocars. A six ans et demi, Sheila avait eu affaire par trois fois à la police.

Je considérai le dossier et ses quelques informations glanées au hasard. Ce ne serait pas une enfant facile à aimer, car elle faisait tout pour ne pas l'être. Elle ne serait pas facile non plus à éduquer. Mais elle n'était pas inaccessible. Malgré son attitude, Sheila semblait plus ouverte que Susannah Joy ou Freddie, car elle ne présentait dans son fonctionnement aucun signe d'arriération mentale, de dégradations neurologiques ou autres troubles mystérieux du cerveau. D'après les quelques observations que j'avais pu recueillir, Sheila était une enfant normale sur ce plan-là. Ce qui me rendrait la tâche encore plus difficile, car l'issue de la lutte, j'en avais conscience, ne dépendrait que de nous, qui formions son entourage. Nous n'avions ni le secours de formules ronflantes, ni le paravent de l'autisme ou de l'altération cérébrale pour nous disculper lorsque nous échouions avec des enfants comme Sheila. Derrière ce regard hostile vivait une toute petite fille qui savait déjà que la vie n'est vraiment pas une partie de plaisir ; et que le meilleur moyen de se protéger du rejet des autres était encore de se rendre aussi détestable que possible. Ainsi, on ne s'étonnait plus de n'être pas aimé. On trouvait cela normal.

Anton entra tandis que je feuilletais les documents. Il prit une chaise et vint s'asseoir près de moi pour les examiner à son tour. Après des débuts maladroits, nous étions parvenus à former une équipe efficace. Il savait bien s'y prendre avec les enfants. Ayant travaillé jusque-là dans les champs et vivant encore dans le camp des saisonniers, où il partageait avec sa femme et ses deux fils une petite bicoque, Anton connaissait de l'intérieur, et bien mieux que moi, l'univers d'où sortaient mes gamins. J'avais la formation, l'expérience et le savoir, mais Anton possédait l'intuition et la sagesse. Certains aspects de leur existence m'échapperaient toujours, car j'avais grandi dans des maisons chauffées, à l'abri de la violence et de la faim, des cafards. Et n'avais jamais eu aucune raison d'envisager une autre vie. En atteignant l'âge adulte, bien sûr, j'appris que d'autres vivaient différemment, et que leur mode d'existence leur semblait tout aussi normal. Tout en acceptant cet état de fait, je ne pouvais le comprendre. Et j'ai la conviction qu'aucun individu dont ce n'est pas la réalité quotidienne ne le peut ; que quiconque prétend en savoir plus que les autres dans ce domaine se ment à lui-même ou se vante grossièrement. Mais Anton compensait mon inaptitude et nous avions réussi à établir une relation extrêmement constructive. Il savait maintenant, sans que je le lui dise, quand, comment et auprès de qui intervenir. De plus, il parlait espagnol, moi non. Et il me tirait souvent d'affaire lorsque Guillermo avait épuisé tout son vocabulaire anglais. Assis à mon côté, Anton lisait tranquillement le dossier de Sheila.

— Comment s'est-elle comportée à table ?

Il hocha la tête sans lever les yeux des papiers.

— Bien. Elle mange comme si elle n'avait jamais vu de nourriture. Sans doute n'en a-t-elle jamais vu autant. Et qu'est-ce qu'elle se tient mal ! Mais elle est restée avec les autres sans faire d'histoires.

— Tu connais son père, au camp ?

— Non. Il habite de l'autre côté, avec les Blancs. C'est le coin des drogués. On n'y va jamais.

Whitney entra et se pencha au-dessus du bureau. C'était une jolie fille, au physique assez indéfinissable : grande, mince, des yeux noisette et de longs cheveux raides couleur filasse. Bien que brillante élève et issue d'une des familles les plus en vue de la ville, elle était d'une timidité maladive. Pendant tout le premier trimestre, elle avait accompli ses tâches dans un silence absolu, sans jamais me regarder en face, avec toujours aux lèvres un sourire nerveux, même quand les choses se passaient mal. Les rares fois où elle ouvrait la bouche, c'était pour critiquer son travail, se rabaisser ou s'excuser de faire tout de travers. Malheureusement, au début, cela n'était que trop vrai. Whitney commit toutes les bévues imaginables. Elle renversa sur le sol du gymnase deux litres de peinture à la colle verte, fraîchement préparée. Elle oublia Freddie dans les toilettes pour hommes de la fête foraine. Un après-midi, après la classe, elle laissa la porte de la salle entrouverte, de sorte que Benny, notre boa constricteur, fit une fugue et alla rendre visite à Mrs. Anderson, l'institutrice du cours préparatoire. Pour moi, Whitney était une gamine parmi les autres. Si je n'avais pas eu, au cours des premiers mois, si désespérément besoin d'une troisième paire de bras pour venir à bout de ma besogne, je n'aurais jamais eu cette patience avec elle. Au cours des premières semaines, je passai mon temps à expliquer, à nettoyer, à répéter « Mais non, ce n'est pas grave », quand je ne le pensais pas. Whitney passait son temps à pleurer.

Mais comme Anton, Whitney en valait la peine. Car elle aimait sincèrement les gamins. Whitney nous était dévouée corps et âme. Je savais qu'elle séchait des cours, de temps en temps, pour rester plus longtemps avec nous, et elle venait souvent me donner un coup de main pendant son heure de cantine et après la fin des classes. Elle rapportait de chez elle ses vieux jouets, qu'elle donnait aux petits. Elle me proposait des idées qu'elle avait lues dans les revues pédagogiques où elle se plongeait à ses heures de loisirs. Et toujours ce regard suppliant, affamé de reconnaissance. Whitney parlait rarement de sa vie à l'extérieur. Cependant, malgré sa fortune et le nom prestigieux de sa famille, j'avais le sentiment qu'elle n'était pas mieux lotie, d'une certaine manière, que les gosses de mon groupe. Aussi lui pardonnais-je sa maladresse et son incompétence, en tentant de la valoriser comme membre à part entière de notre équipe. Car c'était le cas.

— Vous avez reçu la petite nouvelle ? demanda Whitney en s'étirant au-dessus du bureau, ses cheveux venant balayer les papiers que j'étais en train de lire.

J'acquiesçai, et mentionnai brièvement ce qui s'était passé au cours de la matinée. Ce fut à ce moment-là que j'entendis le cri.

Je savais que c'était l'un de mes gosses. Aucun élève de classes normales n'avait dans la voix, quand il criait, cette note aiguë et vibrante, totalement désespérée. J'interrogeai Anton du regard. Whitney sortit sur le pas de la porte. Tyler entra à toute allure, en larmes. Elle désignait la porte, mais ses sanglots étranglèrent ses explications. Puis elle se retourna et s'enfuit en courant.

Nous partîmes tous trois au pas de course derrière elle, vers la sortie qui menait à l'annexe. Normalement, à l'heure du déjeuner, des surveillantes s'occupaient des enfants. Pendant les mois d'hiver, les élèves jouaient dans leurs salles et les surveillantes patrouillaient le long des couloirs pour maintenir l'ordre. J'avais beau leur répéter que mes gamins ne pouvaient être en aucun cas livrés à eux-mêmes, elles avaient horreur de s'occuper de ma salle et se contentaient de se réunir pour bavarder devant la porte de l'annexe, l'oreille dressée à l'affût de l'éventuel désastre. Mes gosses déjeunaient au dernier service, ce qui signifiait pour les surveillantes vingt minutes à peine de garde effective. Malgré cela, elles refusaient toujours de rester dans la salle avec les enfants. Généralement je me passais de leurs services, car je m'étais efforcée d'apprendre à mon groupe à fonctionner de manière indépendante lorsque je m'absentais. L'heure du déjeuner était une sorte de test. En outre, Anton et moi avions grand besoin de cette demi-heure de pause. Mais les événements nous échappaient parfois.

Tandis que nous courions, Tyler hoquetait des bribes de phrases, où il était question d'yeux et de la nouvelle. La salle, où j'entrai comme une furie, était un invraisemblable chaos.

Debout sur une chaise, Sheila se tenait près de l'aquarium, l'air provocant. Apparemment, elle avait sorti un par un les poissons rouges et leur avait arraché les yeux avec un stylo. Sept ou huit d'entre eux s'agitaient désespérément sur le sol, autour de la chaise, les orbites vides. Sheila en serrait un dans la main droite, qu'elle menaçait, immobile, du stylo fiché dans l'autre. Une surveillante tournait autour d'elle dans une espèce de ballet frénétique, trop effrayée pour tenter de la désarmer. Sarah pleurait, Max courait dans tous les sens en agitant violemment les bras et en poussant des cris aigus.

— Lâche ça ! hurlai-je de ma voix la plus autoritaire.

Sheila me foudroya du regard et brandit le crayon d'un air entendu. Il ne faisait aucun doute qu'elle attaquerait si on la provoquait. Ses yeux avaient l'éclat sauvage de ceux d'une bête aux abois. Les poissons se débattaient, semant sur le sol de petites taches sanguinolentes. Dans sa fuite éperdue, Max en écrasa un.

Soudain, un cri perçant déchira le vacarme. Derrière nous, Susannah venait d'entrer. Elle avait une terreur maladive du sang, ou de tout liquide rouge, et dès qu'elle en voyait, ou croyait en voir dans ses hallucinations, elle se mettait à pousser des hurlements hystériques et à fuir dans une course désordonnée, insensée. En apercevant les poissons, elle détala. Anton s'élança à sa poursuite, et je profitai de cet instant de surprise pour désarmer Sheila, qui n'était pas aussi sur ses gardes que je l'avais cru. Elle m'enfonça le stylo dans le bras avec une telle violence qu'il y resta planté une seconde, oscilla puis tomba. J'avais l'esprit trop confus pour ressentir une réelle douleur. Freddie avait rejoint Max dans sa course affolée autour de la salle. Tyler geignait ; Guillermo se cachait sous la table ; William pleurait, blotti dans un coin ; Whitney tentait de capturer Max et Freddie qui poursuivaient leur manège en hurlant. L'intensité des décibels était insoutenable.

— Torey, s'écria William. Peter a une crise !

Je n'eus que le temps de me retourner avant de voir Peter s'effondrer. Confiant Sheila à Whitney, j'accourus auprès de lui pour écarter les chaises au milieu desquelles il s'était écroulé.

Sheila asséna dans les tibias de Whitney un coup de pied si fort que je l'entendis, et parvint à s'échapper. En un éclair, elle fut dehors. Je m'agenouillai auprès de Peter, qui continuait à se tordre, et me sentis soudain accablée. Tout s'était passé en quelques minutes. Chacun des enfants avait perdu la fragile maîtrise que nous nous efforcions tant de préserver. Tous pleuraient, à l'exception de Peter. Sarah, Tyler et William se pelotonnaient à l'écart, en larmes, les uns contre les autres, pour conjurer le désastre. Guillermo sanglotait dans sa cachette, les mains sur la tête, et réclamait sa mère en espagnol. Susannah se débattait frénétiquement dans les bras d'Anton. Max et Freddie fuyaient en panique, trébuchaient contre les meubles et sur les autres gamins, ne se relevaient que pour reprendre leur course. Peter était agité de soubresauts incohérents sur ma poitrine. Je regardai autour de moi. Whitney était sortie à la poursuite de Sheila. La surveillante s'était envolée depuis longtemps.

Nous gisions au beau milieu d'une scène de carnage. Après des mois et des mois d'efforts assidus, tout s'était effondré autour de nous.

Mr. Collins, flanqué de la secrétaire, apparut dans l'encadrement de la porte. En temps ordinaire, j'aurais été horrifiée à l'idée qu'il assiste à un spectacle aussi affligeant. Mais j'avais totalement perdu le contrôle de la situation et il me fallait de l'aide. J'étais bien obligée de l'admettre. Tout au long de ces années où nous avions travaillé ensemble, lui et moi, j'étais parvenue à contenir mes petits fous, à éviter tout faux pas. Aujourd'hui, j'avais échoué. Ainsi qu'il l'avait toujours prédit. Mes cinglés se déchaînaient enfin. Sans doute remerciait-il le ciel de lui avoir donné la bonne idée de nous isoler à l'annexe, à l'abri des regards.

La secrétaire conduisit Peter à l'infirmerie pour le faire ramener chez lui, car il avait toujours besoin de dormir après une grosse attaque. Mr. Collins m'aida à maîtriser Freddie et Max et à les installer sur des chaises. J'extirpai le pauvre Guillermo de dessous la table et le pris dans mes bras. Quelle impression avait-il dû avoir de ce cataclysme, lui qui ne voyait pas... Anton essayait toujours de consoler Susannah Joy. Une fois que le contrôle sembla un peu rétabli, Tyler et Sarah acceptèrent d'aller s'asseoir dans le coin des discussions pour se réconforter l'une l'autre. Mais William restait cloué sur place, tremblant et en pleurs. Mr. Collins s'efforça de le calmer, mais ne put se résoudre à le prendre dans ses bras. Je finis par rassembler tous les gamins. Les pleurs s'apaisaient. Whitney et Sheila n'étaient toujours pas revenues, mais je ne pouvais me permettre d'envisager le problème pour l'instant.

Mr. Collins eut la délicatesse de ne pas poser de questions. Il avait simplement fait ce que je lui demandais, le visage impassible. Quand j'eus calmé tous les enfants, je le raccompagnai à la porte en le remerciant pour son aide, et lui demandai de m'envoyer Mary, l'une des surveillantes permanentes de l'école, qui m'avait été d'un grand secours l'année précédente. Avec une autre adulte, je pourrais mieux m'occuper individuellement de chaque enfant et tenter de rétablir la situation.

Lorsque Mary arriva, les gamins l'aidèrent à choisir une histoire qu'ils aimaient, et je partis à la recherche de Sheila. De toute évidence, lors de sa fuite, elle avait été déroutée par le labyrinthe de portes et de couloirs qui nous reliait au bâtiment principal. Whitney avait pu verrouiller les sorties avant qu'elle les trouve, et coincer la fillette dans le gymnase, plus par hasard, du reste, que par calcul. Whitney se tenait sur le seuil de l'immense salle et Sheila à l'autre bout.

J'entrai dans le gymnase, donnai à Whitney une tape affectueuse sur l'épaule et m'approchai de Sheila. Elle n'avait aucune intention, apparemment, de se laisser prendre. Elle avait un regard affolé, le visage congestionné de terreur. Dès que j'avançais un peu, elle détalait dans une autre direction.

Je m'arrêtai, regardai autour de moi, à la recherche d'une solution. Il fallait que je l'attrape. Ses yeux reflétaient une panique totale. La situation dépassait les limites de sa compréhension maintenant, et elle ne réagissait plus qu'avec son instinct animal. A ce stade, elle était bien plus dangereuse pour elle-même et pour les autres qu'une heure auparavant, avec les poissons rouges.

Je revins vers Whitney, lui demandai de retourner dans la classe et de dire à Anton de se débrouiller du mieux qu'il pourrait avec l'aide de Mary. Après quoi je fermai la porte du gymnase. Je tirai la lourde cloison mobile qui séparait la salle en deux, car je me souvenais qu'elle avait une porte qui fermait à clé. Je ne pouvais me permettre de laisser Sheila s'enfuir une seconde fois. Puis, lorsque je nous eus bouclées toutes les deux dans la moitié du gymnase, je vins aussi près d'elle que je l'osai, et m'assis.

Nous nous observâmes. Je la voyais trembler.

— Je ne vais te faire aucun mal, Sheila. Aucun mal. Je vais juste attendre que tu n'aies plus peur, et après nous retournerons en classe. Je ne suis pas en colère. Et je ne vais pas te faire de mal.

Les minutes passèrent. Je m'avançai brusquement avec mon siège. Elle me dévisagea. Elle frissonnait de tous ses membres et je voyais frémir ses épaules maigrichonnes. Mais elle ne bougeait pas.

J'avais été furieuse contre elle. Oh ! comme je lui en avais voulu ! Je ne supportais pas la cruauté envers les animaux. Mais ma colère s'était apaisée, et tandis que je l'observais, la pitié m'envahit. Elle faisait preuve d'un tel courage. Apeurée, fatiguée, mal à l'aise, elle refusait de céder. Elle vivait dans un univers où la confiance n'existait pas, et se défendait de la seule manière qu'elle connût. Nous ne savions rien l'une de l'autre ; rien ne pouvait indiquer que je ne lui ferais pas de mal. Il n'y avait aucune raison qu'elle me fît confiance, et on ne l'y prendrait pas. C'était un petit être si brave, de se dresser ainsi face à nous, qui étions tellement plus grands, plus forts, plus puissants, de nous affronter ainsi sans broncher, sans un mot et sans une larme.

Nous étions là depuis au moins une demi-heure, et je me tenais maintenant à moins de trois mètres d'elle. Je n'avais pas cessé de lui parler d'une voix douce, l'assurant que je ne lui voulais aucun mal, que nous retournerions en classe ensemble, qu'il ne lui arriverait rien. J'évoquai d'autres sujets, aussi : les choses que les enfants aimaient bien faire en classe ; ce que nous avions du plaisir à faire, eux et moi ; ce qu'elle ferait avec nous.

Nous attendions. La folie refluait de ses yeux, laissant place à la fatigue. Je me demandai quelle heure il était, mais n'osai pas bouger le bras pour consulter ma montre. Nous attendions.

Le devant de sa salopette s'assombrit et une flaque d'urine se forma autour de ses pieds. Elle baissa les yeux, cessant pour la première fois de me regarder. Elle se mordit la lèvre. Quand elle releva la tête, je lus sur sa mine l'ampleur de la catastrophe.

— Ce sont des choses qui arrivent. Tu n'as pas pu aller aux toilettes, ce n'est pas vraiment ta faute.

Je n'en revenais pas qu'après les ravages qu'elle avait causés dans la classe, ce fût cet incident qui provoquât son regret.

— Nous pouvons le nettoyer, proposai-je. J'ai des serpillières, là-bas, pour quand ce genre de chose se produit.

Elle baissa les yeux, me regarda de nouveau. Je gardai le silence. Elle recula avec précaution pour se faire une meilleure idée du tableau.

— Vous allez me battre? demanda-t-elle d'une voix rauque.

— Non, je ne bats pas les enfants. (Elle plissa le front.) Je vais t'aider à nettoyer. Nous ne sommes pas obligées de le dire aux autres. Ce sera notre secret, parce que moi je sais que c'était un accident.

— J'ai pas fait exprès.

— Je sais.

— Vous allez me battre ?

Agacée, je haussai les épaules.

— Non, Sheila, je ne bats pas les enfants, je te l'ai déjà dit.

Elle regarda sa salopette.

— Mon papa, il va me battre quand il verra ça.

Tout au long de notre dialogue je n'avais pas bougé d'un pouce, craignant de briser cette précaire relation.

— Nous nous en occuperons, ne t'inquiète pas. Il reste encore du temps avant la fin de la classe. Ce sera sec d'ici là.

Elle se frotta le nez, considéra la flaque, me regarda Pour la première fois depuis son arrivée, elle semblait indécise. Très lentement je me levai. Elle recula d'un pas. Je lui tendis la main.

— Viens, on va aller chercher quelque chose pour nettoyer. Ne t'en fais pas.

Elle m'observa un long moment. Puis, prudemment, elle s'approcha de moi. Elle refusa ma main mais s'en revint vers la classe à mon côté.

Les choses s'étaient calmées dans la salle. Anton et les enfants chantaient. Whitney tenait Susannah dans ses bras et Mary berçait Max. Les poissons morts avaient disparu. Les têtes se tournèrent vers nous, mais je fis signe à Anton de continuer. Sheila prit les serpillières et le seau que je lui tendis, me suivit jusqu'au gymnase, où nous lavâmes le sol sans un mot. Après quoi elle revint avec moi dans la classe.

Contre toute attente, le reste de l'après-midi s'écoula tranquillement. Les enfants, encore sous le choc, s'efforçaient de maintenir le fragile équilibre retrouvé. Sheila se réfugia sur la chaise qu'elle avait occupée toute la matinée, s'y roula en boule et se mit à sucer son pouce. Elle ne bougea pas jusqu'à la fin des classes. Elle continua cependant à nous observer. Son regard était indéchiffrable. J'allai voir un par un tous les enfants, les pris dans mes bras, discutai avec eux pour tenter de soulager leur angoisse muette. A la fin, je m'approchai de Sheila.

Assise par terre près de sa chaise, je levai les yeux vers elle. Elle me considéra d'un air sérieux, le pouce toujours dans la bouche. Les épreuves de l'après-midi marquaient son visage. Je n'essayai pas de la toucher. Anton animait les activités de fin de journée et personne ne nous regardait. Je ne voulais pas l'effrayer en me montrant trop familière, mais je désirais lui faire savoir que je n'étais pas indifférente.

— Ça n'a pas été très drôle, comme après-midi, hein ?

Son regard fixé sur moi fut sa seule réponse. Dans la position où j'étais, je profitais pleinement de son odeur.

— Demain, les choses se passeront mieux, je pense. Les premiers jours sont toujours difficiles.

Je tentai de déchiffrer son regard, de comprendre ce qui pouvait bien se dérouler dans ce crâne. L'hostilité ouverte avait disparu, du moins pour l'instant. Mais je ne lisais rien au-delà.

— Ton pantalon est sec ?

Elle se déplia et se leva, examina sa salopette. Elle était à peu près sèche, l'auréole humide se distinguait à peine des autres taches. Elle fit un grand signe de tête.

— Tu penses que ça suffira pour que tu n'aies pas d'ennuis ?

De nouveau un hochement de tête presque imperceptible.

— Je l'espère. Les accidents, ça arrive à tout le monde et ce n'était pas vraiment de ta faute.

J'avais toujours quelques vêtements de rechange dans une armoire, car ce genre d'incident n'était que trop fréquent dans notre groupe. Je ne lui en avais pas parlé, afin de ne pas l'effaroucher par trop d'intimité. Mais je tenais à ce qu'elle sache que de tels problèmes étaient acceptables ici.

Le pouce effectua une rotation dans sa bouche, et elle se détourna de moi pour observer Anton. Je restai près d'elle jusqu'à l'heure de la sortie.

Après le départ des enfants, Anton et moi rangeâmes la classe en silence. Aucun de nous ne fit allusion à ce qui s'était passé. Aucun de nous ne parla beaucoup. Cette journée n'avait certainement pas été l'une de nos meilleures. Rentrée chez moi, je nettoyai ma blessure et mis un pansement. Puis je m'allongeai sur mon lit et pleurai.

4.

Même si je refusais de l'admettre, la vie dans ma classe était une bagarre de tous les instants. Non seulement contre les enfants mais contre moi-même. Pour m'en tirer auprès de ces gosses, je devais verrouiller mes propres émotions, car si je ne le faisais pas, je me sentais trop découragée, bouleversée, désabusée pour agir de manière efficace. Je passais mes journées à refouler mes propres craintes dans les petits coins sombres de ma conscience. Cette méthode faisait ses preuves, mais de temps à autre, un enfant arrivait, qui ébranlait sérieusement mes défenses. Alors fondaient sur moi, pêle-mêle, tous les doutes, frustrations, inquiétudes que je prenais tant soin d'ignorer, et le sentiment de mon échec me terrassait.

Au fond, malgré tout, j'étais une utopiste. Par-delà l'incompréhensible comportement des enfants et ma propre vulnérabilité, par-delà le découragement, le manque de confiance en moi, je gardais l'espoir — un peu fou, j'en conviens — de pouvoir changer les choses.

Lorsque Chad arriva, vers sept heures, j'étais reposée. Il travaillait dans un cabinet juridique du centre ville, et consacrait la majeure partie de son temps, en tant qu'avocat commis d'office, à défendre les clochards et autres épaves qui échouaient en prison. Son palmarès n'était donc pas très glorieux, et nous passions nos soirées à nous apitoyer en chœur sur nos misères, moi avec mes gamins, lui avec ses clients. Nous avions parlé une ou deux fois mariage, et l'affaire en était restée là. Nous étions tous deux des solitaires sociables, et le statu quo nous satisfaisait.

Je lui parlai de Sheila. Cette fois, j'avais affaire à forte partie, déclarai-je fermement. Cette gamine était une sauvageonne, et je ne pensais pas être capable de l'apprivoiser. Plus vite l'hôpital la prendrait en charge, mieux ce serait.

Chad se mit à rire gentiment et me suggéra de téléphoner à son ancienne institutrice. Je cherchai dans l'annuaire le numéro de Mrs. Barthuly.

— Oh ! mon Dieu, gémit Mrs. Barthuly quand je lui eus dit qui j'étais et pourquoi je l'appelais. Et moi qui croyais qu'on l'avait enfin casée quelque part

Je lui expliquai qu'il n'y avait pas encore de place à l'hôpital d'Etat et lui demandai ce qu'elle avait fait de Sheila lorsqu'elle était dans sa classe. Je l'entendis émettre ces sortes de petits gloussements indescriptibles qui expriment toujours une défaite.

— Je n'ai jamais vu une gamine pareille. Destructrice oh là là ! dès que je la quittais des yeux, elle saccageait quelque chose. Son travail, celui des autres, les panneaux d'affichage, les dessins exposés, tout ce qui lui tombait sous la main. Un jour elle a pris les manteaux des autres gosses et les a fourrés dans les toilettes des filles. Tout le sous-sol a été inondé. (Elle soupira.) J'ai tout essayé. Elle déchirait son travail avant que je puisse y jeter seulement un coup d'œil. Alors j'ai eu l'idée de fixer les feuilles sur du contreplaqué pour qu'elle ne puisse plus les mettre en pièces. Vous savez ce qu'elle a fait ? Elle les a enfoncées dans la bouche d'air conditionné et a coincé tout le système. Nous avons dû passer trois jours sans aucune ventilation, alors qu'il faisait trente-quatre degrés !

Mrs. Barthuly poursuivit son récit. Son débit était rapide,

au début, comme si elle n'avait jamais eu vraiment l'occasion de raconter la calamité qui lui était tombée dessus au cours du premier trimestre. Malgré tout, elle aimait bien Sheila, mue par cette même mystérieuse sympathie qui m'attirait vers la fillette. Elle semblait si vulnérable, et en même temps si courageuse. Mrs. Barthuly avait fait son possible. Mais sa bonne volonté n'avait servi à rien. Sheila refusait de lui parler. Elle refusait qu'on la touche, qu'on l'aide, qu'on l'aime. L'institutrice avait d'abord essayé la douceur. Elle tentait de montrer de l'affection à cette enfant impossible à aimer, de lui proposer des activités particulières, de lui accorder plus d'attention qu'aux autres. La psychologue scolaire mit au point une échelle de récompenses destinées à valoriser la bonne conduite de Sheila. Mais la fillette semblait prendre un malin plaisir à ne jamais faire ce pour quoi on avait décidé de la récompenser. Mrs. Barthuly était convaincue qu'elle démolissait sciemment ce programme, allant jusqu'à refuser les activités qu'elle pratiquait correctement avant, si elles figuraient sur la liste.

A la fin, Mrs. Barthuly baissa les bras. La fillette l'accaparait trop, lui faisait oublier les autres. Elle la laissa donc entièrement libre, et un semblant de paix s'installa pour la première fois dans la classe. Livrée à elle-même, Sheila passait la majeure partie de ses journées à se promener dans la salle ou à feuilleter des magazines. Si on la contrariait, elle se mettait à hurler et à courir de tous côtés, en détruisant tout ce qu'elle trouvait sur son chemin. Mais si on la laissait tranquille, elle était supportable, et ignorait les autres s'ils ne s'occupaient pas d'elle. Elle ne parlait toujours pas, ni ne travaillait, ni ne participait à aucune des activités de la classe. Et puis il y eut cette affaire en novembre, et on la retira immédiatement de l'école afin de calmer les craintes exprimées par les parents des autres enfants.

La voix à l'autre bout du fil était triste et pessimiste.

Mrs. Barthuly regrettait qu'on ait fait si peu. On ignorait même si Sheila possédait la maîtrise élémentaire de l'alphabet et des nombres. On ne savait absolument rien de ses connaissances, de ses sentiments. Elle était, reconnut Mrs. Barthuly, l'enfant la moins scolarisable qu'elle eût jamais rencontrée. Ce qui pourrait être fait pour Sheila outrepassait sa patience, ses compétences et son temps. Elle me souhaita bonne chance, rectifia en ajoutant qu'elle espérait que l'hôpital aurait bientôt une place. Après quoi elle raccrocha.

Le lendemain matin avant la classe, je m'installai avec Anton pour décider d'un plan d'action. De toute évidence, le drame de la veille ne devait pas se répéter. Les autres enfants ne pouvaient se permettre de vivre ce genre d'expérience. Si une certaine rupture de rythme était salutaire, car elle leur apprenait à réagir dans un milieu protégé quand les choses tournaient mal, nous ne pouvions nous offrir une tragédie tous les jours.

L'assistante sociale entra en traînant Sheila derrière elle, un quart d'heure environ avant le début des cours. Elle expliqua que le seul car scolaire qui desservait le quartier de Sheila était celui du lycée. En conséquence de quoi elle arriverait tous les jours avec une demi-heure d'avance et ne pourrait reprendre le car le soir que deux heures après la fin des classes. Je fus horrifiée. Tout d'abord, je ne voyais pas du tout Sheila voyager dans un car avec un groupe de lycéens ; ni dans aucun autre autocar, du reste. Ensuite, comment diable étais-je censée l'occuper pendant ces deux heures ?

L'assistante sociale m'adressa un sourire désolé. Nous allions devoir nous faire à cette idée, car les autorités refuseraient de financer un transport spécial, puisqu'on pouvait utiliser les cars réguliers. Il fallait simplement trouver une solution pour garder la gamine à l'école. Elle n'était pas la seule ; d'autres enfants, qui habitaient la campagne et devaient prendre leur autocar aussi tard restaient dans les locaux de l'école. Sheila pourrait attendre avec eux. Me confiant le poignet inerte de la fillette, elle se détourna et sortit.

Je regardai Sheila, et toute l'angoisse de la veille me revint. La gamine m'observait, les yeux ronds et circonspects, avec une hostilité plus discrète qu'auparavant. Je souris faiblement.

— Bonjour, Sheila. Je suis contente de te voir de nouveau parmi nous.

Pendant les quelques minutes qui restaient avant l'arrivée des autres, je la conduisis à l'une des tables et approchai une chaise. Elle me suivit sans rechigner et s'assit.

— Ecoute, lui dis-je en m'installant à côté d'elle, voyons ensemble ce que nous pouvons faire pour que les choses se passent mieux qu'hier. Ça n'a pas été très drôle pour moi, ni pour toi non plus, je suppose.

Elle plissa le front d'un air interrogateur, comme si elle ne comprenait pas où je voulais en venir.

— Je ne sais pas comment c'était pour toi dans l'autre école, mais il faut que tu saches comment les choses se passent ici. Hier, je pense que nous t'avons peut-être fait un peu peur, parce que tu ne connaissais personne et que tu ne savais pas exactement ce que nous attendions de toi. Alors, je vais t'expliquer.

Elle commença à se voûter sur sa chaise, remonta les genoux et se replia sur elle-même. Je remarquai qu'elle portait la même salopette de jean usée, le même vieux tee-shirt, aussi crasseux que la veille, et elle sentait très fort.

— Je ne vais pas te battre. Je ne bats pas les enfants ici. Anton non plus, ni Whitney, ni personne. Il ne faut pas que tu aies peur de nous.

Elle mit son pouce dans sa bouche. Elle semblait effrayée, et si petite, si vulnérable, que j'avais du mal à me rappeler la manière dont je l'avais perçue la veille. Elle n'avait plus cet air provocant, du moins pour l'instant. Mais le regard qui me jaugeait était aussi ferme et impassible.

— Veux-tu t'asseoir sur mes genoux pendant que je te parle ?

Elle secoua la tête d'un mouvement presque imperceptible.

— Bon, eh bien, voici ce que nous allons faire. Je tiens à ce que tu assistes à toutes nos activités. Tout ce que je te demande, c'est de rester avec nous. Anton et Whitney t'expliqueront ce qui se passe, jusqu'à ce que tu aies bien l'habitude.

Je continuai à lui annoncer l'emploi du temps de la journée. Je lui dis que, pour le moment, elle ne serait pas obligée de participer si elle n'en avait pas envie. Mais elle devait se joindre à nous, elle n'avait pas le choix. Soit elle venait de son propre gré, soit l'un de nous l'y aiderait.

— Et, ajoutai-je en guise de conclusion, si parfois tu n'arrives pas à te maîtriser, je te demanderai d'aller te calmer dans le coin, là-bas. (Je lui indiquai la chaise que nous réservions à cet usage, dans un coin de la pièce.) Tu iras t'asseoir là-bas jusqu'à ce que nous estimions toutes les deux que tu as retrouvé ton calme. Tu resteras assise, c'est tout. Tu as bien compris ?

Si ce fut le cas, elle ne m'en fit rien savoir. Les autres gamins arrivaient. Je me levai et lui tapotai le dos avant d'aller accueillir le groupe. Elle ne fuit pas mon contact, mais rien en elle n'indiqua qu'elle l'eût senti.

Lorsque l'heure de la discussion arriva, Sheila resta assise sur sa chaise. Je désignai le sol à côté de moi.

— Sheila, tu viens ici, s'il te plaît, afin que nous puissions commencer la discussion.

Elle ne broncha pas. Je réitérai mon ordre. Elle resta pelotonnée sur la chaise. Je sentis mon estomac se nouer d'appréhension. Elle m'observait, le pouce dans la bouche, les yeux écarquillés. Je regardai Anton, qui était en train d'installer Freddie.

— Anton, peux-tu aider Sheila à se joindre à nous ?

Dès qu'Anton se retourna pour s'approcher d'elle, Sheila revint à la vie et bondit de son siège. Elle se rua d'un air affolé vers la porte, contre laquelle elle s'affala violemment quand elle vit que le loquet ne fonctionnait pas.

— Torey, fais-la arrêter, implora Peter, contrarié.

Les enfants observaient Anton, qui essayait de la cerner. Elle avait de nouveau ce regard fixe d'animal aux abois et courait à corps perdu pour éviter la capture. Mais la pièce était si petite que toute fuite était vaine. Elle tenta de gêner la progression d'Anton en jetant des livres à terre, mais en moins d'une minute il la coinça à l'autre bout de l'une des tables et la poussa contre le mur ; il lui suffit alors de tendre la main et de lui saisir le bras.

Pour la première fois, elle émit un son. Un hurlement aigu qui nous fit tous sursauter. Susannah se mit à pleurer, mais les autres se cantonnèrent dans un silence apeuré, tandis qu'Anton traînait Sheila de force vers notre groupe. Prenant son bras des mains d'Anton, je la fis asseoir sans ménagement. Elle continua à s'égosiller, d'une voix gutturale, sans larmes, mais ne se débattit pas.

— Bon, dis-je d'un ton faussement enjoué. Qui propose un sujet ?

— Moi, fit William, s'efforçant de se faire entendre parmi les cris de Sheila. Ça va toujours être comme ça, ici ? (Son regard sombre était rempli de crainte.) Elle va toujours être comme ça ?

Les autres gamins me regardaient d'un air anxieux, et je pensai une fois de plus combien il était nécessaire de bluffer, dans ce métier, car à franchement parler, j'avais aussi peur qu'eux. Nous venions de passer quatre mois ensemble, à apprendre nos différences et nos problèmes. Je n'ignorais pas que la venue de Sheila aurait été une épreuve même si la fillette avait été calme et coopérative, simplement parce qu'elle était nouvelle et remettait en question notre fragile édifice. Sa présence secouait rudement nos fondations.

Le sujet du jour était donc Sheila. Je tentai d'expliquer le mieux que je pus comment Sheila devait s'adapter et combien les choses étaient difficiles pour elle aussi. Elle avait simplement besoin de notre patience et de notre compréhension.

Sheila ne nous ignorait pas complètement tandis que nous parlions d'elle. Ses hurlement s'étaient réduits à quelques cris rauques, sporadiques, qu'elle insérait dans les blancs de la conversation ou lorsqu'elle surprenait l'un de nous à la regarder. Par ailleurs, elle était calme. Je laissai les enfants poser des questions, exprimer leurs craintes et leur malaise. Et je m'efforçai de leur répondre honnêtement. Tous, sauf Peter, eurent la délicatesse de ne pas accabler Sheila de critiques. Mais Peter, de même qu'il s'était plaint, la veille, de son odeur, déclara d'un ton furieux qu'il voulait que cette fille quitte la salle. Qu'elle gâchait tout. Je ne tentai pas de protéger Sheila de ses commentaires parce que je savais qu'il les lui aurait assénés tôt ou tard, de toute façon. C'était l'un de ses problèmes, et je préférais être présente quand il s'exprimait.

La discussion porta donc sur les différentes manières de pallier les désagréments que nous causerait Sheila au cours de sa période d'adaptation. Tyler proposa qu'on l'envoie dans le coin de repos pour épargner nos oreilles. Sarah émit l'idée qu'on aménage une pause chaque fois que Sheila ferait du boucan. Et Guillermo, qui semblait d'une humeur particulièrement magnanime, estima que les enfants pourraient, à tour de rôle, aller s'asseoir près de Sheila et lui tenir compagnie pendant qu'elle hurlait, afin qu'elle ne se sente pas seule. Je le soupçonnai de ne se faire là plus l'écho de ses propres sentiments que de ceux de Sheila.

A la fin, il fut décidé que lorsque Sheila crierait ou

accaparerait d'une autre façon l'attention d'Anton ou la mienne, les autres poursuivraient leur travail et les plus responsables jetteraient un œil sur Max, Freddie et Susannah. Je leur dis qu'à la fin de la semaine nous aurions un petit extra si tout le monde coopérait. Après une brève discussion, il fut convenu que nous ferions une glace le vendredi, si tout marchait bien. Les enfants débordaient d'idées.

— Si tu es occupée avec Sheila et que Freddie se met à pleurer, je peux lui lire une histoire, suggéra Tyler.

— On pourrait chanter une chanson tout seuls, ajouta Guillermo.

— Je tiendrai la main de Susannah Joy, comme ça elle pourra pas courir et se faire mal.

Je souris.

— Vous avez tous d'excellentes idées. Ça va marcher formidablement bien, croyez-moi. Maintenant, voyons quelle garniture nous mettrons sur la glace, vendredi.

Je baissai les yeux vers Sheila, qui poussait toujours des grognements furieux. Je n'avais pas lâché la bretelle de sa salopette, mais elle ne bougeait pas.

— Tu aimes les glaces ?

Ses yeux se rétrécirent.

— Je pense que tu en voudras un peu, n'est-ce pas ? Tu aimes les glaces ?

Prudemment elle hocha la tête.

Sheila accepta plus volontiers de s'installer sur une chaise pendant que nous faisions du calcul. Elle grimpa sur l'une d'elles et s'y pelotonna, m'observant d'un œil soupçonneux tandis que je passais d'un enfant à l'autre. Le reste de la matinée se déroula sans incident.

Je n'osai pas quitter les enfants à l'heure du déjeuner, non seulement parce que je ne tenais pas à revivre un après-midi aussi désastreux que la veille, mais aussi parce que les surveillantes de demi-pension avaient déclaré qu'elles refusaient purement et simplement de garder une gamine aussi imprévisible, tant qu'elle ne serait pas calmée. J'emportai donc mon déjeuner à la table des enfants.

Je m'assis près de Sheila, qui se poussa légèrement sur le banc. Anton vint s'installer de l'autre côté, et elle se rapprocha de moi. Elle engloutit son repas en quelques minutes, fourrant les aliments dans sa bouche aussi vite qu'elle pouvait avaler. Elle avait des manières épouvantables mais savait se servir d'une fourchette, ce qui n'était pas à la portée de tous les gamins.

Après le déjeuner, je la raccompagnai dans la salle et m'assis à l'une des tables pour corriger des exercices pendant que les enfants jouaient. Sheila reprit sa place sur la chaise, mit son pouce dans sa bouche et me regarda fixement.

Tout l'après-midi, elle se déplaca comme on le lui demandait, mais lorsqu'elle avait le choix, elle revenait toujours sur la même chaise près de la table et s'y recroquevillait. Elle semblait tout à fait radoucie depuis la veille, déprimée, presque, mais je n'essayai pas de lui poser de questions. Elle paraissait avoir exagérément peur de moi, ce que je ne comprenais pas, je ne tenais pas à intensifier son angoisse en m'imposant. Les autres gamins avaient l'air déçus qu'il ne se passe rien et Peter vint me trouver après les activités de fin de journée pour me demander si nous mangerions quand même une glace si Sheila ne se conduisait plus jamais mal. Avec un grand sourire, je lui promis que si nous arrivions jusqu'à vendredi sans problèmes, il y aurait certainement une glace.

Après le départ des enfants, nous fûmes seuls, Sheila, Anton et moi. Je réservais normalement ces deux heures qui suivaient la classe à préparer la journée du lendemain, mais j'estimai que pour les premiers jours du moins, je pourrais en profiter pour faire mieux connaissance avec Sheila. Elle était toujours fichée sur sa chaise, qu'elle n'avait même pas quittée lorsque les autres avaient enfilé leurs esquimaux pour s'apprêter à rentrer chez eux.

Je m'approchai de la table et m'assis en face d'elle. Elle me regarda, sur ses gardes.

— Tu as fait du bon travail aujourd'hui, ma grande. Je suis très contente.

Elle détourna la visage.

Je l'observai. Sous la crasse et le fouillis des cheveux, c'était une belle enfant. Ses bras et ses jambes étaient droits et bien formés. J'avais envie de la prendre sur mes genoux, de la serrer dans mes bras, d'apaiser un peu cette souffrance que je lisais si clairement dans ses yeux. Mais nous étions séparées par une table, qui aurait pu être un univers. Je me tenais tout près d'elle, et elle refusait de seulement rencontrer mon regard.

— Est-ce que je t'ai fait peur, Sheila ? demandai-je doucement. Ce n'était pas mon intention, en tout cas. Ça doit être très effrayant pour toi d'arriver dans une nouvelle école et de te retrouver au milieu de nous, que tu ne connais pas. Je sais que ça fait peur. Ça me fait peur, à moi aussi.

Elle porta une main contre sa tempe pour me faire complètement disparaître de son champ de vision.

— Tu aimerais que je te lise une histoire, ou autre chose, en attendant l'heure de ton car ?

Elle secoua la tête.

— Bien. Alors je vais m'installer à l'autre table et préparer les activités de demain. Si tu changes d'avis, je serai ravie de te lire une histoire. Ou bien tu peux t'amuser avec les jouets ou faire ce que tu veux.

Je me levai.

Dès que je me fus plongée dans mon travail, elle baissa la main, se tourna vers moi, et se mit à m'observer tandis que j'écrivais. Je levai les yeux à plusieurs reprises, mais n'obtins aucun signe de ce regard immobile.

5

Le lendemain, je décidai qu'il était temps que Sheila participe. Le car qui l'amenait la déposait devant le lycée, à deux rues de l'école, et Anton était allé la chercher. Quand ils arrivèrent, Sheila retira sa veste et se dirigea immédiatement vers sa chaise. Je vins vers elle et m'assis, en lui expliquant qu'aujourd'hui on lui demanderait de faire certaines choses. Je parcourus avec elle l'emploi du temps de la journée et je lui dis qu'elle devrait se joindre au groupe comme la veille, et également me faire quelques exercices de calcul quand ce serait l'heure. De plus, le mercredi après-midi, nous apprenions la cuisine, lui dis-je, et je voulais qu'elle nous aide à confectionner les bananes au chocolat. Elle devrait donc participer à ces deux activités.

Elle me regarda pendant que je parlais, les yeux voilés par la même méfiance que la veille. Je lui demandai si elle comprenait ce que je désirais. Pas de réponse.

Pour la discussion du matin, Sheila nous rejoignit dès que je lui en eus donné l'ordre, en lui lançant mon regard le plus noir. Elle s'assit à mes pieds et ne broncha pas. Pour le calcul, ce fut une autre affaire. J'avais prévu de lui proposer quelques additions simples. Je sortis les cubes et lui dis de venir près de moi. Elle resta clouée à l'endroit où elle était assise pendant la discussion.

— Sheila, viens ici, s'il te plaît. (J'indiquai une chaise. Ce n'était pas celle qu'elle préférait.) Viens.

Elle ne bougea pas. Anton se prépara prudemment à l'attraper si elle détalait à mon approche. Elle perçut aussitôt notre plan et s'affola. Cette enfant avait une véritable phobie de la capture. Elle se mit à pousser des cris sauvages et à courir, bousculant dans sa fuite les autres gamins et leurs travaux. Mais Anton était trop près et la saisit presque aussitôt. Je m'approchai et la lui pris des mains.

— Ecoute, quand nous t'attrapons, ce n'est pas pour te faire du mal. Ne le sais-tu pas encore ?

Je m'assis avec elle en la tenant fermement, car elle se débattait. J'écoutai sa respiration, rauque de frayeur.

— Calme-toi, mon poussin.

— Hé là, vous tous, hurla Peter d'un air réjoui, il faut qu'on soit sages, maintenant.

Les petites têtes se penchèrent assidûment sur leur besogne et Tyler se leva pour vérifier avec sollicitude le travail de Susannah et de Max.

Sheila recommença à crier, le feu aux joues. Mais elle ne pleurait pas. La maintenant sur mes genoux, je renversai les cubes. Je les alignai soigneusement en attendant qu'elle se calme.

— Bon, tu vas me compter quelques cubes.

Elle cria de plus belle.

— Tu vas m'en compter trois. (Elle se débattit pour desserrer mon étreinte.) Je vais t'aider. (J'agitai sa main crispée en direction des cubes.) Un, deux, trois. Voilà. A toi, maintenant.

Brusquement, elle empoigna un cube et le lança de toutes ses forces à travers la pièce. En moins d'une seconde elle en avait saisi un autre, qui frappa Tyler en plein front. La fillette poussa un gémissement.

Je bloquai le bras de Sheila contre elle et me levant, je la traînai jusqu'au coin de repos.

— On ne fait pas ce genre de chose ici, sache-le. On ne fait de mal à personne. Tu vas rester sur cette chaise jusqu'à ce que tu sois calmée et que tu puisses te remettre au travail. (Je fis signe à Anton.) Aide-la à rester à sa place s'il le faut.

Je revins auprès des autres, caressai le front meurtri de Tyler et les félicitai tous d'avoir poursuivi leur travail. Après avoir mis une marque au tableau pour indiquer que nous approchions de la glace du vendredi, je m'installai près de Freddie et l'aidai à empiler des cubes. Dans le coin, c'était un chahut effroyable. Sheila hurlait comme une forcenée, donnait des coups de pied dans le mur avec ses tennis et bondissait sur la chaise. Anton, silencieux et menaçant, la maintenait d'une poigne solide.

Pendant toute la période réservée au calcul, Sheila poursuivit son vacarme. Une demi-heure plus tard, alors que nous commencions les jeux libres, elle se lassait de donner des coups de pied et de se débattre. Je m'approchai.

— Es-tu prête à venir faire tes exercices de calcul avec moi ?

Elle leva les yeux vers moi et poussa des cris de fureur. Anton ne tenait plus Sheila, mais seulement la chaise, et je lui fis signe d'aller s'occuper des autres.

— Quand tu seras disposée à faire du calcul, tu pourras venir. En attendant, tu ne bouges pas de cette chaise. Sur ces mots je me détournai et partis.

Le fait de se retrouver entièrement seule la stupéfia sur le moment, et elle cessa de hurler. Quand elle fut bien certaine que ni Anton ni moi n'étions auprès d'elle pour la maintenir sur la chaise, elle se leva.

— Es-tu prête à faire du calcul ? lui demandai-je de l'autre côté de la salle, où j'aidais Peter à construire une autoroute en cubes.

Sa mine s'assombrit.

— Non ! Non ! Non ! Non !

— Alors assieds-toi.

Elle poussa un cri furieux, si perçant que tout le monde s'arrêta de travailler. Mais elle resta près de la chaise.

— Je t'ai dit de t'asseoir, Sheila. Tu ne te lèveras que lorsque tu seras disposée à faire ton calcul.

Pendant un moment qui sembla une éternité, elle se déchaîna avec une telle violence qu'une douleur lancinante se mit à battre dans mon crâne. Puis soudain, contre toute attente, elle se tut et me foudroya du regard, avec une expression de haine si pure que le peu d'assurance qui me restait fondit complètement.

— Assieds-toi sur cette chaise, Sheila.

Elle s'assit. Elle tourna la chaise de sorte qu'elle pût m'observer, mais elle s'assit. Puis elle se remit à hurler.

Peter me regarda.

— Tu sais, Torey, je pense qu'on devrait avoir deux bons points, cette fois-ci. Elle est plutôt difficile à oublier.

Je lui fis un grand sourire.

— Oui, Peter, je crois que tu as raison. Ça en vaut bien deux.

Sheila hurla et vociféra tout au long des jeux. Le chahut durait alors depuis plus d'une heure et demie. Elle tapait des pieds, sautait, se balançait sur la chaise. Elle tirait sur ses vêtements et agitait les poings.

A la récréation, elle était enrouée et les sons qui nous parvenaient de son coin n'étaient plus que de petits croassements étranglés. Mais sa fureur n'avait pas diminué et les cris rauques se poursuivaient sur le mode rageur. Je restai dans la classe pendant qu'Anton faisait sortir les autres gamins. Ce qui intensifia pendant quelques instants l'agitation de Sheila — elle émit encore deux ou trois vrais cris, secoua la chaise dans tous les sens. Mais elle était fatiguée. A la fin de la récréation, aucun bruit ne venait plus du coin.

Je ne répétai pas mes conditions. Elle était à l'évidence

capable de s'en souvenir, maintenant, et je ne tenais pas à lui accorder plus d'attention qu'aux autres. Les enfants rentrèrent de récréation couverts de neige et les joues rouges, et racontèrent comment ils avaient joué au jeu du renard et des oies avec Anton, dans la neige, et comment Anton s'était fait prendre à tous les coups. La lecture commença sans incident, chacun de nous s'absorbant dans sa tâche comme si le petit tas, là-bas dans le coin, n'existait pas.

Tandis que je travaillais avec Max, vers la fin de la période de lecture, je sentis sur mon épaule un attouchement léger comme une plume. Sheila se tenait derrière moi, le visage crispé par cette expression de méfiance qui vibrait si souvent dans ses yeux.

— Tu es disposée à faire du calcul ?

Elle plissa les lèvres un instant, puis hocha lentement la tête.

— Parfait. Je vais demander à Sarah d'aider Max. Va chercher les cubes que tu as jetés et prends les autres dans le placard près de l'évier.

Je parlai d'un air détaché, désinvolte, comme s'il était évident qu'elle allait s'exécuter, et ma poitrine serrée démentait ma belle assurance. Elle me regarda attentivement, puis alla faire ce que je lui avais dit.

Je m'installai avec elle sur la moquette, où j'éparpillai les cubes.

— Montre-moi trois cubes.

Avec précaution elle en choisit trois.

— Montre m'en dix.

Dix cubes s'alignèrent de nouveau devant moi.

— Parfait. Tu connais bien tes nombres, n'est-ce pas ?

Elle leva vers moi des yeux inquiets.

— Plus difficile, maintenant. Compte-moi vingt-sept cubes.

En quelques secondes, vingt-sept cubes apparurent.

— Tu sais faire les additions ?

Elle ne répondit pas.

— Montre-moi combien font deux cubes plus deux.

Elle aligna quatre cubes sans hésitation. Je l'observai un moment.

— Combien font trois plus cinq ?

Elle disposa huit cubes.

J'étais incapable de dire si elle connaissait les réponses ou si elle les découvrait au fur et à mesure. De toute évidence, elle comprenait bien le mécanisme de l'addition. J'hésitai à sortir un crayon et une feuille, connaissant sa tendance à détruire le papier. Je ne voulais pas gâcher cette nouvelle relation si fragile. Mais je désirais savoir comment elle calculait ses opérations. Je décidai donc de passer à la soustraction, qui m'en dirait plus à ce sujet.

— Montre-moi combien font trois moins un.

Sheila saisit deux cubes. Je souris. Elle connaissait l'opération, et n'avait pas eu besoin d'aligner trois cubes et d'en retirer un.

— Six moins quatre.

De nouveau, deux cubes.

— Hé, mais, tu te débrouilles bien. Mais attends. Je vais te coincer, cette fois. Montre-moi douze moins sept.

Elle me regarda, et un infime semblant de sourire apparut dans ses prunelles, même s'il n'effleura pas ses lèvres. Elle empila l'un sur l'autre un, deux, trois, quatre, cinq cubes, sans même les regarder. Le petit démon, me dis-je. Ainsi, pendant toutes ces années, où qu'elle fût et quoi qu'elle fît, elle apprenait. Ses compétences dépassaient celles d'un enfant moyen de son âge. Elle n'avait même pas hésité une fraction de seconde avant de prendre les cubes. Mon cœur bondit à l'idée que toute cette révolte et toute cette saleté dissimulaient peut-être une enfant intelligente.

Elle me fit encore quelques opérations, après quoi je lui dis que cela suffisait et qu'elle pouvait ranger les cubes. C'était l'heure de la lecture et je lui avais dit le matin qu'elle ne serait pas obligée de participer à cette activité. Je me levai pour m'occuper des autres gamins et Sheila se leva avec moi. Cramponnée à la boîte de cubes, elle me suivit.

— Mon chou, lui dis-je en me tournant vers elle, tu peux les ranger, si tu veux. Tu n'as pas besoin de les transporter partout avec toi.

Mais elle avait une idée en tête. Lorsque je levai les yeux, quelques instants plus tard, elle était installée sur sa chaise favorite, à l'autre bout de la table, les cubes éparpillés devant elle. D'un air affairé elle les manipulait, construisait quelque chose, mais je ne compris pas ce que c'était.

Le déjeuner sembla la déprimer de nouveau, et elle alla se recroqueviller sur sa chaise. Mais quand vint l'heure de cuisiner, je parvins sans problèmes à la faire lever en lui proposant une banane et un bâtonnet.

Tous les mercredis, nous réalisions un plat. J'avais organisé cette activité pour plusieurs raisons. Pour les enfants les plus évolués, c'était un bon exercice de calcul et de lecture. Pour tous elle favorisait la relation sociale, le partage, la conversation et le travail en commun. De plus, nous nous amusions bien. Une fois par mois, nous reprenions une des recettes favorites des enfants, et cet après-midi, il s'agissait de bananes au chocolat, une sombre affaire qui consistait à planter sur un bâton une banane, qu'il fallait ensuite tremper dans du chocolat, rouler dans une garniture et réfrigérer. Afin de simplifier, j'avais décidé de ne pas entreprendre une recette nouvelle pour la première séance de Sheila, et les bananes au chocolat étaient une valeur sûre. Presque tous les gamins pouvaient en réaliser les différentes étapes. Même Susannah en faisait une grande partie, et seuls Max et Freddie avaient besoin d'une aide attentive et constante. Bien entendu, il y avait du chocolat partout et une bonne part des garnitures était engloutie avant d'avoir trouvé une banane à laquelle adhérer, mais nous passions tous un excellent moment.

Sheila hésitait à se joindre au groupe qu'elle surveillait, un peu à l'écart, la main serrée autour de sa banane, tandis que les autres babillaient gaiement. Mais elle ne résistait pas, et Whitney l'attira devant la sauce au chocolat lorsque tout le monde eut terminé. Une fois qu'elle s'y fut mise, Sheila s'absorba complètement et s'ingénia à coller sur sa banane poisseuse les quatre sortes de garniture. Je l'observai de l'autre bout de la table. Elle ne disait pas un mot mais semblait avoir une idée extrêmement précise de la manière dont elle pourrait faire adhérer les friandises en retrempant la banane dans le chocolat après chaque passage dans une garniture. Un à un les autres gamins s'arrêtèrent pour la regarder expérimenter son idée. Les voix se turent, la curiosité était la plus forte. Après avoir roulé l'énorme masse collante dans le dernier plat de garniture, Sheila la leva soigneusement. Puis ses yeux cherchèrent les miens et, lentement, un sourire se forma sur son visage, s'élargit, éclata enfin, découvrant les petits trous où manquaient ses dents du bas.

A la fin de chaque journée, nous terminions par des activités qui, comme la conversation du matin, avaient pour but de nous réunir et de nous préparer à la séparation. L'une d'elles était la Boîte du Kobold. J'adorais inventer des histoires pour les enfants et je leur avais dit un jour, au début de l'année, que les kobolds étaient comme des fées, mais qu'ils vivaient dans les maisons et veillaient à ce que tout reste en ordre pendant que les gens dormaient. Peter avait alors déclaré qu'il y avait peut-être un kobold dans notre classe, qui prenait soin de nos affaires et tenait compagnie à Benny, Charles et Onions, le lapin au sale caractère, pendant la nuit. Cette idée engendra toute une série d'histoires sur notre kobold. Et un jour, j'apportai une grande boîte en bois où le kobold, expliquai-je à mes gamins, laisserait désormais des messages. Je dis qu'il nous voyait tous travailler et était extrêmement satisfait de constater combien chacun, dans cette classe, devenait gentil et prévenant. Aussi, chaque fois qu'il verrait un beau geste, il déposerait un message dans la boîte. A la fin de chaque journée, je lisais donc les missives de la Boîte du Kobold. Au bout de quelques jours, je leur dis que le kobold souffrait de la crampe de l'écrivain et avait besoin d'aide. Je demandai aux gamins de prêter attention aux gestes de gentillesse qu'ils observeraient chez les autres et de rédiger une note qu'ils mettraient dans la boîte, ou bien, s'ils ne savaient pas écrire, de venir me trouver pour que je la rédige pour eux. Ainsi prit naissance l'un des exercices les plus appréciés des enfants et les plus efficaces. Chaque soir, je lisais une trentaine de messages des gamins sur les gentillesses qu'ils avaient remarquées chez leurs camarades. Outre qu'elle encourageait les enfants à observer chez les autres un comportement positif, cette formule les incitait à se surpasser dans l'espoir que leur nom apparaîtrait dans la boîte à la fin de la journée. Certains messages étaient classiques, mais d'autres dénotaient une grande finesse, félicitant tel enfant pour un progrès infime mais significatif, parfois pour un comportement qui m'avait échappé. Par exemple, Sarah reçut des compliments pour n'avoir pas utilisé, au cours d'une discussion, une expression vulgaire dont elle raffolait, et Freddie pour avoir déniché un kleenex au lieu de se moucher dans sa chemise. J'adorais ouvrir cette boîte chaque soir, car j'y contribuais peu, si ce n'est pour m'assurer que tous les enfants avaient au moins un message, et c'était un tel plaisir de découvrir ce qu'ils avaient remarqué. Et aussi, je l'avoue, de trouver de temps à autre une note qui m'était destinée.

La lecture des messages qui clôtura donc ce mercredi, après la confection des bananes au chocolat, fut particulièrement agréable, car pour la première fois le nom de Sheila y apparut dans une autre écriture que la mienne. Sheila, qui se tenait encore à l'écart du groupe, garda la tête baissée pendant que les gamins applaudissaient à ses messages. Mais elle accepta volontiers les bouts de papier quand je les lui tendis

Anton partit accompagner les autres enfants à leurs cars après la fin des cours. Je m'installai à la table pour regarder quelques exercices et mettre à jour les graphiques que je tenais sur le comportement de deux des gamins. Sheila était allée aux lavabos pour nettoyer les traces de chocolat qui maculaient encore son visage. Je m'absorbai dans mon travail. Au bout d'un long moment, j'entendis la chasse d'eau, et Sheila sortit. Je ne levai pas les yeux, car je terminais au marker le tracé d'une courbe. La fillette s'approcha de la table et me regarda faire un instant. Puis, s'appuyant sur les coudes, elle se pencha vers moi jusqu'à me toucher. Je levai les yeux. Elle scrutait pensivement mon visage.

— Comment ça se fait que les autres ils vont pas au cabinet ?

— Hein ?

Je me redressai, surprise.

— Comment ça se fait que les autres, les grands, ils font dans leur culotte et pas dans le cabinet ?

— C'est parce qu'ils ne savent pas, encore.

— Comment ça se fait ? Ils sont être grands. Plus grands que moi.

— Simplement, ils ne savent pas encore. Mais ils sont en train d'apprendre, ici, avec nous tous.

Elle regarda le graphique que je dessinais.

— Ils devraient savoir, à leur âge. Mon papa, il me donnerait une drôle de raclée, si je fais ça.

— Tout le monde n'est pas pareil, et personne ne reçoit de raclée, ici.

Elle resta pensive un long moment, traçant avec son doigt un petit cercle sur la table.

— C'est être une classe de fous, ici, non ?

— Pas vraiment, Sheila.

— Mon papa, il dit ça. Il dit que je suis être folle et qu'on me met dans une classe pour les fous. Il dit que c'est être une classe de fous, ici.

— Pas vraiment.

Elle fronça un instant les sourcils.

— Ça fait rien. C'est être aussi bien que l'autre classe où je vais avant. Ici, c'est être aussi bien qu'ailleurs. Je m'en fiche, si c'est être une classe de fous.

Je cherchai en vain une réponse, ne sachant comment nier l'évidence. Je n'avais jamais imaginé avoir un jour avec l'un de mes gosses ce genre de discussion. Dans la plupart des cas, ils n'étaient pas assez lucides pour se poser la question, ou pas assez téméraires pour la formuler tout haut.

Sheila se gratta la tête et me considéra d'un air pensif.

— Toi, tu être folle ?

— J'espère que non, dis-je en riant.

— Alors, pourquoi tu fais ça ?

— Quoi, travailler ici ? Parce que j'aime beaucoup les petits garçons et les petites filles, et que j'ai du plaisir à faire la classe.

— Mais pourquoi tu être avec des enfants fous ?

— Ça me plaît. Tu sais, être fou, ce n'est pas vilain. C'est différent, c'est tout.

Elle secoua la tête sans sourire et se redressa.

— Je crois que tu être folle, toi aussi.

6.

— Sheila, viens ici, s'il te plaît. (Je désignai une chaise près de la mienne.) Je vais te donner quelque chose à faire.

Sheila était assise à l'autre bout de la pièce, sur sa chaise préférée. Jusque-là, la matinée s'était déroulée sans problèmes. Comme les deux jours précédents, j'avais profité du moment qui précédait le début de la classe pour lui présenter l'emploi du temps de la journée. Elle s'était montrée coopérative, se joignant d'elle-même au groupe pour la discussion matinale, puis pour le calcul. Elle ne parlait toujours pas, mais semblait beaucoup plus détendue. Pour l'instant, elle m'observait de sa chaise.

— Viens ici, poussin. J'aimerais que tu me fasses quelque chose.

Je lui fis signe de la main. Elle se déplia, quitta son siège d'un pas hésitant. J'avais emprunté au psychologue scolaire un test : le Peabody Picture Vocabulary Test, affectueusement dénommé PPVT. Bien que n'attachant pas une grande importance à ce test, j'estimais qu'il donnait une idée générale du niveau verbal d'un enfant, sans que celui-ci ait à parler. Après l'expérience de la veille avec les cubes, j'étais très curieuse de connaître celui de Sheila. Les enfants qui présentent des troubles aussi graves que les siens accusent généralement un retard scolaire, car il leur faudrait, pour apprendre, une énergie supplémentaire qui est souvent au-dessus de leurs forces. J'étais donc terriblement intriguée d'avoir découvert que Sheila avait des compétences normales en calcul. Peut-être même une intelligence au-dessus de la moyenne ? Cette idée m'enthousiasmait, et je commençais à ne plus trouver si mal qu'on ait placé la fillette dans ma classe, à me demander comment lui éviter l'hôpital. C'était bien la dernière des choses dont elle eût besoin en ce moment.

— Nous allons faire un jeu ensemble, toi et moi. (J'avais dû me lever pour la conduire jusqu'à ma table.) Voilà. Assieds-toi. Je vais te montrer des images et te dire un mot. Et toi tu désigneras l'image qui, à ton avis, représente le mieux ce mot, d'accord ? Tu as compris ?

Elle hocha la tête. Je lui présentai la première série de quatre images et lui demandai de désigner un « fouet ». Quel beau début, pensai-je tristement. Elle observa les quatre dessins, me regarda, puis pointa prudemment son doigt sur l'objet.

— Bravo, dis-je avec un sourire. C'est tout à fait juste. Maintenant, montre-moi un « filet ».

Dès que je lisais un mot, Sheila désignait une image, d'un doigt hésitant, tout d'abord, après avoir étudié longuement chaque possibilité, plus spontanément ensuite. Au bout de six ou sept fiches, un léger sourire se dessina sur son visage et elle leva les yeux.

— C'est être facile, murmura-t-elle d'une voix enrouée, afin que les autres n'entendent pas.

Elle échoua sur un seul mot, « thermos », qu'elle n'avait sans doute jamais rencontré dans sa courte vie de gamine misérable. Il fallait arrêter le test si l'enfant ignorait six mots sur huit, et elle en était loin. Je poursuivis. Les mots devenaient plus difficiles, Sheila examinait les images plus longtemps. Elle en ratait une de temps en temps, deux parfois. Je lisais l'inquiétude dans ses yeux. Elle se rendait compte de ses erreurs, même quand je ne faisais pas de commentaire.

Je ne disais plus rien depuis un moment. Je pensais avoir affaire à une enfant intelligente, voire brillante, mais elle surpassait toutes mes prévisions. Nous en étions à une partie du test que je n'avais jamais abordée avec aucun de mes gosses, et qui comprenait des termes tels que « illumination » et « concentrique ». Sheila se trompait quelquefois, mais sans jamais atteindre les six fautes éliminatoires. Nous étions de plus en plus tendues. De toute évidence, elle faisait son possible pour ne pas commettre d'erreurs, et je trouvais émouvante son application. Nous arrivions maintenant à la série réservée aux adolescents, dont certains mots étaient hors de portée d'un enfant de six ans. Elle continua cependant, en se mordant les lèvres. Je voyais ses mains se tordre sur ses genoux.

— Tu fais du très bon travail, ma puce.

Je ne m'attendais pas à ce qu'elle prît cet exercice si à cœur, avec une telle concentration, une telle endurance. J'étais époustouflée par l'étendue de son vocabulaire.

Elle me regarda. Elle avait les yeux dilatés, la peau du cou marbrée par l'énervement.

— Je les sais pas tous.

— Ça ne fait rien, mon cœur. Tu n'es pas obligée de les savoir tous. C'est juste pour voir quels mots tu connais. Mais ça n'a pas d'importance si tu en rates quelques-uns. Je suis très fière de toi.

Sa frimousse se plissa, elle semblait au bord des larmes.

— C'est être trop dur, maintenant. (Elle baissa les yeux sur ses mains.) Au début, c'est être facile, mais ces mots être rudement durs pour moi. Je les connais pas tous.

Son minuscule filet de voix, l'affolement qui s'emparait d'elle, ses petites épaules voûtées sous le tee-shirt râpé me serraient le cœur. Tant d'innocence, même chez la pire de tous ces gamins.

Je tendis le bras vers elle.

— Viens, Sheila.

Elle leva les yeux, je me penchai et l'attirai sur mes

genoux. Je sentis entre mes mains son corps maigriot tout crispé, et l'odeur omniprésente de vieille urine m'enveloppa.

— Je sais que tu fais de ton mieux, poussin. C'est ce qui compte. Ça n'a pas d'importance, si tu te trompes. Ces mots-là sont vraiment difficiles, tu sais. Je te parie qu'il n'y a pas un seul enfant ici qui pourrait faire mieux.

Je la serrai dans mes bras, écartant de son visage les mèches emmêlées. En attendant qu'elle se détende, j'examinai la fiche des résultats du test et je fis mentalement le compte. Je pensais qu'elle avait atteint la limite de ses connaissances, puisqu'elle manquait, à la fin, trois ou quatre mots de suite. Malgré cela, elle avait surpassé tous les autres enfants que j'avais jamais testés.

— Comment connais-tu tous ces mots ? lui demandai-je, intriguée par sa performance.

Elle haussa les épaules.

— Je sais pas.

— Certains sont des mots de grandes personnes. Je me demande où tu as bien pu les entendre.

— Mon autre maîtresse, elle me prête des magazines. Quelquefois je lis les mots dedans.

Je la regardai. Son corps était encore rigide contre le mien, et léger comme un oiseau.

— Est-ce que tu sais lire, Sheila ?

Elle hocha la tête.

— Où as-tu appris à lire ?

— Je sais pas. Je lis toujours.

J'étais abasourdie. Quelle sorte de défi était-ce là ? Au début, l'idée de découvrir dans mon groupe une enfant intelligente m'avait exaltée, car, aussi chers que me fussent les autres, la plupart apprenaient très lentement, et il était toujours difficile de déterminer où s'arrêtait le trouble affectif, où commençait l'arriération mentale. Certains gamins, tels Sarah ou Peter, étaient d'un niveau moyen, et j'avais rarement rencontré dans ma carrière un enfant plus éveillé. Mais il m'apparaissait soudain que Sheila n'avait pas seulement une intelligence au-dessus de la moyenne. Elle avait depuis longtemps dépassé le stade confortable de l'apprentissage aisé et de la maîtrise des mots et des nombres. C'était une enfant véritablement douée. Et ce fait, je le craignais, n'allait pas du tout me simplifier la tâche.

Il n'existait pas d'échelle, dans le PPVT, correspondant au score obtenu par Sheila. Pour sa classe d'âge, les résultats s'arrêtaient à 99, chiffre qui équivalait à un Q.I. de 170. Sheila avait totalisé 102 points. Je regardai fixement la fiche. Aucune catégorie n'est prévue pour ce genre d'intelligence. Les statistiques affirment qu'un seul individu sur dix mille atteint ce haut niveau. Je mesurai les implications de cette découverte. Il s'agissait donc d'un score déviant, anormal dans une société qui vénère l'uniformité. Cette aptitude l'isolerait des autres aussi sûrement que la mettaient à l'écart ses troubles caractériels.

Je regardai Sheila, assise à l'autre bout de la pièce. C'était l'heure des jeux, maintenant, et elle avait retrouvé sa chaise favorite. Elle suçait son pouce, pelotonnée sur elle-même, comme pour se protéger, en observant Tyler et Sarah qui jouaient à la poupée. Je m'interrogeai. Sous cette longue tignasse embrouillée, derrière ces yeux méfiants, quelle sorte d'enfant se cachait ? Je me sentais plus inquiète que jamais, car la situation se révélait encore plus complexe que je ne l'avais cru tout d'abord.

Après le déjeuner, je montrai à Anton les résultats du test. Il secoua la tête, incrédule.

— C'est impossible, murmura-t-il. Où aurait-elle appris tous ces mots ? Elle a simplement eu de la chance, Torey. Pas un gosse du campement ne peut connaître ce genre de vocabulaire.

J'avais du mal à y croire moi-même. J'appelai donc Allan, notre psychologue scolaire. Il n'était pas dans son bureau, et je laissai le message à sa secrétaire : je désirais faire tester l'un de mes gamins.

Outre cette question du test, un point m'intriguait. Plus Sheila s'exprimait, plus il apparaissait qu'elle utilisait un dialecte tout à fait particulier. Je ne l'avais pas assez entendue pour en dégager encore précisément les caractéristiques, mais sa syntaxe était insolite. La plupart des enfants du camp des travailleurs saisonniers appartenaient à des familles où l'on parlait espagnol, et si leur maîtrise du vocabulaire anglais était moins bonne que celle des enfants anglophones du même âge, ils maniaient normalement les structures grammaticales. Il n'existait pas d'autre influence linguistique majeure dans la région. Sheila ne venait pas d'un foyer d'origine mexicaine. Le test prouvait qu'elle connaissait parfaitement le vocabulaire. Je ne comprenais pas pourquoi elle parlait de façon si étrange. Son dialecte me faisait un peu penser à celui des Noirs du ghetto de Cleveland, avec lesquels j'avais travaillé autrefois. Mais Sheila avait la peau blanche et notre petite communauté agricole de l'Iowa était bien loin de Cleveland. Peut-être s'agissait-il d'un langage propre à sa famille. Je décidai de faire mon enquête, car ce phénomène me laissait fort perplexe.

Le reste de la journée se déroula sans incident. J'exigeais toujours très peu de choses de Sheila. Je désirais lui laisser le temps de s'adapter à nous, tout en évitant de pénaliser trop lourdement les autres enfants. Après les remous des premiers jours, cette trêve fut bienvenue. La fillette se joignait au groupe de bonne grâce, mais participait rarement aux activités, et seulement lorsqu'on insistait très gentiment. Elle refusait de parler aux autres gamins ainsi qu'à Whitney. La plupart du temps, elle ne consentait à adresser la parole à Anton ou à moi-même que si nous étions totalement isolés du reste de la classe. Cependant, elle était paisible et restait assise, dès qu'elle en avait l'occasion, sur sa chaise, d'où elle nous observait avec un intérêt prudent.

La grande étape qu'il me fallait aborder maintenant avec Sheila concernait l'hygiène. Elle arrivait tous les matins vêtue de la même salopette en jean et du même tee-shirt. Apparemment, personne ne les avait lavés depuis le premier jour et l'odeur d'urine qui les imprégnait était insoutenable. Je supposais que la fillette mouillait son lit la nuit, et se rhabillait le matin sans faire sa toilette. Il était donc extrêmement désagréable de l'approcher, ne fût-ce qu'un instant. Anton et moi étions accoutumés à l'odeur forte des culottes souillées, puisque Max, Freddie et Susannah ne savaient pas encore aller seuls aux toilettes. Mais la puanteur de Sheila dépassait tout. De plus, la crasse accumulée au fil des jours formait une croûte sur son visage et ses bras. Quand je l'avais envoyée s'enlever les traces de chocolat, après le cours de cuisine de la veille, elle était revenue avec, sur les avant-bras, les démarcations qui indiquaient jusqu'où elle s'était lavée. On les voyait encore aujourd'hui. Elle avait de longs cheveux qui lui descendaient à mi-dos en mèches enchevêtrées. Je les avais examinés, le premier jour, pour voir s'ils cachaient des poux ou des traces de gale. Nous avions déjà eu affaire deux fois au problème des poux, et je ne tenais pas à tenter une nouvelle expérience. La seconde fois, j'avais fini par en attraper moi-même, et j'étais furieuse. Sheila ne semblait pas atteinte, mais elle avait, en revanche, de l'impétigo autour des lèvres, et j'espérai qu'aucun de mes gamins ne serait contaminé.

Une infirmière scolaire venait dans l'établissement un après-midi par semaine. Au début, je lui envoyais les enfants. La plupart souffraient d'impétigo, de morsures de rats ou autres maux liés à la misère. Mais par la suite, je résolus de me procurer de la pommade et du shampooing spécial, afin de m'occuper moi-même des gamins : l'unique visite hebdomadaire du mardi ne suffisait pas, généralement, à régler tous les problèmes.

J'attendis le départ des enfants, à la fin de la journée, pour m'occuper de la toilette de Sheila. La fillette était restée assise pendant que les autres se préparaient. Elle ne bougea pas plus quand j'allai chercher dans le placard les peignes et les brosses que j'y rangeais. La veille, je m'étais arrêtée au drugstore pour acheter un petit paquet de pinces à cheveux.

— Sheila, viens ici. J'ai quelque chose pour toi.

Elle se leva et s'approcha, le front plissé, intéressée et sur ses gardes. Je lui tendis le paquet. Un instant, elle se contenta de le tenir, en me regardant d'un air méfiant. Mais je l'exhortai à l'ouvrir, et c'est ce qu'elle fit. Elle sortit les barrettes, les examina, leva les yeux vers moi, le front encore tout ridé, perplexe.

— C'est pour toi, mon poussin. J'ai pensé que nous pourrions te coiffer les cheveux et y mettre des barrettes. Comme moi, regarde.

Je lui montrai comme j'étais peignée.

Elle tripotait soigneusement les pinces à travers la poche de plastique. puis, fronçant les sourcils, elle me dévisagea.

— Pourquoi tu fais ça ?

— Quoi donc ?

— Etre gentille avec moi.

Je la regardai, surprise.

— Mais parce que je t'aime bien.

— Pourquoi ? Je être folle ; je fais du mal à tes poissons. Pourquoi tu être gentille avec moi ?

Perplexe à mon tour, je lui souris.

— J'en ai eu envie, Sheila, tout simplement. J'ai pense que tu aimerais peut-être avoir quelque chose de joli à te mettre dans les cheveux.

Elle continuait à caresser les barrettes dans leur emballage, à palper du bout des doigts les figurines de plastique.

— Personne me donne jamais rien, avant. Personne c'est être gentil avec moi exprès.

Désemparée, je restai là, à la regarder. Je ne trouvais rien, dans mon expérience, à quoi me raccrocher.

— Eh bien, c'est que les choses sont différentes, ici, ma puce.

Et ce fut tout ce que je pus répondre.

Soigneusement, je démêlai à la brosse les nœuds de sa chevelure. Cela me prit beaucoup plus de temps que je n'avais prévu, car je ne voulais en aucune manière lui faire mal. Cette relation ténue que nous étions en train de construire, je craignais de la mettre en péril par une maladresse — nos univers étaient si différents. Elle restait parfaitement tranquille sur sa chaise, serrant dans ses mains les barrettes qu'elle palpait toujours, sans les sortir de leur paquet. Elle avait des cheveux fins et soyeux, très raides, et qui, fort heureusement, n'étaient pas trop difficiles à démêler. Lorsque je les eus bien brossés, ils retombèrent sur ses épaules en un épais rideau. Je peignai sa frange, trop longue, qui lui tombait dans les yeux. Je découvrais une jolie fillette, aux traits vigoureux, bien formés. Une fois débarbouillée, elle serait encore plus ravissante.

— Voilà. Passe-moi les pinces, que je te les mette.

Elle pressa le paquet contre sa poitrine.

— Donne. Je vais les fixer dans tes cheveux.

Elle secoua la tête.

— Tu ne veux pas ?

— Papa, il va me les enlever.

— Mais non, voyons. Tu lui diras que je te les ai données.

— Il va dire que je les vole. Personne me donne jamais rien, avant.

Elle agrippa plus fort les barrettes et regarda, à travers le nylon, les oiseaux et les canards de plastique.

— Peut-être que pour le moment, tu pourrais les laisser à l'école, en attendant de pouvoir dire à ton papa que je te les ai données. Qu'en penses-tu ?

— Tu vas me peigner, une autre fois ?

Je hochai la tête.

— Demain matin, quand tu arriveras.

Elle contempla longuement les barrettes, puis, d'une main hésitante, me les tendit.

— Voilà. Tu les gardes pour moi.

Mon cœur cognait dans ma poitrine tandis que je reprenais le paquet, tant elle semblait avoir de peine à s'en séparer. Anton rentra à cet instant, les bras chargés d'une pile de polycopiés. Il était presque l'heure, me signala-t-il, qu'il conduise Sheila au lycée pour qu'elle prenne son car. Je n'avais pas vu le temps passer. Je n'avais même pas commencé sa toilette, et elle sentait tellement mauvais.

— Sheila, lui dis-je, est-ce que tu peux te laver, chez toi ?

Elle secoua la tête.

— On a pas de baignoire.

— Tu ne peux pas te servir de l'évier ?

— On a pas d'évier non plus. Mon papa, il rapporte de l'eau de la station-service, dans un seau. (Elle se tut, baissa les yeux.) C'est juste pour boire. Il serait rudement en colère si je la salis.

— Tu as d'autres vêtements ?

Elle fit signe que non.

— Bon, écoute. Nous verrons ce que nous pouvons faire demain, d'accord ?

En acquiesçant d'un hochement de tête, elle alla prendre au porte-manteau sa fine veste de coton. Je soupirai. Il y avait tant à faire. Tant à changer.

— Au revoir, Sheila. Passe une bonne soirée. Et à demain.

Anton la prit par la main et ouvrit la porte sur cette

soirée noire et venteuse de janvier. Au moment où il la refermait derrière eux, Sheila s'arrêta et me jeta un coup d'œil par-dessous son bras. Elle me fit un léger sourire.

— Bonsoir, maîtresse.

7.

Le lendemain matin, j'étais prête à l'action. J'arrivai à l'école armée de trois serviettes de bain, d'un morceau de savon, d'un shampooing et d'un flacon de lotion pour bébé. Je passai d'abord par mon bureau, où j'examinai la boîte qui contenait les vêtements que l'église du quartier collectait pour nous. Bien que notre école fût située dans un secteur socialement favorisé, elle accueillait assez d'enfants comme les miens pour accepter ce genre de dons. J'avais donc ma propre boîte dans mon bureau, mais elle contenait essentiellement des sous-vêtements, beaucoup trop larges pour la minuscule fillette. Après avoir déniché un pantalon de velours côtelé et un tee-shirt, j'allai dans ma classe.

Lorsque Sheila arriva, je remplissais d'eau l'évier qui se trouvait au fond de la salle. C'était un vaste bac de cuisine, assez profond pour la contenir, et qui nous tenait lieu de douche. Dès qu'elle m'aperçut, Sheila arracha sa veste et vint vers moi en trottinant. C'était la première fois, depuis son arrivée, que je la voyais ainsi se précipiter à ma rencontre. Les yeux écarquillés de curiosité, elle se pencha pour voir ce que je faisais.

— Tu vas me mettre des barrettes dans les cheveux ?

— Bien sûr. Mais d'abord, nous allons te faire une

beauté. Nous allons te laver des pieds à la tête. Qu'en dis-tu ?

— Ça fait mal ?

J'éclatai de rire.

— Non, grosse bête.

Elle prit le flacon de lotion dans la cuvette et retira le bouchon.

— Ça sert à quoi ? Ça se mange ?

Je la regardai étonnée.

— Non, c'est de la lotion. C'est pour se mettre sur le corps.

Elle eut soudain une mine réjouie.

— Ça sent bon, maîtresse. Sens, comme ça sent bon. Ça doit donner une bonne odeur. (Ses yeux brillaient.) Maintenant, le garçon, il va plus dire que je sens mauvais, hein ?

Je lui souris.

— Non, je ne crois pas. Regarde, je t'ai trouvé des vêtements. Whitney portera ta salopette à la laverie automatique, quand elle viendra, cet après-midi.

Sheila souleva délicatement le pantalon et l'examina.

— Mon papa, il voudra pas que je le garde. On accepte pas la charité, nous autres.

— Oui, je comprends. Tu le mettras seulement en attendant que l'autre soit sec, d'accord ?

Je pris Sheila dans mes bras et la posai à côté de l'évier. Je lui retirai ses chaussures et ses chaussettes. Elle me regarda faire avec attention, mais ne tenta pas un seul geste pour m'aider. Il ne fallait pas traîner, car les autres gamins arriveraient dans moins d'une demi-heure, et si eux avaient l'habitude de se laver ici et de voir leurs camarades, je craignais que Sheila ne se sentît trop vulnérable sur ce point pour supporter leurs regards. Quand je lui posai la question, elle me répondit que cela lui était égal, mais j'estimai néanmoins qu'il valait mieux finir avant.

Elle avait un petit corps sec et nerveux, si maigre que ses

côtes apparaissaient. Je remarquai un grand nombre de cicatrices.

— Que t'est-il arrivé, ici ?

Une marque de cinq centimètres balafrait l'intérieur du bras que j'étais en train de laver.

— C'est être là où je me casse le bras, un jour.

— Comment as-tu fait ça ?

— Je tombe en jouant. Le docteur il met un plâtre dessus.

— Tu es tombée en jouant ?

Elle hocha la tête d'un air détaché, en examinant la cicatrice.

— Je tombe sur le trottoir. Mon papa il dit que je être très maladroite. Je me fais beaucoup de mal.

Dans mon esprit se formait la question que j'avais appris à poser à mes gosses ; une question que je redoutais.

— Est-ce que ton papa te fait parfois des choses qui laissent des cicatrices comme celles-ci ? Des grosses fessées, ou des choses comme ça ?

Elle me regarda, et ses yeux se voilèrent. Elle me dévisagea en silence, si longtemps que je regrettai ma question. Il s'agissait d'un sujet très intime, et peut-être ne pouvais-je pas me permettre encore une telle familiarité.

— Mon papa, il ferait pas ça. Il me ferait pas mal. Il m'aime bien. Il me bat quelquefois un petit peu pour que je suis sage. Tu dois le faire, toi aussi, avec les enfants. Mais mon papa, il m'aime bien. Je être très maladroite, c'est pour ça que j'ai des cicatrices.

Je percevais la méfiance dans sa voix.

Je hochai la tête, et retirai Sheila de l'évier pour l'essuyer. Elle resta silencieuse un long moment. Je la pris sur mes genoux et lui séchais les jambes, lorsqu'elle se retourna et me regarda dans les yeux.

— Tu sais ce qu'elle me fait, un jour, ma maman ?

— Non.

— Je vais te montrer. (Elle leva une jambe et désigna

du doigt une cicatrice.) Ma maman, elle m'emmène sur la route et elle me laisse là. Elle me pousse dehors la voiture et je tombe, et un caillou me coupe la peau, là. Regarde. (Je vis une ligne blanche.) Mais mon papa, il m'adore. Il va jamais me laisser sur la route. Toi non plus, tu fais pas ça aux petits enfants, hein ?

— Non.

— Ma maman, elle m'aime pas autant.

Sans un mot, je commençai à la peigner. Je ne souhaitais pas en entendre davantage, tant cela me faisait mal. Sa voix était si calme, si indifférente, que je ne me sentais pas le droit de l'écouter. J'avais l'impression de lire un journal intime dont l'impassibilité du signe écrit aurait rendu les mots encore plus pathétiques.

— Ma maman, elle emmène Jimmie et elle va en Californie. C'est être là qu'ils habitent, maintenant. Jimmie, c'est être mon frère, il a quatre ans, mais il a seulement deux ans quand ma maman elle s'en va. Je vois pas Jimmy depuis deux ans. (Elle se tut, pensive.) Il me manque, un peu. Je voudrais bien le revoir. C'est être un garçon très gentil. (Elle se tourna de nouveau vers moi.) Tu l'aimerais bien, Jimmie. Il être très sage, et il crie pas, il être pas méchant, rien. Ça serait bien de l'avoir ici, avec les enfants fous. Mais je pense pas qu'il être fou comme moi. Tu l'aimerais bien. Ma maman, elle l'aime bien. Elle aime Jimmie plus que moi, c'est pour ça qu'elle l'emmène et qu'elle me laisse. Tu devrais prendre Jimmie dans ta classe. Il fait pas de bêtises comme moi.

Je la serrai dans mes bras.

— Mon poussin, c'est toi que j'ai envie d'avoir ici. Pas Jimmie. Il aura une institutrice un jour, lui aussi. Tu sais, ce n'est pas très grave pour moi, quand les enfants font des bêtises. Je les aime bien quand même.

Elle se redressa et me regarda, la mine soudain stupé faite.

— Tu être une drôle de maîtresse. Je crois bien que tu être aussi folle que nous les enfants.

Le cinquième jour, vendredi, elle n'adressa toujours pas la parole aux autres enfants, mais répondit chaque fois qu'un adulte lui posa une question directe. A la fin de la journée, après que chacun eut dégusté sa glace et que la classe fut terminée, nous attendions que les cars arrivent. Nous avions fini un peu plus tôt que d'habitude, et les enfants qui piétinaient, emmitouflés dans leurs esquimaux, commençaient à avoir chaud. Je proposai une chanson. Max s'écria qu'il voulait « Si tu es content et si tu le sais, frappe dans tes mains », l'une des rares qu'il connût. C'était une chanson mimée toute simple, où il fallait frapper dans ses mains, taper des pieds, puis hocher la tête. Je regardai Sheila, qui se tenait un peu à l'écart, sans chanter, mais très attentive. Quand tous les mimes furent épuisés, les cars n'étaient toujours pas là. Je demandai qu'on propose de nouveaux gestes. Tyler dit :

— Si tu es content et si tu le sais, fais des bonds.

Nous entonnâmes un couplet sur ce thème. Je réclamai ensuite de nouveaux mimes. Dans son coin, Sheila leva timidement la main. Comme je n'avais qu'un petit nombre d'enfants, et tant de problèmes à résoudre, je n'exigeais pas qu'ils lèvent le doigt pour parler, sauf dans les moments de grande confusion. Le spectacle de cette gamine minuscule, complètement asociale, qui refusait de parler aux autres enfants, debout, là-bas, la main levée, me bouleversa.

— Tu as une idée, Sheila ?

— Tourner ? proposa-t-elle d'un air gêné.

Et nous chantâmes notre couplet en tournant sur nous-mêmes. Cette semaine s'achevait sur un beau succès.

Sheila s'anima au sein de la classe au cours des semaines suivantes. Elle se mit à parler, avec une certaine réserve d'abord, puis plus librement. Elle avait une opinion sur tout, et s'exprimait plus précisément si on l'y invitait. J'étais ravie d'avoir dans ma classe une enfant qui parlait bien. Les autres gamins appréciaient sa compagnie, et je me réjouissais de l'entendre me raconter tant de choses.

Sheila n'évoqua jamais l'épisode de l'enfant brûlé. Ni dans les premiers moments de notre relation, ni plus tard. Les gamins les plus lucides de mon groupe avaient généralement conscience des raisons pour lesquelles on les avait placés là. Nous en parlions régulièrement, lorsque nous réfléchissions ensemble sur les changements qu'il était bon d'envisager d'une semaine à l'autre ou à plus long terme, au cours des discussions du matin ou à d'autres moments : dans la cour de récréation, ou sous le préau, frissonnants de froid, trop absorbés dans notre conversation pour penser à rentrer, à la cantine, en dessinant ou en préparant une recette, isolés dans les coussins du coin aux animaux. Je sentais chez ces enfants un besoin impérieux d'aborder ces sujets.

Ces conversations se faisaient sur un ton tranquille et souvent désinvolte, car j'avais appris à discuter de suicide et de chats brûlés vifs avec le même détachement que du linge qu'il fallait porter à la laverie ou du score du dernier match de base-ball. Ces enfants n'avaient nul besoin qu'on leur dise qu'ils avaient mal agi, que leur comportement effrayait ou révoltait — ils le savaient. Ne fût-ce que par leur présence dans cette classe. Ce qu'ils réclamaient, en revanche, c'était de pouvoir explorer toutes les dimensions de leurs actes : ce qu'ils avaient ressenti, ce à quoi ils s'attendaient, et toutes ces myriades de détails, en apparence insignifiants, qui en constellaient le déroulement. En général, je me contentais d'écouter, posant une question ou deux pour éclaircir un point, ponctuant le récit par de petits « mmm-mmm » pour indiquer que je suivais. Et je nous occupais, pendant ce temps, à toutes sortes d'activités — coloriage, fabrication d'objets en papier mâché — afin que nous puissions discuter sans avoir à nous regarder, comme si de rien n'était.

Sheila connaissait la raison de sa présence dans ma classe. Dès le second jour, elle nous avait mentionnés comme étant une « classe de fous ». Et elle était une petite fille folle qui faisait des méchancetés. Elle se joignait souvent aux conversations, mais n'aborda jamais le sujet du bébé qu'elle avait brûlé. Ni avec les enfants. Ni avec moi, ni aucun autre adulte. Jamais. Je ne l'y encourageai pas non plus. Malgré l'habitude que j'avais prise de ne laisser dans l'ombre aucun thème, je sentais, sans autre raison que celle dictée par mon instinct, que celui-ci devait être laissé de côté. Il n'en fut donc jamais question. Et jamais je ne sus ce qui s'était passé dans la tête de Sheila par cette froide soirée de novembre.

La manière dont elle s'exprimait m'intriguait toujours. Au fur et à mesure qu'elle libérait sa parole, se confirmait l'originalité de son langage. Rien n'indiquait que son père utilisât un dialecte quelconque. Il était né dans la région et parlait vraisemblablement comme nous tous. La langue de la fillette se caractérisait par des insertions de mots, notamment « do » (« faire » et auxiliaire du présent) et « be » (« être »), et par l'absence des temps du passé. Sheila faisait intervenir « do » comme auxiliaire dans ses phrases, au gré de sa fantaisie, et se servait de l'infinitif « être » à toutes les personnes. Pour elle, le passé n'existait pas, à de rares exceptions près. Elle rapportait tous les événements au présent ou au futur, ce qui me surprenait d'autant plus qu'elle maîtrisait parfaitement un temps difficile comme le conditionnel et savait agencer des phrases complexes, hors de portée de la plupart des enfants de six ans. A plusieurs reprises j'enregistrai des fragments de son discours, que j'adressai à des spécialistes. En attendant les conclusions de leurs analyses, je la laissai s'exprimer comme elle voulait.

Allan, le psychologue scolaire, fit passer à Sheila un test destiné à évaluer son « Quotient Intellectuel » et un test de lecture. La fillette pulvérisa tous les records du test Q.I. Je vis Allan sortir du bureau en secouant la tête, abasourdi. Jamais il n'avait obtenu de tels résultats dans cette épreuve, et le fait que ce fût d'une enfant de mon groupe le stupéfiait encore plus. Sheila possédait le niveau de lecture et de compréhension d'une écolière de Cours Moyen I, bien que personne ne lui eût jamais appris à lire. Allan prit congé ce jour-là en se jurant de dénicher un test adapté à ses compétences.

Tous les matins, avant le début de la classe, j'enseignai à Sheila les règles d'hygiène élémentaires. J'achetai au prisunic du coin une cuvette de plastique, dans laquelle je plaçai un peigne, une brosse à cheveux, un gant de toilette, une serviette, un savon, de la lotion et une brosse à dents. Sheila acceptait généralement de se laver et de se brosser les dents si je la coiffais. Elle raffolait des pinces à cheveux, dont je lui offris un second assortiment, semblable à celui que j'utilisais. Elle veillait jalousement sur ces trésors. Chaque matin, elle passait les barrettes en revue, vérifiait qu'il n'en manquait pas et choisissait celles qu'elle porterait ce jour-là. Le soir, elle les retirait, les posait avec précaution dans les plis de la serviette. De nouveau elle les comptait pour s'assurer que personne n'en avait pris. Pour les vêtements, ce fut une autre histoire. Je tenais à la disposition des enfants des culottes propres, et je lui dis simplement qu'elle devrait en changer tous les jours. Mais je n'en parlai plus par la suite, ayant senti, dès la première fois, qu'il s'agissait là d'un point sensible. Je me contentai désormais de vérifier qu'elle faisait bien ce que je lui avais demandé, tout en discutant d'autre chose. Tous les lundis, Whitney portait la salopette et le tee-shirt à la laverie automatique. Et si cette solution n'était guère satisfaisante, du moins Sheila ne sentait-elle plus mauvais. Et malgré tout, une fois lavée et peignée, elle était ravissante, avec de longs cheveux blonds et épais, et, pour notre joie à tous, des yeux vifs et un sourire spontané qui dévoilait trois petits trous.

A mon grand soulagement, le trajet en car que je redoutais tant ne fut pas un problème. Je ne concevais pas que Sheila, avec ses attitudes imprévisibles et ses antécédents, fût capable, sans surveillance, de bien se tenir dans un autobus. Mais ces craintes se révélèrent sans fondement. Sans doute ne fallait-il pas moins d'une quarantaine de lycéens pour l'intimider enfin.

Anton et moi allions à tour de rôle la chercher et l'accompagner à l'arrêt du car, et dès qu'elle avait grimpé, elle s'installait à l'arrière. Il n'y eut qu'un seul incident, fin janvier, après qu'elle eut déjà fait le trajet plusieurs fois. Nous l'avions emmenée, ce soir-là, et fait monter dans le bus. Mais lorsque le car arriva au camp et que tous les adolescents en furent descendus, Sheila avait disparu. Le chauffeur se leva de son siège et regarda à la ronde : personne. Inquiet, car il ne faisait que deux arrêts avant le terminus et n'avait vu descendre la fillette à aucun d'eux, il me téléphona pour me demander si elle était bien montée. Je lui dis que oui. J'eus le temps de me ronger les sangs avant qu'il m'appelle de nouveau : Sheila s'était étendue par terre, près de la roue arrière, où débouchait l'air chaud, et s'était endormie. Après avoir découvert cette niche chaude et vibrante, elle prit désormais l'habitude de se recroqueviller sous le siège et de dormir pendant l'heure que durait le trajet, matin et soir. Et le chauffeur s'assura dès lors qu'elle se réveillait et descendait à l'arrivée. Les lycéens, qui au début n'avaient fait que tolérer sa présence, lui réservèrent le siège près du chauffage, lui offrant un oreiller de livres et de pull-overs, et veillèrent à ce qu'elle ne rentre jamais seule chez elle les soirs où elle était trop ensommeillée.

Un problème restait à résoudre : le père de Sheila. A

plusieurs reprises je le convoquai pour un entretien. Comme il n'avait pas le téléphone, je lui fis porter un mot par Sheila. Pas de réponse. J'envoyai une seconde lettre. Toujours rien. J'annonçai enfin que je viendrais lui rendre visite.

Le soir où je me présentai chez lui avec Anton, la maison était vide. J'eus l'impression très nette qu'il ne désirait pas me rencontrer.

Il fallait pourtant que je le voie. La question la plus urgente à régler était celle des vêtements. J'en avais fait part à l'assistante sociale. Ce n'était pas tant le fait que Sheila n'eût qu'une seule tenue qui me tracassait que la légèreté des tissus. Elle portait une veste de garçonnet en fin coton, une sorte de coupe-vent comme en enfilent parfois les joueurs de base-ball. Elle n'avait ni gants, ni bonnet, ni bottes. Et nous étions en janvier. La température avoisinait moins dix degrés, et descendait parfois jusqu'à moins vingt. Certains matins, Sheila nous arrivait toute violacée de froid, lorsqu'elle venait à pied du lycée, situé à deux rues de l'école. En désespoir de cause, j'allais la chercher en voiture quand il faisait très mauvais. Je l'habillais plus chaudement à la récréation, mais la seule fois où je lui fis emporter des vêtements chez elle, ils me revinrent le lendemain dans un sac en papier. Sheila m'annonça d'un air gêné qu'elle avait reçu une fessée pour avoir accepté « la charité ». L'assistante sociale m'expliqua que le père avait souvent été rappelé à l'ordre à ce sujet, qu'une de ses collègues l'avait même emmené en ville, un jour, afin qu'il achète des vêtements à sa fille avec l'argent des allocations. Mais il les avait renvoyés quelque temps après. On ne pouvait pas le forcer, ajouta-t-elle en haussant les épaules. Elle craignait de mettre Sheila en danger en insistant, car il était évident que le bonhomme défoulait sa colère sur l'enfant. Ne pouvait-on le poursuivre pour mauvais traitements ? demandai-je. Légalement, non. La fillette ne portait pas de marques. Je claquai la porte de dépit après le départ de l'assistante sociale. Pas de marques, vraiment ? Alors que faisait-elle, bon sang, dans ma classe ? Si ce n'était pas une marque, cela, qu'était-ce donc ?

Pendant les heures de classe, je m'efforçai de proposer à Sheila toutes les expériences dont ses troubles affectifs ou les circonstances l'avaient privée. Elle devint de plus en plus vivante. Chaque instant de la journée était fertile en explorations, en bavardages. Au cours des premières semaines, elle ne me quitta pas d'une semelle. Chaque fois que je me retournais je la trouvais dans mon dos, un livre ou une boîte de cubes serrés sur la poitrine. Un sourire niais illuminait son visage dès qu'elle croisait mon regard, et elle se précipitait pour me faire partager son activité du moment. Je devais m'occuper de tous les enfants, mais cela ne la décourageait pas. Elle attendait patiemment, debout derrière moi, que j'aie terminé. Parfois, je sentais une main saisir timidement ma ceinture, lorsque, désirant un contact physique, elle s'enhardissait. Anton me taquinait, dans la salle des maîtres, en me comparant à une rame de métro, car je me promenais tout le jour dans la classe avec Sheila accrochée d'une main à ma ceinture comme un vieil habitué des transports en commun à sa courroie.

Pendant ces premières semaines d'intense dévotion, j'appréciai et déplorai à la fois les deux heures que nous passions seules après la classe. Je ne pouvais plus faire mes préparations. Au grand mécontentement de Chad, je devais rapporter mon travail à la maison et y passer mes soirées. Anton bougonnait, car à moins d'arriver à sept heures et demie le matin, disait-il, nous n'avions plus le temps de discuter des questions pédagogiques. Mais pour Sheila, le système était idéal. Elle avait besoin d'une attention exclusive.

Tout au long de ses six années de vie, elle avait été indésirable, ignorée, repoussée. Jetée par la portière des voitures, jetée de la vie des autres. Maintenant, elle avait quelqu'un qui voulait bien la prendre dans ses bras, lui parler, la câliner. Elle absorbait avidement le moindre instant d'intimité. Malgré la perte de ces deux heures de préparation, j'avais ainsi moins de remords à la traîner derrière moi toute la journée, et à l'abandonner lorsque je m'occupais des autres : après la classe, elle m'avait toute à elle.

Les enfants étaient aussi ravis qu'Anton et moi de voir Sheila s'épanouir. Des messages, gribouillés par des mains enfantines, affluèrent dans la Boîte du Kobold. La plupart mentionnaient le fait qu'elle ne sentait plus mauvais, ce qui, visiblement, soulageait tout le monde. Mais les gamins notaient également les efforts qu'elle commençait à faire pour se rendre aimable.

De toute évidence, Sheila n'avait guère eu l'occasion d'apprendre à être attentive aux autres, à être gentille. L'urgence pour elle était de survivre, et dans la lutte pour la vie, l'altruisme n'a guère droit de cité. Elle était donc accoutumée à se battre pour obtenir ce qu'elle voulait. Lorsqu'un enfant prenait dans un rang la place qu'elle avait choisie, elle lui donnait une telle raclée que l'usurpateur battait immédiatement en retraite. Si un enfant avait un jouet qui lui faisait envie, elle le lui arrachait violemment des mains et s'enfuyait le mettre à l'abri, sifflant d'un air mauvais si quiconque tentait de le lui prendre. A de nombreux égards, elle avait une franchise plus fruste et plus blessante que Peter, mais son agressivité était celle d'un animal, sans méchanceté.

Je savais que ce ne serait pas une mince affaire de la convaincre qu'il existait une autre manière de se comporter. Ni mes réprimandes, ni mes menaces, ni l'isolement forcé dans le coin de repos n'entamaient de façon notable son attitude. La Boîte du Kobold, en revanche, fit ce miracle.

Tous les soirs, Sheila m'écoutait attentivement lire les

messages et féliciter ceux à qui ils s'adressaient. Elle s'empressait de compter les siens après chaque séance, et aussi ceux des autres, si elle pouvait, pour voir s'ils en avaient eu plus ou moins qu'elle. Je tentai de décourager cette pratique. Mes gamins n'avaient pas l'esprit de compétition et n'éprouvaient pas le besoin de mesurer leur valeur au nombre de messages qu'ils recevaient. Je ne tenais pas à ce qu'ils commencent. Mais Sheila ne pouvait s'en empêcher. Inquiète, elle avait toujours besoin de se rassurer, de prouver qu'elle était la meilleure élève de la classe, la plus intelligente, la plus travailleuse, ma préférée. Si je refusais fermement de le lui confirmer, elle s'efforçait de s'en convaincre par les notes du Kobold. Mais elle ne comprenait pas comment il fallait s'y prendre. Elle pouvait me montrer comme elle lisait bien. Rien de plus simple : il suffisait d'ouvrir un livre. Elle savait aussi comment me séduire en calcul. Mais pour être aimable, polie et prévenante, et obtenir ainsi les faveurs du Kobold, non, elle ne voyait pas comment faire.

Un soir après la classe, elle resta près de la table où je rangeais les ustensiles d'une expérience de sciences.

— Comment ça se fait que Tyler elle a tant de messages ? Elle en a plus que les autres. C'est toi qui lui donnes ?

— Non, voyons, tu le sais bien. Tout le monde écrit des papiers.

— Mais pourquoi elle en a plus ? (Elle releva la tête d'un air de défi.) Qu'est-ce qu'elle fait de plus que moi ? Pourquoi tout le monde l'aime bien ?

Je considérai un instant la question.

— C'est que... D'abord, elle est polie. Quand elle a envie d'une chose, elle la demande, et elle dit presque toujours s'il te plaît. Et merci, aussi. Ce qui fait qu'on a envie de lui faire plaisir et d'être avec elle. On se sent bien.

Sheila fronça les sourcils, regarda ses mains. Après un long silence, elle leva vers moi des yeux accusateurs.

— Pourquoi tu me dis jamais qu'il faut dire s'il te plaît et merci ? Je sais pas que tu veux ça. Pourquoi tu le dis à Tyler et pas à moi ?

Surprise, je la regardai.

— Mais, Sheila, je n'ai rien dit à Tyler. C'est simplement quelque chose qu'on fait. Tout le monde aime bien que les autres soient polis.

— Mais je le sais pas. Personne me le dit jamais, rétorqua-t-elle d'un ton de reproche. Je sais pas que tu veux que je fais ça.

Après réflexion, je dus admettre qu'elle avait raison. Sans doute ne lui en avais-je jamais parlé. La politesse était l'une des choses que je tenais pour acquise chez un enfant, et surtout lorsqu'il s'agissait d'une gamine intelligente comme elle. Mais c'était ridicule et injuste. Peut-être Sheila n'avait-elle jamais entendu prononcer ces mots dans son entourage. Peut-être n'avaient-ils jamais eu pour elle aucun sens.

— Excuse-moi, Sheila. Je croyais que tu le savais.

— Non. Mais je peux les dire si je sais que tu veux que je les dis.

Je hochai la tête.

— Oui. Ce sont des mots qu'il faut utiliser, parce qu'ils rendent les autres heureux. C'est important. Les autres nous aiment mieux, après.

— Alors ils diront que je être gentille ?

— Ça leur permettra de se rendre compte que tu l'es.

Et ainsi, peu à peu, elle se mit à prêter attention à la manière dont les enfants s'y prenaient pour être aimables et prévenants. Quand elle ne comprenait pas, elle me demandait. D'autres fois, lorsque je l'avais sentie désemparée, je profitais des moments où nous étions seules pour lui expliquer.

8.

Malheureusement, comme tous les Jardins d'Eden, le nôtre abritait quelques serpents. Au cours de ce premier mois, deux problèmes se confirmèrent, qui semblaient impossibles à débrouiller.

Le premier n'était peut-être pas aussi grave qu'il paraissait. Malgré des progrès spectaculaires, Sheila refusait obstinément tout travail écrit. Dès qu'elle avait une feuille entre les mains, elle la déchirait. De temps en temps, lorsque Anton ou moi la menacions d'un air terrible, elle ne la détruisait pas sur-le-champ, et faisait semblant de s'y appliquer. Mais le devoir n'arrivait jamais dans la corbeille de correction. A mi-chemin, elle le mettait en lambeaux, le gribouillait ou en faisait une boulette serrée, qu'elle fourrait sous le radiateur ou dans la cage du lapin.

J'inaugurai toutes sortes de méthodes. Je fixai le papier sur la table à l'aide de ruban adhésif, afin qu'elle ne puisse pas le saisir. Elle le gribouillait violemment jusqu'à ce qu'il se déchire. Je le glissai dans une pochette de plastique. Elle refusait de prendre le fusain, qu'elle dévora même, un jour. Je proposai des cahiers de travaux pratiques. Mais ils coûtaient cher, et j'étais encore plus furieuse de voir qu'en une seule séance ils étaient hors d'usage. J'essayai la technique de Mrs. Barthuly : je collai les devoirs sur du contreplaqué, puisque nous n'avions pas de bouche d'air conditionné. C'était une alternative coûteuse, qui prenait du temps, et Sheila se contentait de rester immobile, refusant de bouger le petit doigt. J'écrivis les exercices au tableau. Elle les effaçait dès que j'avais le dos tourné. J'étais à bout de ressources.

Sheila n'avait pas de préférence. Aucun travail écrit, quel qu'il fût, ne trouvait grâce à ses yeux : exercices classiques, planches à colorier, dessins, même. Elle ne voyait aucune objection, par contre, à fournir des réponses orales et acceptait qu'Anton, Whitney ou moi remplissions la feuille à sa place. Mais quant à le faire elle-même, il n'en était pas question.

Comme on peut l'imaginer, ce point créa entre nous d'innombrables frictions. J'y épuisai tous mes stratagèmes. J'envoyai Sheila au coin de repos. Mais elle restait là, figée et muette, aussi longtemps qu'il le fallait, et je sentais que cela ne résolvait en rien le problème. Je ne tenais pas à ce qu'elle rate, ainsi plantée sur une chaise, une partie du programme. Le séjour dans le coin de repos, à la différence de la première semaine, n'était plus pour elle un moyen de se calmer. Or je ne voulais pas qu'il devînt une punition. Les enfants se réfugiaient là pour pleurer ou se débattre, lorsqu'ils ne se contrôlaient plus et voulaient retrouver leur sang-froid. Mais y envoyer ainsi Sheila équivalait à une sanction. Non que quelques minutes de punition fussent inutiles, de temps à autre, mais il ne servait à rien de prolonger l'isolement. Donc, si au bout de vingt minutes elle refusait toujours de faire son devoir, je renonçais. Ma victoire, dans ce rapport de force, avait moins d'importance que la nécessité d'occuper la fillette et de l'intégrer aux activités de la classe. De plus, je me demandais avec inquiétude ce qu'impliquait ce refus d'écrire. Sauf dans ses moments de colère, il y avait peu de choses que Sheila refusât aussi catégoriquement de faire. Il était établi depuis longtemps que c'était moi qui dirigeais le jeu, et je n'avais pas l'impression qu'elle cherchait à éprouver mon autorité. Pour me plaire elle se surpassait jusqu'à friser parfois le ridicule, et je ne voyais pas pourquoi elle se serait cramponnée à ce seul point dans l'unique but de me faire sortir de mes gonds.

Mais le résultat était bel et bien là. Au bout de trois semaines, son attitude m'était devenue une obsession. J'entrais en fureur dans la salle des maîtres, je pestais contre mes collègues après les cours. Le soir, Chad faisait les frais de mon dépit. Finalement, en désespoir de cause, je décidai un jour de polycopier une série d'exercices sur une rame entière de papier. Je conduisis Sheila jusqu'à une table et la fis asseoir devant le devoir de calcul. J'avais décrété que nous épuiserions les cinq cents copies s'il le fallait.

— Nous allons faire un devoir de calcul aujourd'hui, Sheila. Tout ce que je te demande, c'est de remplir cette page, les problèmes sont faciles.

Elle me considéra d'un œil soupçonneux.

— Je veux pas.

— C'est qu'aujourd'hui, vois-tu, tu n'as pas le choix. (Je tapotai la feuille d'un index nerveux.) Allons-y.

Elle me dévisageait fixement. Je sentis qu'elle commençait à se rendre compte de la situation. Jamais je ne l'avais ainsi directement forcée à m'obéir, et elle semblait se demander où je voulais en venir. L'irritation me tenaillait le ventre. Mon estomac se nouait, mon cœur battait la chamade. J'eus, l'espace d'une seconde, la tentation de renoncer, mais la fureur que j'avais accumulée au fil des semaines fut la plus forte.

— Tu vas le faire.

J'avais mis dans ma voix plus de dureté que je n'en avais eu l'intention. Je tendis le bras et saisis un stylo, que je lui fourrai vivement dans la main.

— Je t'ai demandé de me faire ce devoir. Et immédiatement, s'il te plaît.

Elle chiffonna la première feuille. Je la défroissai avec soin et la collai sur la table. Elle l'arracha d'un coup de stylo. La lutte fut sans merci : je sortais de nouvelles copies, que Sheila déchirait au fur et à mesure. L'heure de calcul passa, et les polycopiés détruits s'amoncelaient au pied de nos chaises. Les enfants se levèrent pour jouer. Sheila jetait vers eux des coups d'œils contrariés. Le temps des jeux libres était son moment préféré, et déjà Tyler sortait les petits personnages avec lesquels elle aimait s'amuser.

— Termine ce devoir, et tu pourras y aller.

Je fixai une autre feuille sur la table. J'avais ravalé ma colère, mais une sorte de rogne sourde persistait en moi, précipitant les battements de mon cœur.

Sheila perdait patience. De petits grognements furieux accompagnaient son souffle bruyant. Après qu'elle eut épuisé encore une demi-douzaine de feuillets, je rapprochai ma chaise de la sienne et la coinçai entre son siège et la table. Puis je collai un nouveau devoir. Immobilisant sa main libre, je lui empoignai l'autre.

— Je vais t'aider, puisque tu n'y arrives pas toute seule, annonçai-je d'un ton sans réplique.

Je sentais mon chemisier trempé de sueur.

Elle se mit alors à pousser un hurlement qui me perça les tympans. Par bonheur, elle était gauchère, comme moi, de sorte que je pouvais conduire sa main. Je lui demandai la réponse du premier problème. Elle refusa, puis finit par me la crier d'un ton furibond. Je poussai sa main sur le papier, lui fis écrire un 3. Elle se débattit, tenta de desserrer sa chaise et de me mordre. Je passai au second problème. De nouveau je lui extorquai la réponse et l'obligeai à l'écrire.

Nous luttâmes ainsi jusqu'à la fin des jeux, elle protestant à grands cris, moi lui forçant la main, et le devoir fut enfin terminé. A la seconde où je la lâchai, elle griffonna le feuillet, l'arracha et le mit en morceaux avant que j'aie eu le temps de lui saisir les mains. Elle me le lança au visage d'un air excédé et se libéra vivement, renversant sa chaise. Puis elle se précipita à l'autre bout de la pièce, se retourna et me foudroya du regard.

— JE TE DÉTESTE ! hurla-t-elle aussi fort qu'elle put.

Les enfants, qui terminaient leur casse-croûte et se préparaient à sortir en récréation, se figèrent soudain.

— Je te déteste ! Je te déteste ! Je te déteste !

La déception que je venais de lui causer la submergea alors et, debout derrière les cages des animaux, elle se mit à hurler des sons incompréhensibles.

Anton fit sortir les gamins, et je restai assise à la table. Je m'attendais à la voir se lancer dans une de ses rages destructrices et me tenais prête à l'intercepter. Mais elle n'en fit rien. Au bout d'un moment elle se calma et cessa de brailler. Mais elle resta dans son coin, les yeux fixés sur moi, lourds de reproche. Elle semblait au bord des larmes, coins des lèvres abaissés, menton tremblant, et je commençai à me sentir vraiment ignoble. Je lisais dans son regard la désillusion qu'elle éprouvait devant l'irrationalité de ma conduite. Je compris que j'avais eu tort. Mais j'étais désespérée : mon instinct d'enseignante réclamait du travail écrit, et m'avait aveuglée. Je n'aurais jamais dû me comporter ainsi. C'était une erreur grossière. Je m'en voulais de m'être laissé guider par une règle aussi futile.

Je l'observai avec attention, envahie de sentiments déplaisants, remords, doutes. Avais-je détruit notre relation ? Tout s'était si bien passé entre nous, au cours de ces trois premières semaines. Avais-je tout gâché en une matinée ? Elle me dévisageait. Pendant un long, très long moment, nous nous regardâmes en silence.

Lentement, Sheila s'approcha, fixant sur moi ses grands yeux méfiants, accusateurs. Elle s'arrêta de l'autre côté de la table, traça sur le plateau lisse un motif invisible, qu'elle contempla un instant avant de relever la tête.

— Tu être pas très gentille avec moi, fit-elle d'une voix vibrante d'émotion.

— Non, c'est vrai. (Le silence retomba.) Excuse-moi, Sheila, je n'aurais jamais dû agir ainsi.

— Tu aurais pas dû être méchante avec moi. Je être un de tes enfants.

— Excuse-moi. Mais j'étais furieuse parce que tu ne fais jamais de devoirs. Je voulais simplement que tu en fasses, comme les autres. J'étais très contrariée que tu refuses d'écrire, parce que j'estime que c'est important. C'est pour cela que je me suis mise en colère.

Elle me dévisagea longuement, en faisant la moue, le regard triste, mais elle se coula finalement près de moi.

— Tu m'aimes toujours ?

— Bien sûr, que je t'aime toujours.

— Mais tu être en colère après moi et tu cries, et tout.

— Tu sais, on se met en colère, parfois. Même contre les gens qu'on aime beaucoup. Ça ne veut pas dire qu'on ne les aime plus. On est simplement furieux. Et au bout d'un moment, la colère s'en va et on s'aime bien. Je t'aime autant qu'avant.

Elle serra les lèvres.

— Je te déteste pas vraiment.

— Je sais. Tu étais en colère, comme moi.

— Tu cries après moi. J'aime pas quand tu cries après moi comme ça. Ça me fait mal aux oreilles.

— Ecoute, chaton, j'ai eu tort. Je suis désolée. Mais je ne peux pas défaire ce qui s'est passé. Donc, pour l'instant, nous ne nous occuperons plus de devoir écrit. Nous verrons plus tard, quand tu en auras envie.

— J'en aurai jamais envie.

Je baissai les épaules, découragée.

— Eh bien, tant pis, tu n'en feras jamais.

Elle me regarda d'un air intrigué.

— C'est obligatoire, d'écrire ?

— Pas vraiment, j'imagine. (Soupir de lassitude.) Il y a

des choses plus importantes. Et puis il se peut qu'un jour tu aies envie de t'y mettre. Nous verrons.

Et ce fut ainsi que j'abandonnai la guerre des devoirs. Ou du moins cette bataille.

Je n'arrive pas à comprendre ce qui nous pousse ainsi parfois à nous bloquer sur des sujets sans importance et à croire que le monde s'écroulera si la situation n'évolue pas dans le sens que nous souhaitons. Une fois que j'eus évacué cette lutte de mon système, je me demandai vraiment pourquoi elle avait eu tant d'importance pour moi. Car elle m'avait bel et bien obsédée, au cours de ces premières semaines.

Le second problème que j'eus à affronter était beaucoup plus sérieux et moins facile à résoudre. Sheila avait un goût de la vengeance qui ne connaissait pas de limites. Quand elle se sentait contrariée, ou lésée dans ses désirs, elle rendait coup pour coup avec une rare violence. Son intelligence aggravait encore la situation, car elle percevait rapidement ce à quoi l'autre attachait le plus de prix, et c'était ce qu'elle visait pour réparer l'offense qui lui avait été faite. Lorsqu'un jour, à la récréation, Sarah lui jeta de la neige, Sheila détruisit systématiquement tous les dessins de la fillette affichés dans la classe. Pour Sarah, ce fut un vrai drame. Après qu'Anton eut grondé Sheila parce qu'elle courait dans les couloirs en allant à la cantine, elle étrangla tous les bébés gerbilles qu'il nous avait apportés ce matin-là, de la part de son fils. Cette conscience froide et lucide qu'elle avait de l'affectivité d'autrui me glaçait.

Mais ce comportement allait bien au-delà. Elle calculait, ruminait longuement sa vengeance, et souvent à propos d'incidents bien involontaires. Il fallait surveiller Sheila à chaque seconde. Et même quand nous croyions l'avoir à l'œil, elle parvenait à nous échapper.

L'heure du déjeuner était le moment le plus périlleux de la journée. Anton ni moi ne voulions renoncer à notre unique pause sous prétexte de ne pas perdre Sheila de vue. Les surveillantes, qui la craignaient toujours, avaient accepté néanmoins de s'occuper de nouveau d'elle.

Un jour, tandis qu'Anton et moi terminions notre sandwich dans la salle des maîtres, une surveillante fit irruption en hurlant des propos incohérents où revenait sans cesse le nom de Sheila. Obsédés par la vision cauchemardesque du premier jour, nous nous précipitâmes sur ses talons.

Sheila avait pénétré dans la classe d'une collègue, et en un rien de temps, dix ou quinze minutes à peine, elle avait mis à sac toute la pièce. Les pupitres avaient été bousculés ou renversés, les effets personnels disséminés dans tous les coins, les stores déchirés, les livres de la bibliothèque jetés à terre, un écran mis en lambeaux. On ne pouvait imaginer en si peu de temps dévastation plus totale.

J'ouvris violemment la porte.

— Sheila !

Elle fit volte-face, le regard sombre et menaçant. Elle serrait une baguette dans sa main.

— Lâche ça !

Elle me regarda un long moment sans sourciller, puis laissa tomber la baguette. Cela faisait maintenant trois semaines qu'elle était parmi nous. Elle sentait fort bien que je ne plaisantais pas. Si je parvenais à la faire renoncer à ses ravages et à venir près de moi, je pourrais la faire sortir sans drame. Si je l'effrayais, en revanche, elle s'enfuirait, semant la dévastation, et s'affolerait tant qu'on ne pourrait plus la raisonner. Elle avait déjà ce regard effaré d'animal sauvage, et je compris alors combien sa maîtrise d'elle-même était fragile.

Mais, tandis que je contemplais le désastre, je me sentis totalement désemparée — qu'elle ait pu faire ce genre de chose, que cela soit arrivé par ma faute. L'isoler au coin ne me semblait pas vraiment la solution adéquate pour compenser des centaines de dollars de dégâts. Et ce n'était pas ma salle. Je me rendis compte que le problème me dépassait.

Lorsque à force de cajoleries j'eus réussi à faire venir Sheila à la porte, Mr. Collins et Mrs. Holmes, l'institutrice qui travaillait dans la classe en question, se tenaient derrière moi. Dès que j'eus saisi la main de la fillette, Mr. Collins se mit à hurler.

Je suppose qu'il avait de bonnes raisons. Mais je savais quelle solution il proposerait pour résoudre le problème. Mr. Collins était de la vieille école, qui décourageait — ou du moins essayait — les infractions à la discipline par le châtiment corporel. Il empoigna le bras de Sheila. J'avais saisi la fillette par la bretelle de sa salopette et refusai de la lâcher.

Nous nous observions sans un mot, Sheila écartelée entre nous.

Je ne pouvais permettre qu'il l'emmène. Pas après tout ce temps passé à la rassurer, à lui affirmer que personne ne lèverait jamais la main sur elle, ici. Elle avait déjà reçu trop de coups, dans le passé. Et connu trop d'adultes qui avaient trahi sa confiance. Je ne pouvais pas laisser faire ça.

Ni le directeur ni moi ne disions un mot. Ce qui n'atténuait en rien l'âpreté de la lutte. Sur l'épaule de Sheila, mes doigts percevaient la tension de ses muscles.

Quand Mr. Collins parla enfin, sa voix était un murmure rauque, et tentait de se frayer un passage entre ses dents serrées. Il annonça que non seulement Sheila allait venir dans son bureau pour recevoir la punition qu'elle méritait, mais que je l'accompagnerais pour servir de témoin.

— Oh ! nom de nom, pensais-je. Tout ce que je souhaitais, c'était discuter avec lui, tandis que nous nous disputions Sheila comme deux chiens un os. Mais je n'avais guère le choix.

Nous nous lancions des répliques à la figure, un, deux

mots, en tirant chacun de notre côté. Il commençait à perdre patience.

— Ecoutez-moi bien, mademoiselle Hayden, soit vous me suivez sur-le-champ, soit vous vous retrouverez au chômage avant la fin de la journée. Je saurai faire ce qu'il faut. Est-ce bien clair ?

Je le dévisageai. Toutes sortes d'idées me vinrent alors à l'esprit. J'étais titulaire de mon poste. Syndiquée. Il n'avait pas le pouvoir de me mettre à la porte. Mais tous ces raisonnements se déroulaient en moi sur un plan purement théorique. Une peur viscérale montait du tréfonds de mon être. Que m'arriverait-il si je perdais mon emploi ? Pourrais-je trouver un autre poste dans la ville ? Qui s'occuperait de ma classe ? Je m'étais déjà fait remarquer par mes coups de tête et mon caractère impulsif. Allais-je encore me compromettre ? Et pour quoi ? Pour une gamine destinée à l'hôpital psychiatrique. Et j'étais sur le point de renoncer à mon emploi pour une enfant que je connaissais seulement depuis trois semaines, qui tôt ou tard serait propulsée dans une autre institution, et qui, de toute façon, ne comptait pour personne. Que penseraient les gens si je me retrouvais au chômage ? Chad voudrait-il toujours de moi ? Que dire à ma mère ? Quelle opinion aurait-on de moi ? Et pour le motif le moins honorable de tous, je lâchai la bretelle de la salopette.

Mr. Collins se détourna et entraîna Sheila le long du couloir. Je suivis à quelque distance, la mort dans l'âme. Après tout, peut-être les autres avaient-ils raison. J'avais perdu en beauté le contrôle de cette gamine par deux fois en trois semaines. Peut-être était-ce le placement en hôpital qui lui convenait. Je ne savais plus. Je me sentais complètement dépassée.

Dans le bureau de Mr. Collins je m'effondrai dans un fauteuil. Sheila était calme. Bien plus calme que moi. Elle était entrée au côté de Mr. Collins et se tenait debout, d'un air digne, sans me regarder ni prononcer un mot. Le directeur ferma la porte. Du tiroir de son bureau il sortit une longue badine. Sheila ne broncha pas tandis qu'il en jaugeait la longueur, tout près d'elle.

L'amertume m'accablait. Pourquoi donc fallait-il qu'il utilise ces méthodes d'éducation dignes de l'âge de pierre ? Quelle sorte d'homme était-ce donc ? Une haine puissante, énorme, monta en moi. Comment osait-il me faire cela ? Comment pouvais-je le supporter ? Après toutes les promesses que j'avais faites à Sheila, que penserait-elle de moi, à présent ? Et quelle opinion de moi-même allais-je avoir désormais, maintenant que je savais qu'en cas de coup dur, je ne pensais qu'à sauver ma peau ?

Dans ce chaos qui bouleversait mes pensées, je fus soudain profondément émue par le courage innocent de Sheila. Elle me jetait de brefs coups d'œil, puis regardait Mr. Collins. Rien ne la différenciait, à cet instant précis, de tous les autres gamins de six ans. Ses yeux, grands et ronds, dissimulaient assez bien sa frayeur pour que, à moins de bien connaître Sheila, on ne pût l'identifier. Je vis les petites pinces, ornées de canards blancs et orange, qui retenaient ses mèches, et je songeai combien elle les aimait. Celles-ci étaient ses préférées, ses porte-bonheur, m'avait-elle dit un jour. *Eh bien, ma belle, ta chance a tourné, cette fois,* pensai-je. Une fois parmi tant d'autres. Les canards de plastique me semblèrent soudain obscènes.

Mr. Collins déclara qu'il était à bout. Se rendait-elle compte de ce qu'elle avait fait ? Pas de réponse. On pouvait la renvoyer de l'école, dit-il. Je savais que le sermon s'adressait autant à moi qu'à Sheila. On nous remettait à notre place. Il ajouta qu'elle allait recevoir trois coups de badine. Elle se mordit les lèvres et le regarda sans broncher.

— Penche-toi en avant et attrape tes chevilles.

Elle le dévisageait, immobile.

— Penche-toi en avant et attrape tes chevilles, Sheila.

Elle ne bougea pas.

— Si tu m'obliges encore à te le répéter, j'ajoute un autre coup. Penche-toi.

— Je t'en prie, Sheila, dis-je. Fais ce qu'il te demande.

Pas de réponse. Ses yeux vacillèrent un instant en cherchant les miens.

Mr. Collins la courba brutalement, et la badine siffla. Elle tomba sur les genoux, mais son visage demeura impassible. Mr. Collins la releva. Un second coup s'abattit. De nouveau elle s'effondra. Aux deux derniers, elle parvint à rester debout. Mais pas un son ne franchit ses lèvres, pas une larme ses paupières.

J'assistai à la scène, paralysée. En règle générale, je ne m'avouais jamais complètement à quel point je m'investissais auprès de mes gosses. De même que j'écartais de ma conscience, au jour le jour, mes petites craintes et mes désillusions, je me refusais à admettre combien ces enfants comptaient pour moi. Car je savais que dans le cas contraire, je me sentirais encore plus désespérée s'ils échouaient. Ou si je me trompais. Et c'était cette conscience, aussi, qui anéantissait tant de gens, dans ce métier. Alors, je m'efforçais de me boucher les yeux. C'était une utopie. Mais mon rêve me coûtait cher. Nous coûtait cher à tous.

Mr. Collins me fit signer un papier où je reconnaissais avoir assisté à la punition. Puis, d'un air las, je pris Sheila par la main et regagnai ma classe.

Je ne savais plus ce que je devais faire. Mes pensées tournoyaient. Je jetai un coup d'œil par la fenêtre de ma salle. Anton avait fait démarrer les activités de l'après-midi, et Whitney était là. Le groupe semblait paisible. Je regardai Sheila.

— Il faut que nous parlions, toi et moi.

Je frappai à la porte et attendis qu'Anton réponde. Quand il ouvrit, je lui expliquai que je désirais rester seule avec Sheila un petit moment, qu'il s'était passé un événement grave et que j'avais besoin de mettre un certain nombre de choses au point. Je lui demandai s'il pensait pouvoir s'en tirer, avec l'aide de Whitney, pendant que nous serions absentes. Il hocha la tête en souriant. Je les abandonnai donc, le saisonnier immigré sans instruction et la gamine de quatorze ans, avec la charge de veiller sur huit enfants fous. Le cocasse de la situation m'apparut soudain, et j'en aurais presque ri. Mais il ne restait plus en moi aucun rire.

Je finis par emmener Sheila dans une réserve à livres, n'ayant pas trouvé d'autre endroit où nous ne serions pas dérangées. J'apportai deux chaises minuscules, allumai la lumière et m'assis, après avoir fermé la porte derrière moi.

— Pourquoi, bon sang, fais-tu ce genre de choses ?

— J'ai pas envie de parler.

— Nom de nom, Sheila, ne commence pas à jouer ce petit jeu. Je suis sérieuse.

Je n'arrivais pas à savoir si elle était en colère ou non. Au fond de moi, j'avais envie de m'excuser pour avoir cédé et permis à Mr. Collins de l'emmener. Mais je n'en fis rien. C'était mon problème. Je désirais me faire pardonner.

Nous nous observions sans un mot, et le silence me sembla une éternité. Je secouai enfin la tête et poussai un soupir de lassitude.

— Ecoute, cette histoire-là ne s'est pas vraiment bien terminée ; j'en suis désolée.

Silence, encore. Elle refusait de me parler. Son regard ne vacillait pas et je dus détourner les yeux. J'entendis les classes qui s'apprêtaient à sortir en récréation, dans le chahut et la confusion ; les élèves se bousculaient contre la porte. Mais à l'intérieur de la réserve, il régnait un tel silence que personne ne pouvait soupçonner notre présence.

Je regardai Sheila. Détournai les yeux. La regardai de nouveau. Elle m'observait sans ciller.

— Mais bon sang, Sheila, qu'est-ce que tu attends de moi ?

Ses pupilles se dilatèrent.

— Tu être en colère après moi ?

— C'est ce qui semblerait, en effet. Je suis juste un peu furieuse contre tout le monde, en ce moment.

— Tu vas me battre ?

Mes épaules s'affaissèrent.

— Non. Je t'ai déjà dit mille fois que je ne battais pas les enfants.

— Pourquoi ?

Je la regardai, surprise, la mort dans l'âme.

— Pourquoi le ferais-je ? Ça ne sert à rien, non ?

— Ça me sert, à moi.

— Vraiment ? Tu es sûre, Sheila ? Est-ce que ce que Mr. Collins vient de te faire te sert à quelque chose ?

— Mon papa, répondit-elle tout bas, il dit que c'est le seul moyen pour que je suis sage. Il me bat et moi, il faut que je suis plus gentille, parce qu'il me laisse jamais sur la route, comme ma maman elle fait.

Mon cœur fondit. Voilà donc, pensai-je, ce que cette gamine attendait des adultes. Je lui tendis la main.

— Viens, Sheil, viens dans mes bras.

Sans se faire prier elle s'approcha, grimpa sur mes genoux, maladroite comme un tout-petit qui commence à peine à marcher. Elle passa ses bras autour de moi, me serra fort. Je lui rendis son étreinte. Je le faisais autant pour moi que pour elle. Qu'allions-nous devenir, maintenant ? Il fallait qu'elle perde ce désir de destruction, évidemment. Mais comment ? Que représentaient quelques pupitres renversés, quelques stores cassés ? Même si elle avait fait un million de dollars de dégâts, qu'était-ce donc en regard de la vie d'une petite fille ? Si on la renvoyait de l'école, tôt ou tard, ce serait l'hôpital psychiatrique, comme prévu. Et ensuite ? Quelle chance avait une enfant de six ans d'en sortir indemne, de s'adapter à une vie normale après cela ? Je doutais que ce fût jamais arrivé. Nous la perdrions, et la plupart d'entre nous se souviendraient à peine de l'avoir connue. Cette gamine si intelligente, si créative, qui n'avait jamais su ce qu'était la vie, ne le saurait jamais. Une poignée de pupitres crasseux valaient-ils ce sacrifice ?

— Qu'allons-nous faire, Sheila ? demandai-je, en la berçant dans mes bras. Tu ne peux pas continuer à agir ainsi, et je ne sais pas comment t'en empêcher.

— Je recommencerai plus.

— Je le voudrais bien. Mais ne faisons pas de promesse que nous ne pouvons pas tenir, pour l'instant, d'accord ? J'aimerais simplement que tu me dises pourquoi tu as fait ça. Je voudrais comprendre.

— Je sais pas. Je être très en colère après elle. Elle me gronde à la cantine, et c'est pas être ma faute. C'est être la faute de Susannah, mais elle me gronde, à moi. (Sa voix se mit à trembler.) Ils vont me renvoyer ?

— Je ne sais pas, mon cœur.

— Je veux pas. (J'entendis soudain un petit filet de voix aigu, proche des larmes.) Je recommencerai plus. Je veux rester. Je veux rester dans cette école. Je recommencerai plus jamais, je le promets.

Elle enfonça son visage dans mon cou.

En lui caressant les cheveux, je sentais ses barrettes a canards sous mes doigts.

— Sheila, je ne te vois jamais pleurer. Tu n'en as pas envie ?

— Je pleure jamais.

— Mais pourquoi ?

— Comme ça, personne peut me faire de mal.

Je la regardai. La froide lucidité de sa remarque était terrifiante.

— Que veux-tu dire ?

— Personne peut me faire de mal. Si je pleure pas, ils savent pas que j'ai de la peine. Alors ils peuvent pas me faire de mal. Personne peut me faire pleurer non plus. Même pas mon papa quand il me bat. Même pas

Mr. Collins. Tu as vu ? Je pleure pas, même quand il me bat avec le bâton. Tu as vu, hein ?

— Oui, j'ai vu. Mais tu n'en avais pas envie ? Ça ne t'a pas fait mal ?

Pendant un très long moment, elle ne répondit pas. Elle prit une de mes mains dans les siennes.

— Si, ça me fait mal. (Elle leva vers moi un regard indéchiffrable.) Quelquefois je pleure un peu, la nuit, quelquefois. Mon papa il rentre très tard quelquefois, et je reste toute seule, et j'ai peur. Des fois, je pleure un petit peu ; ça se mouille, là, dans mes yeux. Mais je l'empêche. Ça sert à rien de pleurer, et ça me fait penser à Jimmie et à ma maman, si je pleure. Je pense qu'ils me manquent.

— Parfois, cela peut faire du bien.

— Non, pas à moi. Je pleurerai jamais. Jamais.

Elle s'était mise à califourchon sur mes cuisses et me faisait face. Je l'enveloppai de mes bras. Elle tripotait les boutons de mon chemisier en parlant.

— Tu pleures, toi ?

Je hochai la tête.

— Parfois. Surtout quand je suis triste. Je ne peux pas m'en empêcher, je pleure, c'est tout. Mais après, je me sens mieux. C'est bon, de pleurer, dans un certain sens. Ça libère le chagrin.

Elle haussa les épaules.

— Moi je pleure pas.

— Sheil, qu'allons-nous faire pour réparer ce que tu as fait dans la classe de Mrs. Holmes ?

De nouveau elle haussa les épaules. Elle fit mine de s'absorber sur l'un de mes boutons.

— Il faut que tu me donnes des idées. Je pense que te renvoyer ne serait pas une bonne solution. Mais il faut faire quelque chose. Donne-moi des idées.

— Tu pourrais me mettre au coin le reste de la journée, et tu pourrais me priver de jouer à la dînette pendant une semaine. Ou tu pourrais m'enlever les poupées.

— Je n'ai pas envie de te punir. Mr. Collins l'a déjà fait. Il faut trouver un moyen pour essayer de consoler Mrs. Holmes. Pour arranger ce qui s'est passé.

Il y eut un silence.

— Peut-être que je pourrais ramasser tout.

— Je pense que c'est une bonne idée. Et si tu t'excusais ? Qu'en dis-tu ? Est-ce que tu pourrais le faire ?

Elle tira sur le bouton.

— Je sais pas.

— Est-ce que tu regrettes ?

Elle hocha lentement la tête.

— Oui, je regrette que je fais ça.

— C'est bien, tu sais, d'apprendre à s'excuser. Les gens nous aiment mieux, après. Si tu veux, on s'exercera ensemble, pour que tu apprennes à dire que tu t'excuses et que tu veux bien tout ramasser, ce sera plus facile. Je ferai Mrs. Holmes, et on répétera.

Sheila s'appuya lourdement contre moi, le visage enfoncé dans ma poitrine.

— D'abord, je veux que tu me serres un peu. Mon derrière me fait très mal et je veux attendre que ça va mieux. Je veux plus penser, maintenant.

En souriant, je la serrai fort contre moi, et nous restâmes enlacées dans la pénombre de la réserve à livres, à attendre — elle que ses fesses douloureuses se calment et que lui vienne le courage ; moi que le monde change.

9.

Il ne fut pas très facile de résoudre cette situation. J'accompagnai Sheila dans la classe de Mrs. Holmes, où la fillette fit ses excuses et proposa de ranger le désordre qu'elle y avait mis. Ainsi que je l'avais espéré, l'innocence de Sheila, sa petite taille et sa beauté naturelle firent vibrer en Mrs. Holmes la fibre maternelle. Elle accepta volontiers les efforts que fit Sheila pour s'amender.

Avec Mr. Collins, les choses ne se passèrent pas aussi bien. Cet incident était plus qu'il n'en pouvait supporter, de la part de Sheila et de ma classe en général. Le conflit s'intensifia — englobant des thèmes qui n'avaient pas de rapport avec les pulsions destructrices de Sheila. Nous avions simplement des systèmes de valeurs différents, auxquels nous tenions. Ce qui aboutit, après cet épisode, à une hostilité ouverte, et finalement, Ed Somers dut venir jouer les médiateurs. Mr. Collins fit savoir, en des termes sans ambiguïté, qu'il désirait mettre Sheila à la porte de l'école. Cette enfant était violente, impulsive, dangereuse et destructrice. Son comportement terrorisait les autres enfants, ainsi que les enseignants et tout le personnel. Dans la seule classe de Mrs. Holmes, elle avait causé sept cents dollars de dégâts. Il arrivait un moment, dit-il, où la société avait le droit de se défendre. Une fillette qui représentait une telle menace ne devait pas être laissée en liberté dans une école publique. Sa place était à l'hôpital psychiatrique. Pourquoi n'y était-elle donc pas déjà ?

J'essayai d'expliquer les progrès que Sheila avait faits dans ma classe. Je racontai comment il ne m'avait fallu que trois jours pour établir le contact avec elle et la mettre au travail au sein du groupe. Je parlai de ses aptitudes intellectuelles, des violences subies et de l'abandon dans lequel elle vivait, j'implorai Ed de me la laisser. Ce n'était qu'un incident, dis-je. Je la surveillerais mieux dorénavant. Je renoncerais à mon heure de déjeuner s'il le fallait. Mais donnez-moi encore une chance, suppliai-je. Laissez-moi faire une autre tentative. Je serai moins négligente.

L'atmosphère était sinistre. Ed m'expliqua qu'on devait compter avec la pression très réelle des parents d'élèves. Quand les enfants avaient rapporté ce qui s'était passé dans la classe de Mrs. Holmes, il y avait eu des coups de téléphone. Et le juge avait déjà pris sa décision avant que j'entre en scène. Ma classe n'était qu'une antichambre. Je ne devais pas tant m'impliquer, dit Ed, d'un ton poli mais ferme. Cela aveuglait mon jugement. Il sourit d'un air triste. Elle faisait des progrès, fort bien, mais ce n'était pas dans ce but qu'on l'avait placée dans mon groupe. Elle n'était là que pour attendre d'être admise à l'hôpital. Rien de plus.

En l'écoutant, je sentais ma gorge se nouer, mes yeux piquer. Je ne voulais pas pleurer devant eux. Je ne voulais pas qu'ils sachent à quel point ils me blessaient. Tout ce qu'il y avait de rationnel en moi se mobilisait pour m'inciter au calme. Ils n'étaient pas cruels intentionnellement ; en fait, ils n'étaient probablement pas cruels du tout. Mais c'était ainsi que je ressentais leur attitude. Nom de nom, qu'étaient-ils donc en train de me demander ? J'étais enseignante. Non garde-chiourme. A moins que ce fût tout ce qu'Ed attendait de moi quand il avait créé cette classe ? J'étais pleine d'amertume. Que pensaient-ils donc m'avoir confié, si ce n'était une toute petite fille de six ans

— apeurée, blessée, maltraitée ? Que voyaient-ils donc en elle de si terrifiant ? Aujourd'hui, ils me disaient que je ne devais pas me tourmenter pour elle, qu'elle n'était avec moi qu'en attendant. Elle pouvait bien rester plantée sur sa chaise des mois, s'il le fallait, tant que l'hôpital n'aurait pas de place pour elle, et puis partir. Je m'étais vraiment fait des illusions. J'avais cru que mon rôle était de lui donner une éducation.

Ed posa les coudes sur la table, se pencha vers moi en soufflant dans ses mains. Il tenta de me rassurer, de me dire qu'il ne fallait pas que je m'inquiète ainsi. Il était désolé de me voir pleurer, et pendant un instant, j'en fus ravie. Je désirais qu'ils fussent tous aussi malheureux que moi. Mais ce fut de courte durée, et un pessimisme noir s'abattit sur nous.

Je quittai la pièce les yeux encore mouillés de larmes, allai directement à ma voiture et rentrai chez moi. Mon idéalisme en avait pris un coup. J'avais appris que certains individus ne valent même pas sept cents dollars.

Comme toujours, Chad me fut un îlot paisible au milieu de la tourmente. En m'écoutant pester, il secouait la tête avec bonhomie. Va te coucher, me dit-il ; ce n'était pas si tragique qu'il paraissait. Quoi que j'en dise, le monde entier n'était pas contre moi. Il y aurait bien une solution, il y en a toujours. Dans une humeur massacrante, qui refusait de se laisser apaiser, je m'enfermai dans la salle de bains, où je sanglotai sous la douche pendant trois quarts d'heure. Lorsque j'en émergeai, Chad, toujours assis dans le salon, faisait jouer le chat avec un bout de ficelle. Il me sourit. Alors je souris. Je n'étais pas heureuse, mais j'étais résignée.

La situation ne tourna pas aussi mal que je l'avais craint. La scolarisation était obligatoire pour tous les enfants, et j'étais pour l'instant le seul recours de Sheila. En guise de compromis, Ed fit savoir à Mr. Collins qu'il aurait une surveillante supplémentaire, à l'heure du déjeuner, spécialement affectée à ma salle, et que Sheila n'aurait le droit de sortir de la classe, quelles que fussent les circonstances, que sous ma responsabilité.

Malgré la fureur que me causait l'idée du placement de Sheila en hôpital psychiatrique, tout se passait bien dans ma classe. Nous formions un groupe, de nouveau, où Sheila avait désormais sa place. Les premiers jours de février, d'un froid vif et mordant, nous promettaient au moins six bonnes semaines d'hiver. Sheila s'adaptait, et nous fonctionnions parfaitement à douze. J'appréciai cette période de paix inattendue, et plutôt rare dans notre vie commune.

Sur le plan scolaire, Sheila se donnait corps et âme. A peine si je trouvais assez de sujets pour occuper son esprit toujours en éveil. J'avais renoncé aux travaux écrits, lui concédant la victoire, même si j'y pensais toujours, Whitney, Anton et moi l'interrogions oralement et discutions avec elle des exercices. Elle lisait assidûment, dévorant les ouvrages plus vite que je ne pouvais lui en dénicher. J'étais heureuse et soulagée de lui voir cette nouvelle passion, car étant dispensée des devoirs écrits, qui occupaient les enfants une bonne partie de la journée, elle terminait rapidement les tâches qui lui étaient assignées.

Dans ses rapports avec les autres, Sheila progressait moins vite, mais de manière constante. Elle s'était liée d'amitié avec Sarah, avec qui elle commençait à partager les plaisirs des jeux de petites filles. Je lui confiai également le soin d'aider Susannah Joy à apprendre les couleurs. Ce qui eut des conséquences multiples : je bénéficiais d'une aide supplémentaire, dont j'avais grandement besoin ; Sheila occupait ainsi tous ses moments d'oisiveté ; ce travail lui donnait le sens de la responsabilité et lui permettait d'approfondir les nuances d'une relation interpersonnelle. De plus, sa confiance en elle s'en trouvait raffermie. Elle était ravie d'être, pour une fois, celle qui donne, celle dont on a besoin. Certains soirs, après la classe, elle préparait activement les fournitures dont elle se servirait le lendemain, et suscitait, avec Anton ou moi, de longues discussions sérieuses sur la manière dont elle pourrait, avec Sarah, aider Susie à progresser. En la voyant faire, j'avais envie de rire, et je me demandais si j'apparaissais ainsi, moi aussi, à un œil extérieur. Mais elle prenait son travail tant à cœur et avec une telle innocence, que je me retenais.

Sheila commençait à moins éprouver le besoin de me suivre partout. Elle m'observait toujours et s'asseyait plus volontiers près de moi si elle pouvait, mais ne réclamait plus un contact physique constant. Les jours où les choses s'étaient mal passées chez elle avant l'école, lorsque les autres gosses l'ennuyaient, ou bien parfois quand je la grondais, il n'était pas rare que je sente sa main se glisser dans ma ceinture et qu'elle me suive, pendant un moment, comme avant, dans tous mes déplacements. Je la laissais faire, connaissant le besoin vital qu'elle avait de savoir que je ne l'abandonnerais pas. Il n'y avait pas loin du manque d'autonomie à la dépendance excessive, mais j'avais remarqué que la plupart de mes gamins passaient par cette période d'intense attachement, au début de notre relation. C'était, semblait-il, une phase naturelle, et si tout se passait bien, l'enfant se défaisait de ce comportement dès qu'il se sentait assez en confiance pour ne plus avoir besoin des preuves tangibles de mon affection. Il en fut ainsi de Sheila.

L'incident de la classe de Mrs. Holmes eut un effet bénéfique. Je parvins à coincer le père de Sheila. Un soir du début du mois de février, j'embarquai Anton dans ma voiture et partis pour le camp des saisonniers. Sheila et son père vivaient dans une petite bicoque de toile goudronnée, au bord de la voie ferrée.

C'était un homme imposant, qui mesurait près de deux mètres, lourd, le ventre énorme débordant sur sa ceinture, une dent unique plantée sur la mâchoire inférieure, et l'haleine pestilentielle. Quand nous arrivâmes, il tenait à la main une boîte de bière et était déjà ivre mort.

Anton força le passage jusque dans le minuscule logement, qui consistait en une seule pièce, coupée en deux par un rideau. Il y avait un divan brun et bosselé à un bout, un lit à l'autre. Rien d'autre. L'air empestait l'urine.

Le père de Sheila entra sur nos pas et nous fit signe de nous asseoir sur le divan. Sheila était accroupie dans un coin, près du lit, les yeux écarquillés, affolés. Elle fit semblant de ne pas nous reconnaître, et resta recroquevillée, ainsi qu'elle avait fait les premiers jours, en classe. J'émis l'idée qu'il valait peut-être mieux qu'elle n'assistât pas à l'entretien, car nous avions à discuter de certains sujets pénibles pour elle.

Son père secoua la tête et agita la main en direction de la fillette.

— Elle doit rester dans ce coin. Cette gosse-là, il faut pas la perdre de vue une minute. L'autre soir, elle a essayé de mettre le feu à une maison, là-bas. Si je la garde pas avec moi, j'aurai encore les flics sur le dos.

Il entreprit de nous donner des détails.

— C'est pas vraiment ma fille, expliqua-t-il en proposant une bière à Anton. Sa salope de mère, elle l'a eue avec un autre. C'est pas ma fille, et d'ailleurs ça se voit. Regardez-la. Un vrai sac d'os. Et de toute ma vie, j'ai jamais vu son pareil pour vous créer des emmerdements.

Anton et moi l'écoutions, interloqués. Je me sentais humiliée pour Sheila. S'il lui tenait ce discours tous les jours, rien d'étonnant à ce qu'elle eût une aussi piètre opinion d'elle-même. Mais du moins cela restait-il entre eux. Nous le dire ainsi, devant elle — l'idée d'assister à cette scène tirée d'un roman à deux sous me faisait horreur. Anton tenta de réfuter les arguments du bonhomme, mais cela ne servait qu'à l'irriter contre nous. Nous le laissâmes donc parler, de peur que Sheila n'eût à supporter les répercussions de sa colère.

— Mais Jimmie, lui, c'était mon fils. Le meilleur gamin du monde, qu'il était, mon Jimmie. Et cette garce, elle l'a emmené. Elle l'a embarqué, comme je vous le dis. Et avec ça, elle m'a laissé cette petite bâtarde. (Il soupira.) Je lui ai dit que si quelqu'un de l'école s'amenait encore une fois ici, elle aurait de mes nouvelles.

— Je ne suis pas venue pour faire des reproches, m'empressai-je d'affirmer. Elle fait vraiment du bon travail, dans notre classe.

Il renifla bruyamment.

— Je vous crois. Dans une classe pleine de dingues, elle sait sûrement ce qu'il faut faire. Pour l'amour du ciel, madame, je suis au bout du rouleau, avec cette gosse.

La conversation ne menait à rien de bon. Mon sang se glaçait d'horreur, et j'aurais voulu me ratatiner et disparaître dans une fissure du plancher pour épargner à Sheila l'humiliation de nous voir, nous qu'elle aimait bien, écouter ces paroles. Mais je ne pouvais pas, ni ne voulais arrêter son père. Il ne tarissait pas. J'essayai de lui dire que Sheila était une enfant douée, d'une intelligence remarquable. Cela ne le touchait pas. Qu'avait-elle besoin de ça, demanda-t-il, qui ne lui servirait qu'à faire encore plus de bêtises ? La conversation revint finalement sur son Jimmie bien-aimé, qu'il ne reverrait plus. De grosses larmes dégoulinèrent sur ses joues grasses. Où, mais où donc avait-on emmené son Jimmie, et pourquoi lui avait-on laissé ce petit monstre, qui n'était même pas son enfant ?

Je le plaignais un peu, malgré moi. Sans doute aimait-il sincèrement ce gamin, dont la perte avait dû lui être douloureuse. Dans son esprit embrumé, immature, Sheila était à la source du drame. Si elle n'avait pas été aussi insupportable, sa femme serait peut-être restée avec lui. Il ne savait plus que faire de cette gosse, ni de sa vie à lui. Et il se noya dans une douzaine de bières, en sanglotant devant deux étrangers sur trente ans d'existence gâchée.

Aussi sordide que parût la vie de Sheila, je savais que ce ne serait pas une mince affaire que de retirer la fillette de la garde de son père. Notre communauté englobait une forte population d'indigents. Le camp des travailleurs saisonniers, le pénitencier et l'hôpital psychiatrique formaient une ville dans la ville, une enclave si importante que la municipalité ne pouvait subvenir à tous ses besoins. Elle ne disposait pas d'assez d'assistantes sociales, foyers nourriciers et allocations pour sérier les problèmes, limiter les dégâts. Seuls les enfants les plus maltraités étaient retirés de leur famille. Je me sentis cependant obligée de demander au père s'il avait déjà envisagé de placer Sheila dans une famille d'accueil, puisqu'il avait tant de difficultés.

Ma question était une erreur. Des larmes il passa à une fureur noire, bondit sur ses pieds, m'agita ses mains sous le nez. Qui étais-je donc pour lui suggérer d'abandonner son enfant ? Quelle sorte d'individu ? Il n'avait jamais accepté d'aide de quiconque ; il était assez grand pour résoudre ses problèmes sans moi, merci. Sur ce, il exigea qu'Anton et moi quittions immédiatement sa maison. Amers, furieux et tristes, nous partîmes, en espérant que nous n'avions pas mis Sheila en péril. Cette visite avait été sinistre, et je regrettai d'être venue.

Je raccompagnai ensuite Anton chez lui, à l'autre bout du baraquement. Lui aussi vivait dans un logement à peine plus grand qu'une cabane — trois pièces qu'il partageait avec sa femme et ses deux jeunes fils, exiguës et misérables à mes yeux de petite-bourgeoise, mais propres et bien tenues. Le mobilier monastique était rehaussé de tapis faits main et de coussins brodés. Un gros crucifix ornait un mur de la pièce principale. La femme d'Anton se montra gaie et avenante, malgré le fait qu'elle ne parlait pas anglais et que je ne connaissais pas l'espagnol. Ses fils étaient deux petits bonshommes curieux et bavards ; ils me grimpèrent sur les genoux en posant des questions sur cette classe dont leur père leur parlait. Ils s'exprimaient si bien, et avec tant de vivacité, malgré leur jeune âge, qu'ils me parurent des génies. Je m'étais tellement accoutumée à considérer mes gamins comme des enfants normaux. Nous partageâmes à cinq trois Cocas et un bol de beignets de maïs, tandis qu'Anton m'interrogeait timidement sur les chances qu'il pouvait avoir de reprendre ses études et de décrocher un diplôme d'enseignant. Il ne possédait même pas un diplôme de fin d'études secondaires, mais il m'annonça avec ferveur qu'il préparait une équivalence. C'était la première fois qu'il me confiait ses rêves secrets. Il m'avoua qu'après avoir pris cet emploi à contrecœur, il en était venu peu à peu à aimer ces gamins, et espérait pouvoir un jour diriger sa propre classe. Je fus émue de ses projets, qui n'étaient en fait, je le craignais, qu'une chimère. Il ne semblait pas avoir conscience de la somme de temps et d'argent qui étaient nécessaires pour parvenir à ce niveau d'études. Mais lorsque je vis sa femme écouter, le visage radieux, Anton envisager ces projets grandioses, quand je vis ses fils bondir de joie à l'idée que leur père allait être un vrai instituteur et qu'ils pourraient vivre un jour dans une vraie maison et avoir des bicyclettes, je n'eus pas le cœur de leur parler de ces difficultés. De plus, je ne m'étais pas totalement remise de mes émotions et mon esprit errait encore de l'autre côté du camp, se demandant ce qui se passait dans la bicoque près de la voie ferrée.

10.

Au cours des deux heures que Sheila et moi passions seules, après la classe, j'avais commencé à lui faire la lecture. Bien qu'elle fût capable de lire dans son coin la plupart des livres, je désirais renforcer ainsi notre intimité, tout en lui faisant partager mes lectures favorites. Nous avions également besoin de parler de ce que nous rencontrions dans les récits, car je m'étais rendu compte que Sheila avait eu une enfance si démunie de tout qu'un grand nombre de points lui échappaient. Non qu'elle ignorât ce que les mots signifiaient, mais parce qu'elle n'avait aucune idée de la manière dont ils s'appliquaient à la vie réelle.

Dans une histoire intitulée *La toile de Charlotte,* par exemple, Sheila se demanda longuement pourquoi la petite fille voulait garder près d'elle Wilbur, le cochon nain. C'était un petit cochon raté, après tout, le plus chétif de la portée. Dans l'esprit de la fillette, il était tout à fait normal que le père voulût s'en débarrasser. J'expliquai que Fern l'aimait parce qu'il était minuscule et qu'il n'y pouvait rien. Cela, Sheila ne pouvait le concevoir. Dans son univers, seuls les plus forts devaient survivre. C'était la loi.

Je lui lisais donc des histoires, nichée parmi les coussins du coin de lecture, elle sur mes genoux. Quand elle ne comprenait pas un mot ou un passage, nous en discutions, nous perdant souvent dans de longues digressions sur les choses de la vie. J'étais fascinée de voir combien cette fillette, qui raisonnait avec l'innocence et la franchise de tous les enfants de son âge, faisait preuve de maturité. Sa lucidité devant les situations faisait si souvent mouche, dans son ingénuité, qu'elle en était presque effrayante. Mais je riais de la manière puérile qu'avait Sheila d'agencer parfois entre eux divers éléments.

Un soir, je lui apportai un exemplaire du *Petit Prince.*

— Viens voir, Sheil, lui criai-je. J'ai un nouveau livre à te montrer.

Elle traversa la pièce en courant, me bondit carrément sur le ventre et m'arracha le livre des mains. Elle en examina avec soin toutes les illustrations, après quoi nous nous installâmes pour la lecture. Dès que j'eus commencé, elle se tint immobile, les doigts agrippés au tissu de mon jean.

Le Petit Prince est un récit assez court, et au bout d'une demi-heure, j'en étais presque à la moitié. Lorsque j'abordai l'épisode du renard, elle devint encore plus attentive, et je sentis son petit bassin osseux se tortiller sur mes cuisses, tandis qu'elle recherchait une position plus confortable.

« Viens jouer avec moi, lui proposa le petit prince. Je suis tellement triste...

— Je ne puis pas jouer avec toi, dit le renard. Je ne suis pas apprivoisé.

— Ah ! pardon, fit le petit prince.

Mais, après réflexion, il ajouta :

— Qu'est-ce que signifie « apprivoiser » ?

...

« Que faut-il faire ? dit le petit prince.

— Il faut être très patient, répondit le renard. Tu t'assoiras d'abord un peu loin de moi, comme ça, dans l'herbe. Je te regarderai du coin de l'œil et tu ne diras rien. Le langage est source de malentendus. Mais, chaque jour, tu pourras t'asseoir un peu plus près... »

Sheila posa la main sur la page.

— Relis-moi ça, tu veux bien ?

Je lus de nouveau le passage. Elle se tordit sur mes genoux pour me dévisager et pendant un long moment m'emprisonna dans son regard.

— C'est être ce que tu fais, hein ?

— Que veux-tu dire ?

— C'est ce que tu fais avec moi un jour, hein ? M'apprivoiser.

Je lui souris.

— Je être exactement comme le livre raconte, tu te rappelles ? J'ai si peur et je me cache dans le gymnase, et tu viens et tu t'assois par terre. Tu te rappelles ? Et je fais dans ma culotte, tu sais ? J'ai si peur. Je crois que tu vas me battre parce que je fais tellement de bêtises ce jour-là. Mais toi, tu t'assois par terre. Et tu viens plus près, toujours plus près de moi. Tu m'apprivoisais, hein ?

Je souris, décontenancée.

— Oui, oui, peut-être.

— Tu m'apprivoises. Comme le petit prince apprivoise le renard. C'est exactement comme ça. Et maintenant, je être unique pour toi, hein ? Comme le renard.

— Oui, tu es tout à fait unique, Sheil.

Elle se retourna, se carra de nouveau sur mes cuisses.

— Continue.

« Les hommes ont oublié cette vérité, dit le renard. Mais tu ne dois pas l'oublier. Tu deviens responsable pour toujours de ce que tu as apprivoisé. Tu es responsable de ta rose...

— Je suis responsable de ma rose... répéta le petit prince, afin de se souvenir. »

Sheila glissa à mes pieds et se mit à genoux pour pouvoir me regarder dans les yeux.

— Tu être 'sponsable de moi. Tu m'apprivoises, alors maintenant tu être 'sponsable de moi.

Pendant un instant, j'observai ses yeux insondables. J'ignorais au juste ce qu'elle attendait de moi. Elle tendit les bras et les glissa autour de mon cou, sans me lâcher du regard.

— Je t'apprivoise un petit peu, moi aussi, hein ? Tu m'apprivoises et je t'apprivoise. Et maintenant je être 'sponsable de toi aussi, hein ?

Je hochai la tête. Elle desserra son étreinte et s'assit. Elle s'absorba un moment dans le dessin que son doigt traçait sur la moquette.

— Pourquoi tu fais ça ? demanda-t-elle.

— Quoi donc, Sheil ?

— M'apprivoiser.

Je ne sus que lui dire.

Elle leva sur moi ses yeux bleus, transparents.

— Pourquoi tu t'occupes de moi ? Ça, je comprends pas. Pourquoi tu veux tant m'apprivoiser ?

J'essayai de penser très vite. Je n'étais pas préparée.

— Vois-tu, poussin, je crois que je n'ai pas vraiment de raison. Ça m'a simplement paru la meilleure chose à faire.

— C'est comme le renard, alors. Est-ce que je être unique pour toi parce que tu m'apprivoises ? Je être unique ?

Je lui souris.

— Oui, tu es unique. Comme dit le renard, tu sais, maintenant que tu es mon amie, tu es pour moi unique au monde. Je crois que c'est ce que je souhaitais. Je crois que c'est pour cela que je t'ai apprivoisée.

— Est-ce que tu m'aimes ?

Je hochai la tête.

— Moi aussi, je t'aime. Tu être ma personne la plus unique dans le monde entier.

Sheila se laissa tomber sur la moquette, me tourna le dos et posa sa tête sur ma cuisse. Elle se mit à jouer avec un morceau de charpie qu'elle avait trouvé par terre. Je m'apprêtai à reprendre ma lecture.

— Torey ?

— Oui ?

— Tu vas jamais me quitter, hein ?

J'écartai sa frange de son front.

— Un jour ou l'autre, il le faudra bien, j'imagine. Quand l'année scolaire sera finie, tu iras dans une autre classe, avec une autre institutrice. Mais pas avant, et il reste encore beaucoup de temps.

Elle bondit sur ses pieds.

— C'est toi, ma maîtresse. Je veux jamais en avoir une autre.

— Je suis ton institutrice pour le moment. Mais un jour, nous ne serons plus ensemble.

Elle secoua la tête ; son regard s'était assombri.

— Ici, c'est être ma classe. Et je veux y rester toujours.

— Ce n'est pas pour tout de suite, tu sais. Et quand le moment viendra, tu seras prête.

— Pas question. Tu m'apprivoises, tu être 'sponsable de moi. Tu peux jamais me laisser, parce que tu être 'sponsable de moi pour toujours. C'est ce qui être écrit, là, et c'est ta faute si je être apprivoisée.

— Hé là, mon poussin (je la pris sur mes genoux). Ne te fais donc pas de mauvais sang.

— Mais tu vas me laisser, dit-elle d'un air plein de reproche, en fuyant mon étreinte. Comme ma maman. Et Jimmie. Et tout le monde. Mon papa aussi, il me laisserait, mais il a peur d'aller en prison à cause de ça. Il me le dit un jour. Tu être comme tous les autres. Tu me laisses aussi. Même après que tu m'apprivoises et moi je te demande rien.

— Cela ne se passera pas ainsi, Sheila. Je ne te laisse pas. Je vais rester ici. Quand l'année sera finie, les choses changeront, mais je ne te quitterai pas. Comme dans l'histoire, quand le petit prince part après avoir apprivoisé le renard : en fait, il restera toujours avec le renard, car chaque fois que le renard verra un champ de blé, il pensera au petit prince. Il se rappellera combien le petit prince l'aimait. Ce sera la même chose pour nous. Nous nous aimerons toujours. C'est plus facile de se séparer, ainsi, car chaque fois qu'on se souvient de quelqu'un qui nous aime, on ressent un peu de son amour.

— Non, c'est pas vrai. Il nous manque, c'est tout.

Je tendis un bras vers elle et la pressai de nouveau contre moi. Elle refusait de se laisser convaincre.

— Ecoute, c'est une question un peu trop difficile pour qu'on en discute aujourd'hui. Tu n'es pas prête à partir, et je ne te laisserai pas. Un jour tu seras prête, et ce sera plus facile.

— Non. Je serai jamais prête.

Je la berçai dans mes bras, en la tenant fort serrée. Pour l'instant, cette issue était trop effrayante à envisager pour elle. Je ne savais comment lui présenter le problème, car le moment viendrait où elle devrait partir, soit pour l'hôpital, dès qu'il y aurait une place, soit en juin, à la fin de l'année scolaire. J'avais de bonnes raisons de penser que ma classe serait supprimée à la rentrée suivante. Inutile d'espérer récupérer la fillette après les vacances. La séparation approchait donc, et j'ignorais si dans quatre mois, son état d'esprit aurait beaucoup changé.

Sheila se laissait bercer. Elle scrutait mon visage.

— Tu pleureras ?

— Quand ?

— Quand tu partiras ?

— Tu te rappelles ce que dit le renard ? Quand on se laisse apprivoiser, on prend le risque de pleurer. Il a raison. On pleure un peu. Chaque fois que quelqu'un s'en va, on pleure un peu. L'amour, ça fait mal, quelquefois. Quelquefois, ça fait pleurer.

— Je pleure à cause de Jimmie et de ma maman. Mais ma maman, elle m'aime pas du tout.

— Je ne sais pas. Tout cela s'est passé avant que je te connaisse, et je n'ai jamais rencontré ta maman. Mais j'ai du mal à penser qu'elle ne t'aimait pas. C'est très dur, de ne pas aimer ses enfants, tu sais.

— Mais elle me laisse sur la route. On fait pas ça à ses enfants, quand on les aime. C'est ce qu'il dit, mon papa.

— En fait, je n'en sais rien, Sheila. Je ne sais pas qui a raison. Mais les choses ne se passent pas toujours comme cela. Moi, je ne te laisserai jamais de cette façon. Quand l'école sera finie et que tu iras ailleurs, nous serons toujours ensemble. Chaque fois que le renard voyait un champ de blé, il pensait au petit prince. Et le petit prince était avec lui, d'une certaine manière. Ce sera pareil pour nous.

— Je veux pas de champ de blé. Je te veux, toi.

— Mais c'est une belle chose, aussi, Sheila. Au début, nous serons un peu tristes, mais après ça ira mieux. Chaque fois que nous penserons à l'autre, nous nous sentirons bien. Tu vois, il n'y aura jamais assez de kilomètres entre nous pour nous faire oublier combien nous avons été heureuses ensemble. Rien ne pourra détruire nos souvenirs.

Elle enfonça son visage dans mon cou.

— Je veux plus y penser.

— Non, tu as raison. Ce n'est pas le moment de s'inquiéter. Nous avons encore le temps. En attendant, nous penserons à des tas d'autres choses.

11.

Tout en ayant cessé de m'obséder, notre guerre des devoirs écrits ne m'était jamais vraiment sortie de l'esprit. En premier lieu, j'avais du mal à occuper Sheila sans la présence constante d'un adulte auprès d'elle. Je doutais également qu'un enseignant de classe normale acceptât une enfant qui refusait tout exercice, tout manuel. Si la chose était encore possible dans mon groupe, il était évident qu'un enseignant chargé de vingt-cinq gamins et tenu de suivre un programme ne pourrait jamais s'offrir ce luxe. Je soupçonnais enfin Sheila d'avoir découvert que sa méthode concentrait sur elle une grande part de l'attention des adultes. Elle éprouvait une jouissance particulière à monopoliser Anton, Whitney, ou moi-même, tandis qu'elle nous récitait ses réponses. Ce qui n'était guère un comportement acceptable, même dans ma classe.

Je ne comprenais pas encore très clairement pourquoi elle refusait à ce point tout travail écrit. Je suppose que ce blocage avait un rapport avec la peur de l'échec. Si elle n'écrivait rien, il n'y avait aucun moyen de prouver qu'elle avait fait une erreur. Et Sheila était catastrophée si elle se trompait et que nous la reprenions, même très gentiment. Je crus comprendre, à partir de remarques glanées au hasard, qu'elle avait un jour rapporté un devoir chez elle et qu'elle avait eu un sérieux conflit avec son père à ce sujet.

Mais les sujets de conflit ne manquaient pas, avec lui, et je doutai que cette cause pût seule expliquer sa phobie.

Mais il y avait une activité à laquelle Sheila semblait de moins en moins pouvoir résister. J'encourageais vivement, dans notre classe, l'écriture créative. Les enfants tenaient leur journal, où ils consignaient ce qu'ils ressentaient, ce qui leur arrivait, et d'autres événements marquants de leur vie. Souvent, quand j'avais une prise de bec avec l'un d'eux, d'où nous sortions furieux l'un ou l'autre, parfois l'un et l'autre, le gamin savait qu'il pouvait s'exprimer dans son journal. Ainsi, les gosses griffonnaient dans leur cahier à longueur de journée. Le soir, je parcourais leurs notes, que je ponctuais de remarques. C'était là une communication personnelle, et nous appréciions l'occasion qui nous était ainsi offerte de découvrir ce que l'autre ressentait. Dans le même esprit, je leur faisais rédiger, presque journellement, des petits récits sur un sujet donné. Je m'étais rendu compte que, dès qu'ils savaient écrire et associer les mots selon les sentiments qui leur venaient, tous les enfants, même Susannah, s'exprimaient mieux, dans certains cas, sur le papier que face à face. Une correspondance volumineuse circulait donc dans la classe.

Inutile de préciser que Sheila, avec sa phobie de la feuille blanche, n'écrivait pas. Cela semblait l'ennuyer quelque peu. Elle se tordait le cou pour voir ce que les autres gamins écrivaient, ou rôdait autour d'eux à l'heure de la rédaction, au lieu d'aller lire ou jouer dans un coin, ainsi qu'elle était censée faire. Enfin, à la mi-février, le jour vint où sa curiosité l'emporta.

Elle s'approcha de moi, après que j'eus distribué les feuilles.

—Je pourrais peut-être écrire quelque chose, si tu me donnes un papier.

Je la regardai. Il me vint alors à l'esprit que je pourrais fort bien inverser le rapport de forces en ma faveur à l'aide d'un petit stratagème psychologique. Je secouai la tête.

— Non, c'est un devoir écrit. Tu ne fais jamais de devoir écrit, tu te souviens ?

— Celui-là, je pourrais peut-être le faire.

— Non, je ne crois pas. Je ne veux plus prendre le risque de gaspiller du papier avec toi. D'ailleurs, ça ne te plairait pas. Va jouer, C'est plus amusant.

Elle s'éloigna, flâna quelques instants. Puis elle revint. J'étais penchée sur William, que j'aidais à écrire un mot. Sheila tira sur ma ceinture.

— J'ai envie de le faire, Torey.

Je secouai la tête.

— Mais non. Tu n'as pas vraiment envie.

— Si.

Faisant mine de l'ignorer, je revins à William.

— Je gaspille plus de papier, promis.

— Sheila, la rédaction est réservée aux enfants qui font leurs exercices. Toi, tu n'en fais pas, donc pas de rédaction.

— Je pourrais faire des exercices. Un petit peu, peut-être, si tu me donnes une feuille pour écrire.

Je secouai la tête.

— Non, tu n'aimes pas ça. C'est toi qui me l'as dit. Tu n'es pas obligée. Va jouer, maintenant, je dois aider William.

Elle resta debout à côté de moi. Au bout d'un moment, n'obtenant rien, elle alla demander à Anton.

— C'est Torey qui a les feuilles, dit-il, en me montrant du doigt. Va le lui demander.

— Elle veut plus m'en donner.

Il haussa les épaules et roula ses grands yeux bruns.

— Ah bon, alors, désolé. Je n'ai aucun papier à te donner.

Sheila revint vers moi. Elle commençait à être furieuse contre moi et s'efforçait de ne pas le montrer.

— Je veux que tu me donnes une feuille, Torey. Donne-m'en une.

Je soulevai un sourcil en guise de menace.

Elle frappa le sol d'un coup de pied rageur et fit la moue. Je me penchai de nouveau sur William.

Elle changea de tactique.

— S'il te plaît ? S'il te plaît ? Je l'abîmerai pas. Je la déchirerai pas. Croix de bois, croix de fer, si je mens je vais en enfer. S'il te plaît ?

Je la toisai.

— Je ne te crois pas. Mais peut-être que si tu me fais quelques exercices demain et si je vois que tu ne les déchires pas, je te donnerai une feuille pour la rédaction de demain après-midi.

— Je la veux maintenant, Torey.

— Je sais. Mais si tu me prouves que je peux te faire confiance, tu en auras une demain. Nous avons presque fini, de toute manière.

Elle me dévisagea attentivement, cherchant un moyen de me faire céder.

— Si tu me donnes une feuille, je t'écrirai quelque chose que tu ne sais pas sur moi. Je t'écrirai un secret.

— Tu m'écriras ton secret demain.

A ces mots, elle poussa un grognement de colère et se dirigea d'un air digne vers une table, de l'autre côté de la pièce. Elle tira bruyamment une chaise et s'assit avec emphase. De petits reniflements furieux ponctuaient le silence. Je souris en moi-même. Elle était adorable quand elle enrageait ainsi, maintenant qu'elle savait mieux maîtriser ses colères. En me décochant des regards absolument noirs, elle resta plantée à sa table.

Au bout d'un moment, je m'approchai d'elle, l'air de rien.

— Je pense que je pourrais te donner une feuille aujourd'hui, si du moins tu écris assez vite.

Elle leva les yeux, attendit.

— A condition que tu ne la déchires pas.

— C'est d'accord.

— Mais qu'allons-nous faire si tu la déchires ?

— Je la déchirerai pas. Je te l'ai dit. C'est promis.

— Est-ce que tu me feras d'autres exercices, si je te donne cette feuille ?

Elle hocha énergiquement la tête.

— Tu feras ton devoir de calcul ?

Elle fronça les sourcils, exaspérée.

— Il va plus me rester assez de temps, si tu me fais parler toute la journée.

Avec un grand sourire, je lui tendis une feuille.

— Tu as intérêt à ce que ce soit un beau secret.

Saisissant le papier des deux mains, elle se précipita vers l'autre table pour empoigner un stylo feutre. Elle surveillait les crayons depuis un moment déjà, et équipée du feutre et de la feuille péniblement gagnée, elle courut à l'autre bout de la pièce. Elle se faufila à quatre pattes sous la cage du lapin et se mit à écrire.

Elle était vraiment rapide. Je m'attendais plus ou moins à ce qu'elle eût des difficultés, cela faisait si longtemps qu'elle n'avait pas écrit. Mais là encore, Sheila me surprit. Au bout de quelques minutes, elle était de retour, avec la feuille pliée en un minuscule carré. Elle se coula auprès de moi tandis que je ne regardais pas, et me la glissa dans la main.

— C'est être un secret. Tu le montres à personne. C'est être juste pour toi.

— D'accord.

Je commençai à déplier le papier.

— Non, le lis pas maintenant. Garde-le.

Acquiesçant d'un signe de tête, je fourrai le petit carré dans ma poche.

Je l'oubliai jusqu'au soir, et lorsque je me déshabillai pour aller au lit, le billet tomba par terre. Je le ramassai et le défroissai avec soin. Sur la feuille, écrit au feutre bleu, je découvris ce qui avait dû constituer pour Sheila, si fière, une grande confidence.

Un secret que je veux te dire mais tu en parle à Personne
Tu sais des fois les enfans se moque de moi parsque j'ai pas de Vêtemens propes, avant. Mais des fois j'en mé pas parsque je fais pipi au lit tu sais mais le dis à personne. Je fais pas exeprès Papa il me bat quand il le voit mais d'abitude il le sait pas. Je comprend pas pourquoi je fais ça Torey je voudrai vraiment plus le faire. Tu serai pas en colère toi. Mon papa il cri mais je fais pas exeprès je te Jure. Ça m'ennui beaucou mais j'ai honte de moi. Papa il dit que je suis un bébé mais j'ai bientôt 7 ans et j'ai pas de culotte prope et les enfans se moque de moi. S'il te plait n'en parle pas aux enfans d'accord. Ni à Mr. Colinz ni à Anton ni à Whiteney ni à personne d'accord. Je veux juste que tu le sais toi.

Je lus le billet, émue par la sincérité de Sheila et stupéfaite de la qualité de son écriture. Les lettres étaient bien formées, la ponctuation et l'orthographe relativement correctes. Curieusement, elle employait « je suis », que je n'avais jamais entendu de sa bouche. Je souris et m'installai à ma table pour lui répondre.

Ainsi s'instaura la première trêve de la guerre des devoirs écrits. Le lendemain, avec notre aide, Sheila parvint à faire un exercice de calcul. Il était rempli avec grand soin et j'eus l'idée de l'afficher sur le panneau où j'exposais les bons travaux de mes gamins. C'en était trop pour Sheila, et je retrouvai plus tard la copie déchirée en lambeaux dans la poubelle. Je fus plus prudente désormais. Elle réussit peu à peu à faire seule deux ou trois exercices. De temps en temps, elle régressait, détruisant la feuille au beau milieu d'un travail ou après l'avoir remplie, notamment quand c'était trop difficile pour elle. Mais si je lui en donnais une autre, elle faisait un effort. Je n'inscrivais aucune remarque négative sur ses devoirs, car la maîtrise qui lui était nécessaire pour mener à bien cette entreprise était trop fragile encore pour lui permettre de supporter la moindre critique, aussi bien intentionnée fût-elle. En revanche, Anton ou moi surveillions la fillette pendant qu'elle travaillait, proposant, lorsqu'elle se trompait, des alternatives dont nous discutions avec elle. Par ailleurs, je tenais à jour un graphique de ses progrès dans ce domaine. Mais il n'avait pas grande importance à mes yeux, et je n'avais pas envie qu'elle croie que je mesurais sa valeur. Quelqu'un lui avait fait, semblait-il, une remarque dans ce sens, et je tenais à lui montrer que ce procédé n'avait pas cours dans notre classe. En dehors des problèmes qu'avait posés son refus des devoirs écrits, elle devait savoir que personne ne valait moins qu'un paquet de copies.

Je constatai avec intérêt combien Sheila s'épanouissait dans l'écriture créative. Dans ce domaine, ses vieilles frayeurs semblèrent s'envoler, et elle se mit à rédiger des textes spontanés et copieux. Ligne après ligne, son écriture lâche, un peu négligée, courait sur la feuille, développant des thèmes souvent trop intimes pour être exprimés face à l'autre. Et je comptais désormais tous les soirs, dans la corbeille de correction, cinq ou six pages supplémentaires.

Je ne sus jamais ce qui avait provoqué en Sheila cette phobie du papier. Des discussions que j'eus plus tard avec elle à ce sujet et des remarques qu'elle fit confirmèrent ma conviction que la peur de l'échec n'y était pas étrangère. Mais je ne sus jamais vraiment. Ni n'en ressentis réellement le besoin ; rares, en effet, sont les comportements humains qui peuvent se réduire à de simples termes de cause à effet. Il y avait des choses tellement plus importantes, plus essentielles que la réponse à un « pourquoi » mystérieux et finalement très conventionnel.

Allan, le psychologue scolaire, revint nous voir peu après la Saint-Valentin avec tout un assortiment de tests destinés à Sheila, parmi lesquels le Stanford-Binet. Je rechignai un peu lorsque je le trouvai ce matin-là dans mon bureau, avec sa cargaison. Je savais, à ma grande satisfaction, que Sheila était une enfant douée ; elle me le prouvait tous les jours. Quelle différence, si son Q.I. était de 170, de 175 ou de 180 ? Il dépassait tellement la normale que ces chiffres ne signifiaient rien. Qu'elle eût un Q.I. de 150 ou de 180, je ne saurais pas mieux comment m'y prendre avec elle ; c'était une enfant trop particulière. Mais je suppose qu'Allan était tout excité à l'idée de découvrir un spécimen si intéressant et qu'il désirait la tester plus pour son éducation à lui que dans le but d'améliorer le sort de Sheila. Je cédai, finalement, car je savais que le jour approchait où il nous faudrait affronter les autorités qui avaient condamné la fillette à l'hôpital psychiatrique. Or sa place n'était pas là. J'en avais maintenant l'intime conviction. J'espérais que tous ces brillants résultats nous serviraient, en fin de compte, à le prouver.

Sheila pulvérisa les records du Stanford-Binet comme ceux de tous les autres tests. On lui attribua par déduction un Q.I. de 182. Tandis que j'examinais ce résultat, je me sentis envahie d'un trouble quasi mystique : ce score dépassait l'entendement humain. Il tendait aussi sûrement vers le génie qu'un Q.I. de 18 vers l'arriération mentale. Et nul n'ignore combien un enfant affecté d'un Q.I. de 18 diffère des individus « normaux ». Mais ce qu'on ne pense pas, généralement, c'est qu'un enfant qui présente un Q.I. de 182 est tout aussi marginal.

Ce qui me désorientait le plus était la manière dont elle avait pu acquérir de telles connaissances. J'avais presque le sentiment qu'il s'agissait d'une sorte d'anomalie, comme une lésion du cerveau dans le cas inverse. Son père — s'il était vraiment son père — était d'une intelligence normale et, d'après ce que je savais, sa mère également. Où, dans ses six années de violence et de misère, Sheila avait-elle bien pu apprendre ce que signifiaient des termes tels que « biens mobiliers » ? Comment était-ce arrivé ? Cela me semblait proprement incroyable. Il restait tant à faire avec cette gamine, et si peu de temps. Je ne savais pas si cela suffirait.

12.

La dernière semaine de février, je devais participer à un congrès qui se tenait dans un autre Etat. J'avais pris cet engagement avant la rentrée d'octobre et rappelé périodiquement à Ed Somers que j'avais toujours l'intention de m'y rendre. Comme la date approchait, je téléphonai une nouvelle fois à Ed pour mettre au point mon remplacement.

Les enfants avaient déjà eu une suppléante en novembre, lorsque j'avais fait un stage. Mon absence n'avait duré qu'une journée et j'y avais préparé les gamins — tout s'était bien passé. J'estimais important de les soumettre à ces petits tests d'indépendance. Quels que soient les progrès qu'ils aient faits avec moi au cours de l'année, ils seraient vains si les gamins ne se comportaient convenablement qu'en ma présence. J'avais vu nombre de bons enseignants échouer devant ce problème, et la crainte de tomber dans ce piège m'obsédait. Ce qui m'inquiétait, je suppose, c'était le fait que j'avais tendance à instaurer avec mes gosses une relation plus intime, plus intense que la plupart des collègues qui travaillaient dans le même domaine. Mais je saisissais la moindre occasion de laisser les enfants se débrouiller sans moi.

Je me faisais du souci pour Sheila, cependant. Elle n'était pas avec nous depuis très longtemps et se montrait encore très dépendante. Il s'agissait pour elle d'un stade normal dans son évolution, mais je craignais que mon éloignement, même de courte durée, ne l'effrayât.

Le lundi qui précéda mon absence, fixée aux jeudi et vendredi de cette semaine-là, je signalai simplement aux enfants que j'allais partir. Je répétai l'information le mardi. Dans aucun des cas, Sheila ne parut y prêter attention. Mais le mercredi après le déjeuner, je réunis les gamins pour une discussion. Je leur expliquai que je m'absenterais les deux jours suivants et que je ne viendrais pas en classe. Anton serait là, ainsi que Whitney, et ils auraient une remplaçante. Les choses se passeraient comme d'habitude, ils n'avaient aucun souci à se faire. Je serais de retour le lundi suivant, et nous irions visiter tous ensemble la caserne des pompiers. S'ensuivit un débat sur la meilleure façon de se comporter avec la remplaçante, ce qu'il faudrait faire pour lui rendre la tâche plus facile, ce qu'il faudrait éviter à tout prix. Nous répétâmes la manière dont il faudrait lui parler et régler les crises mineures qui semblaient toujours se produire avec les suppléantes. Tous participèrent activement à la discussion. Tous sauf Sheila. Tandis que la réalité de ce que j'expliquais aux enfants prenait forme dans son esprit, elle me dévisageait d'un air anxieux. Sa main se leva.

— Oui, Sheila ?

— Tu vas partir ?

— Oui. C'est exactement de cela qu'il s'agit. Je serai absente demain et vendredi, mais je reviens lundi. C'est de cela que nous sommes en train de discuter.

— Tu vas partir ?

— Bon sang, Sheila, dit Peter, tu es sourde ou quoi ? Qu'est-ce que tu crois qu'on fait, depuis tout à l'heure ?

— Tu vas partir ?

Je hochai la tête. Les autres gamins la regardaient bizarrement.

— Tu vas plus être là ?

— Je reviens lundi. Juste deux jours, et je reviens.

Sa mine s'assombrit soudain, son regard devint méfiant, inquiet. Elle se leva et se retira à reculons jusqu'au coin de la maison de poupée, sans cesser de m'observer.

Je continuai à répondre aux questions, puis je libérai le groupe lorsque chacun sembla satisfait de mes réponses. C'était presque l'heure de la récréation, après quoi nous ferions le cours de cuisine.

Sheila restait dans son coin, tripotant d'un air indifférent les pièces de la dînette. Anton lui cria de venir mettre sa veste pour sortir, mais elle refusa, et fourra son pouce dans sa bouche en lui décochant un regard de défi. Je fis signe à Anton d'emmener les autres et me dirigeai vers elle. Retournant une chaise, je m'y installai à califourchon, le menton appuyé sur le dossier.

— Tu es fâchée contre moi, n'est-ce pas ?

— Tu me dis pas que tu t'en vas.

— Si, je l'ai dit, Sheila. Lundi, et hier, au cours de la discussion du matin.

— Mais tu me l'as pas dit à moi.

— Je l'ai dit à tout le monde.

Elle jeta par terre une petite casserole, qui fit un bruit métallique.

— C'est pas juste que tu me laisses. Je veux pas.

— Je sais que tu ne veux pas, et je suis désolée pour toi. Mais je reviens, Sheila. Je ne serai absente que deux jours.

— Je t'aimerai plus, plus jamais. Je ferai plus jamais ce que tu me demandes. Tu être méchante avec moi. Tu m'apprivoises pour que je t'aime, et après tu t'en vas. Tu as pas le droit de faire ça, tu sais ? C'est ce qu'elle fait ma maman, et c'est pas une chose à faire aux petits enfants. On met les gens en prison pour ça, des fois. Mon papa il me le dit.

— Sheila, ce n'est pas pareil, voyons.

— Je veux plus t'écouter. Je t'écouterai jamais plus. Je t'aimais bien et tu être méchante avec moi. Tu vas partir et me laisser, et tu as dit que tu le ferais pas. C'est vraiment une chose affreuse à faire à un enfant qu'on apprivoise. Tu sais pas ça ?

— Sheila, écoute-moi...

— Je t'écouterai plus jamais. Tu entends pas ce que je te dis ? (Sa voix était presque inaudible, mais vibrante d'émotion.) Je te déteste.

Je la regardai. Elle détournait le visage. Pour la première fois depuis son arrivée, je la vis porter un doigt à sa paupière où perlait une larme. Affolée, elle pressa ses mains contre ses tempes pour retenir ses pleurs.

— Regarde ce que tu me fais faire, mumura-t-elle d'un air de reproche. Tu me fais pleurer, et je veux pas. Tu sais bien que j'aime pas pleurer. Je te déteste plus que tout le monde, et je ferai plus jamais rien de gentil dans cette classe. Tu vas voir.

L'espace d'une seconde, les larmes scintillèrent dans ses yeux. Mais en restèrent là. Sheila passa comme une flèche devant moi, empoigna sa veste et se précipita dans la cour de récréation.

Je pris ma veste à mon tour et rejoignis les enfants. Sheila était assise, seule, dans le coin le plus éloigné de la cour. Recroquevillée contre le vent glacé de février, elle se cachait le visage dans les bras.

— Elle n'a pas l'air de prendre ça très bien, hein ? dit Anton.

— Non, pas tellement bien.

Après la récréation, tandis que les enfants se préparaient à faire la cuisine, Sheila resta dans le coin de la maison de poupée, à remuer bruyamment et sans but les pièces de la dînette. Je la laissai faire. Elle était contrariée, et avait des raisons de l'être. Bien qu'elle refusât de se joindre à nous, elle contrôlait fort bien son angoisse. Pas de crise de nerfs, pas de destruction ni de fuite éperdue. Je fus surprise et ravie de la manière dont elle s'en tirait. Sheila avait parcouru un long chemin en deux mois.

Les autres gamins s'efforcèrent de la convaincre avec des mots doux de les rejoindre. Tyler, toujours aussi maternelle, se multiplia auprès d'elle jusqu'à ce que Whitney lui dise de retourner à ses gâteaux. Peter demandait sans cesse pourquoi elle restait dans son coin. Je lui expliquai que Sheila était un peu en colère pour l'instant et avait besoin d'être seule pour se calmer.

Lorsque les gâteaux furent prêts et que tout le monde se fut installé par terre pour les déguster, je m'assis auprès de William et de Guillermo. Tyler avait apporté quelques gâteaux à Sheila, qui était toujours en retrait au milieu des poupées et des plats de la dînette. Guillermo me montrait une montre en braille que son grand-père venait de lui offrir, et, avec William, il essayait de me faire lire l'heure les yeux fermés.

— Torey, s'écria Sarah de l'autre bout de la pièce. Viens vite, Sheila est en train de vomir.

Peter se mit à bondir de joie.

— Sheila a dégobillé partout.

Peter adorait les catastrophes macabres.

Anton sortit chercher le concierge et j'allai voir ce qui s'était passé. Les gamins faisaient cercle, comme au cirque.

Je retirai Sheila du lieu du drame et l'installai près de moi. Ecartant sa frange, je lui tâtai le front. Elle n'avait pas de fièvre.

— Peut-être qu'elle a un virus, dit Peter. L'année dernière, j'ai dégobillé au moins mille fois dans une nuit, il y en avait partout dans le lit et tout, et ma mère a dit que j'avais un virus.

— Non, répondis-je. Je ne pense pas que Sheila soit malade. Elle est simplement un peu nerveuse à cause de ce qui s'est passé aujourd'hui, et ça lui a fait mal au ventre.

— Ça m'est arrivé une fois. Mon oncle devait venir et

j'étais vraiment énervé, dit William. Et je suis tombé malade. Il devait m'emmener pêcher.

Peter renifla bruyamment.

— Je parie que c'est les gâteaux de Tyler.

— Je pense que ce serait mieux pour Sheila si vous dégagiez la piste et alliez vous asseoir quelque part, dis-je.

Lorsqu'Anton revint, j'emmenai Sheila au lavabo pour la débarbouiller. Elle se laissa faire mais refusa de me regarder ou de me parler. Ce fut donc en silence que je lavai son visage et ses vêtements.

— Est-ce que tu as encore envie de vomir ? lui demandai-je.

Pas de réponse.

— Ça suffit, Sheila. Réponds-moi. Je te demande comment tu te sens. As-tu encore envie de rendre ?

— Je l'ai pas fait exprès.

— Je sais. Mais je voulais savoir si tu te sentais encore malade, pour nous tenir prêts en cas de besoin. C'est presque l'heure de rentrer chez toi.

— Mon car arrive qu'à cinq heures.

— Il est préférable que tu rentres dès que la classe est finie. Il existe une sorte de règle, dans l'école, pour les enfants qui vomissent. On ne t'accepterait pas dans le car. Et je pense qu'il est mieux pour toi que tu rentres à la maison. Anton t'emmènera.

— Mais je l'ai pas fait exprès. Je recommencerai plus.

— Ce n'est pas la question, poussin.

— Tu me détestes. Tu me détestes et tu être même pas gentille avec moi quand je être malade. Tu être vraiment méchante.

Je roulai les yeux, exaspérée.

— Sheila, je ne te déteste pas. Franchement, comment puis-je te faire comprendre que je reviens ? Je ne serai partie que demain et vendredi. Deux petits jours seulement. Et puis je reviens. Tu ne comprends pas ça ?

Je me sentais terriblement déçue. C'était une enfant

intelligente, qui savait combien duraient deux jours. Et cependant elle se tenait là, devant moi, comme stupide. Je pensais que son vomissement n'était rien de plus qu'une réaction physique à son angoisse, mais je ne savais pas quoi faire. Elle refusait d'entendre ce que je lui disais.

Je me redressai, haussai les épaules.

— Veux-tu que je te berce un peu, jusqu'à l'heure de la sorite ? Ça fera du bien à ton petit ventre.

Elle secoua la tête.

Le concierge prenait congé et les enfants commençaient à s'habiller pour partir. Anton lança un coup d'œil interrogateur dans ma direction. J'écartai les mains pour lui exprimer mon désarroi.

Tandis que les enfants enfilaient leurs manteaux, Sheila resta sur le seuil du lavabo, à les observer. Je la regardai, elle me sembla un peu pâle. Peut-être avais-je jugé un peu vite, peut-être s'agissait-il d'un virus. Mais non, je ne pensais pas. J'avais trop l'expérience des estomacs nerveux pour m'y tromper. Et l'angoisse contre laquelle elle devait lutter n'était pas une mince affaire.

Pourquoi, après tout, aurait-elle cru en ma sincérité ? Rien, dans son passé, ne pouvait lui permettre de penser que je reviendrais, et son attitude était la seule raisonnable. Et cependant, tandis qu'elle restait là, à me regarder, je voyais glisser tour à tour sur son visage le doute, la peur et le chagrin. Elle s'efforçait tellement de me croire. Ses yeux reflétaient ce conflit intérieur, où s'affrontaient son expérience et ses rêves.

Je tendis la main.

— Viens, chaton. Je vais te bercer.

Elle hésita, puis approcha lentement. Sans un mot, elle grimpa sur mes genoux.

— Ça a été une rude journée, hein ?

Elle pressa ses doigts contre ses tempes.

— Je sais que tu ne comprends pas ce qui se passe, Sheila. Tu ne comprends pas comment je peux te faire ça et t'aimer quand même. Il va simplement falloir que tu me fasses confiance.

Son corps était tout raide contre le mien, comme au début. Elle ne se détendait pas.

— Tu m'as apprivoisée. Je t'avais rien demandé, mais tu l'as fait. Maintenant tu t'en vas. C'est pas juste. Tu être 'sponsable de moi. C'est toi qui l'as dit.

Je fus déconcertée de l'entendre soudain employer le passé. Elle ne l'avait fait jusque-là qu'en de très rares occasions, au hasard.

— Chaton, fais-moi confiance, je t'en prie. Je reviendrai. Ce ne sera pas si mal que tu le crois. Anton sera là, et Whitney aussi. Et la remplaçante sera très gentille, je le sais. Tu t'amuseras bien, tu verras, si seulement tu le veux.

Elle ne répondit pas, resta immobile, ses doigts blancs contre ses tempes. Il n'y avait rien à ajouter. Elle ne me croyait pas, ou si elle me croyait, elle se refusait à l'admettre.

La conférence se déroulait dans un Etat de la côte ouest où le climat est plus doux en février. Chad m'accompagna et je passai la plupart de mon temps avec lui sur la plage, à marcher au bord des vagues. Ce fut un dépaysement délicieux. Je ne me rendais compte à quel point j'étais liée aux enfants qu'à des moments comme celui-là, lorsque je m'éloignais. Mes rapports avec eux étaient intenses et m'accaparaient tout entière. Quand je travaillais, je n'avais pas conscience de la tension qu'ils créaient en moi. Là, sur la plage ensoleillée, je sentais se dissoudre mon extrême lassitude.

Le congrès fut intéressant, et les vacances qu'il me procura mieux encore. Je ne pensai plus aux enfants que le soir avant de m'endormir, et encore leur souvenir était-il très flou. Je savais qu'ils sauraient se débrouiller en mon absence. Pour Chad et moi, ce fut une renaissance. Tout en comprenant la fascination que ces gosses exerçaient sur moi, il avait eu du mal à accepter qu'ils monopolisent ainsi tout mon temps. Ces quatre jours passés en tête à tête nous laissèrent détendus et heureux.

Le lundi matin, j'avais hâte de retourner en classe. Nous avions prévu une visite à la caserne des pompiers l'après-midi, et je devais donner des coups de fil de dernière minute pour régler quelques détails et contacter tous les parents qui avaient promis de nous accompagner.

Tandis que je revenais du téléphone, Anton vint à ma rencontre dans le couloir, en roulant de gros yeux.

— Nous avons passé de sacrées journées, pendant votre absence.

Au son de sa voix, je crus deviner que ces « sacrées journées » n'avaient pas été une partie de plaisir, et je n'osai pas demander ce qui s'était passé.

— Sheila est devenue complètement folle. Elle n'a pas ouvert la bouche. Elle a arraché tout ce qui était affiché sur les murs, a jeté tous les livres par terre. Elle a fait saigner Peter du nez vendredi. Elle a refusé totalement de travailler. Je ne suis même pas arrivé à la faire rester assise sur sa chaise. Jeudi, elle a démoli le tourne-disque. Et vendredi après-midi, elle a essayé de casser la vitre de la porte avec sa chaussure.

— C'est une plaisanterie !

— Oh, là là ! Torey, je voudrais bien. Une véritable terreur, cette gamine.

— Nom de nom, murmurai-je, moi qui croyais qu'elle en avait fini avec ces bêtises.

— Jamais je ne l'avais vue comme ça. Elle a passé tout son temps au coin, et il a fallu la tenir sur sa chaise sans arrêt. Elle a été plus insupportable que quand elle est arrivée ici.

Mon cœur chavira. Me rendre compte que je m'étais à ce point trompée me blessait profondément. Je me sentais personnellement insultée. Je lui avais fait crédit ; je comptais sur un comportement correct de sa part, et elle m'avait laissée tomber.

Je décidai d'en discuter avec elle, mais son car était en retard. Les autres gamins commencèrent à arriver, avec des tas d'histoires à me raconter.

— Si tu avais vu ce qu'elle a fait, Sheila, me dit Sarah, tout excitée. Elle a tout démoli dans la classe.

— Ouais ! pépia Guillermo. La remplaçante, Mrs. Markham, elle lui a donné la fessée et l'a fait asseoir dans le coin, et Whitney a dû la tenir tout l'après-midi, parce qu'elle voulait pas.

Peter sautillait autour de moi, les yeux pétillants de jubilation.

— Et elle a été vraiment méchante avec Whitney, et Whitney a pleuré, et tu sais pas ? Même Mrs. Markham a pleuré. Et Sarah a pleuré, et Tyler a pleuré. Toutes les filles ont pleuré, tellement Sheila a été méchante. Mais pas moi. Moi, je lui ai flanqué un gnon. Un sacré gnon, parce qu'elle était méchante.

— Elle méchante, confirma Max, en tourbillonnant autour de moi.

Mon abattement maussade se changea en colère. Comment avait-elle pu me faire cela ? Jamais elle ne s'était conduite de manière aussi déplorable en ma présence. Je pensais qu'elle avait une assez grande maîtrise d'elle-même pour tenir deux jours. J'étais profondément déçue, la belle assurance que j'avais de pouvoir tirer cette gamine d'affaire avait fondu. Sheila s'était vengée : son comportement ne visait qu'à ce but, et tout le temps, tous les efforts que je lui avais consacrés n'avaient servi à rien.

Sheila arriva après le début de la discussion du matin. Elle m'observa d'un air soupçonneux tout en s'asseyant. Les relents familiers de vieille urine flottaient autour d'elle. Elle n'avait même pas pris la peine de se laver depuis mon départ.

Sa présence n'apaisa pas mon mécontentement. Je me

tenais sur la défensive, ayant la conviction que son attitude visait à porter directement atteinte à ma crédibilité professionnelle. Comme elle faisait avec tous les autres, elle avait cherché, pour concocter sa vengeance, mon point sensible. Cet incident était bien plus difficile à accepter pour moi que celui du premier jour, ou même l'épisode de Mrs. Holmes, car c'était contre moi seule, cette fois, qu'il était dirigé.

Après la discussion, le l'appelai. Nous nous assîmes à l'écart des autres.

— On m'a dit que tu ne t'es pas très bien conduite.

Elle me regardait fixement, sans rien révéler de ses sentiments.

— Quand je suis revenue, j'ai entendu parler de toutes les bêtises que tu as faites. Je voudrais bien que tu m'expliques.

Elle ne dit rien, regard impassible.

— Je suis très mécontente de toi, Sheila. Comme je ne l'avais pas été depuis longtemps. Tu vas me dire pourquoi tu as fait ça.

Pas de réponse.

En voyant ses yeux froids, distants, je sentis monter ma fureur. Prise d'un désespoir soudain, j'empoignai ses épaules, la secouai vivement.

— Parle-moi, bon sang ! Parle-moi.

Mais nulle émotion n'apparut et elle serra les dents. Horrifiée à l'idée que j'étais en train de perdre tout sang-froid, je lâchai ses épaules. Vraiment, ce métier devenait trop pénible pour moi.

Elle garda un mutisme de pierre, les yeux comme des lames acérées. Mon agressivité avait stimulé sa propre fureur, et à ce jeu elle me valait, si elle ne me battait pas. Elle était dans son élément, dans la lutte physique. Elle y excellait plus que moi, et je sentis que j'avais eu tort de la bousculer ainsi. Elle était capable d'endurer de ma part toutes sortes de brutalités sans pour autant ouvrir la bouche. Mais ma désillusion était si grande. Mes épaules s'affaissèrent.

— Je t'ai fait confiance, dis-je d'une voix douce qui ne masquait pas mon découragement. Je t'ai fait confiance pour deux malheureuses journées. Je t'ai fait confiance, tu comprends ce que ça veut dire ? Et tu veux savoir quel effet cela me fait d'apprendre à mon retour de quelle façon tu t'es conduite ?

Sheila explosa soudain d'une fureur à laquelle je ne m'attendais pas.

— Je t'ai jamais dit de me faire confiance ! Je l'ai jamais dit : c'est toi ! J'ai jamais dit que tu pouvais me faire confiance. Il fallait pas ! Personne peut avoir confiance en moi. Je t'ai jamais dit que tu pouvais !

Elle détala en une course éperdue autour de la classe, avant de se précipiter sous la table où reposaient les cages des animaux. Sa détresse était telle qu'elle resta blottie là, à pousser des petits sons étranglés, qui n'étaient vraiment ni des sanglots, ni des cris, ni des mots. Mais l'émotion qu'ils exprimaient était bien réelle.

Sa réaction m'avait tellement stupéfiée que je restai sans bouger sur ma chaise. Les autres enfants s'étaient arrêtés pour nous observer, et je lisais l'inquiétude dans leurs yeux. Immobile, je regardai Sheila rencognée dans sa cachette, sous la table. Je ne savais plus quoi faire.

— Puisque c'est ainsi, tu ne viendras pas avec nous cet après-midi, Sheila, dis-je enfin. Je n'emmène pas des gens à qui je ne peux pas faire confiance. Tu resteras avec Anton.

Elle sortit à quatre pattes de dessous la table.

— Je peux y aller, moi aussi.

— Non, je crains que non. Puisque je ne peux pas te faire confiance.

Elle parut atterrée. Je savais l'importance qu'elle attachait à cette promenade. Elle adorait faire des sorties avec nous.

— Je peux y aller aussi.

Je secouai la tête.

— Non.

Sheila se mit à crier, de ses hurlements aigus, stridents. Elle se tenait toujours à côté des cages, et se mit à bondir sur place en battant l'air de ses mains.

— Sheila, cesse immédiatement et va dans le coin de repos. Tout de suite.

Elle avait perdu toute maîtrise d'elle-même. Se jetant à terre, elle se cogna violemment la tête contre le sol. Anton se précipita d'un bond pour l'en empêcher. Jamais auparavant elle n'avait agi ainsi ; je m'attendais à la voir se lancer dans l'une de ses fureurs destructrices, et les enfants aussi, apparemment, car ils commençaient à mettre discrètement à l'abri leurs objets de valeur. Mais elle n'avait jamais tenté ainsi de se faire mal. Certains des autres gamins le faisaient parfois, notamment Max et Susannah, mais Sheila, jamais.

Anton la maintenait fort serrée dans ses bras. Elle se débattait sauvagement, en hurlant toujours. Je ne m'entendais plus penser. Puis, aussi soudainement qu'ils avaient commencé, les cris cessèrent, et la pièce tomba dans un silence surnaturel. Je m'élançai vers elle, craignant qu'une blessure ne fût à l'origine de ce mutisme subit. Anton relâcha son étreinte, et Sheila fondit entre ses bras comme du beurre chaud, glissa à terre en un petit tas, les bras sur la tête, le visage enfoncé dans le tweed de la moquette.

— Est-ce que ça va, Sheila ? demandai-je.

Elle tourna la tête.

— Laisse-moi venir, je t'en prie, murmura-t-elle.

Cette spectaculaire crise de nerfs était loin de me rassurer.

— Il ne vaut mieux pas, je crois.

Si elle se conduisait ainsi à l'extérieur, je redoutais de ne pouvoir la maîtriser.

— Je être vraiment désolée pour ce que je fais. Laisse-moi venir. Je te prie ? (Elle avait une toute petite voix.) Donne-moi une chance. Je te montrerai comme je peux être sage. Je t'en prie ? Je veux y aller.

Je la regardai. Je sentis revenir ma contrariété et commençai à penser que toute cette démonstration de violence n'était qu'une imposture — elle avait cessé si brusquement. Cette pensée attisa de nouveau ma colère.

— Je ne suis pas de cet avis, Sheila. La prochaine fois, peut-être.

Elle recommença à hurler, toujours vautrée par terre, les mains sur le visage. Elle ressemblait, ainsi contorsionnée, à une poupée de chiffons. Je lui tournai le dos et partis m'occuper des autres.

Toute la matinée, elle resta recroquevillée par terre. Elle cria encore un peu, puis se tut, et se figea en un amas immobile, d'où elle ne leva même pas les yeux. Tout d'abord, je fus tentée de l'envoyer dans le coin de repos, mais je changeai d'avis. Je me sentais vaincue ; je ne voulais plus avoir affaire à elle.

A l'heure du déjeuner, mon moral était au plus bas. Je commençais à comprendre que j'en voulais à Sheila d'avoir mis à nu ce que je ressentais comme une faiblesse sur le plan professionnel. J'étais furieuse de n'avoir pas réussi à la laisser sans qu'il y ait de problèmes. J'enrageais qu'elle m'ait fait ce que je l'avais vu faire à tant d'autres. D'une certaine manière, j'avais sincèrement cru qu'elle ne se vengerait jamais de moi. Elle m'avait épargnée jusque-là, et j'avais eu la prétention de penser qu'il en serait toujours de même. Maintenant que je me retrouvais logée à la même enseigne que n'importe qui, j'en étais profondément vexée. Je compris aussi, à ma grande confusion, que j'avais agi exactement de la même manière avec elle en la privant de sortie. Elle m'avait blessée et j'avais envie qu'elle le regrette. J'avais choisi la seule chose en mon pouvoir qui, à ma connaissance, la ferait souffrir en retour.

Cette pensée me mit encore plus mal à l'aise. Quelle

grossièreté, quelle muflerie. Je me haïssais, je haïssais le monde entier. J'étais dans une humeur absolument sinistre, et ne savais plus comment reprendre la situation en mains.

Aujourd'hui aurait dû être un jour de fête pour nous tous. Et je lui tombais dessus à peine revenue, comme une vraie harpie. Sa réaction n'était pas tellement imprévisible, après tout ; la gamine était contrariée, et l'exprimait de la meilleure manière qu'elle connût. Eh quoi, c'était pour cela qu'elle était dans ma classe. Et moi, alors ? Quelle était la raison de ma présence ici ? Ce jour aurait dû marquer la célébration de la confiance que l'enfant pouvait avoir en moi : j'étais revenue, ainsi que je l'avais promis. Au lieu de cela, je lui criais dessus. Et je la privais d'un plaisir dont elle ne savait même pas qu'il risquait d'être compromis.

Je passai toute l'heure du déjeuner, avec le sentiment d'être un monstre, à me demander ce que j'allais faire. Même si je m'excusais, je ne pourrais effacer la fureur avec laquelle j'avais réprimandé Sheila le matin. Piteuse, j'avalai avec difficulté les dernières bouchées de mon sandwich. Elle avait raison. Elle ne m'avait jamais dit que je pouvais lui faire confiance.

De retour dans la classe, je m'assis près d'elle. Les gamins se préparaient à partir et les parents tournaient en rond. Sheila était blottie dans le coin, seule.

— Mon chou, il faut que je te parle. J'ai fait quelque chose de mal, ce matin. Je me suis mise en colère contre toi, alors que c'était contre moi que j'étais furieuse. Je t'ai dit que tu n'irais pas en promenade, mais j'ai changé d'avis. Tu peux venir. Je regrette de m'être fâchée contre toi.

Sans un mot, sans même un regard, Sheila se leva et alla prendre sa veste.

Après la classe, quand les enfants furent partis, le silence tendu qui s'était installé entre nous s'éternisa. J'avais tenté, tout l'après-midi, de le briser, en me surpassant pour être drôle et faire rire tout le monde. Mais Sheila était restée à l'écart, cramponnée à la main de Whitney. Je renonçai. Comme toujours, décidai-je, le temps serait le meilleur remède. Je me sentais mieux, ayant pris conscience des erreurs de ma conduite, mais sachant également, ainsi que l'avait fait remarquer Anton, que j'étais un être humain.

Je pris les devoirs dans la corbeille et m'installai pour les corriger. J'avais proposé à Sheila de lui faire la lecture, mais elle avait refusé et s'absorbait dans les petites voitures qu'elle faisait rouler par terre, à l'autre bout de la pièce. La première heure s'écoula ainsi, et Sheila alla se planter devant la fenêtre pour observer les ombres qui s'allongeaient sur la neige. Lorsque je levai les yeux, un peu plus tard, elle était toujours près de la fenêtre, mais c'était moi, cette fois, qu'elle regardait.

— Pourquoi tu reviens ? demanda-t-elle doucement.

— Je suis simplement partie faire un exposé. Je n'ai jamais eu l'intention de rester là-bas. Mon travail est ici, avec vous.

— Mais pourquoi tu reviens ?

— Parce que je l'avais dit. J'aime bien être ici.

Lentement, elle approcha de ma table. Je lisais clairement le chagrin dans ses yeux, maintenant.

— Tu n'as pas cru que je reviendrais, n'est-ce pas ?

Elle hocha la tête.

Séparées par un abîme de silence, nous nous regardâmes. J'entendais la pendule marquer les minutes. Onions, le lapin, s'agitait bruyamment dans sa cage. Je scrutais les yeux de Sheila, larges et fluides, de la couleur de l'océan où je plongeais autrefois. Je me demandai ce qu'elle pensait. Et je me dis avec tristesse que nous ne savons jamais vraiment quelle impression cela fait d'être dans la peau de l'autre. Et que loin d'accepter cette vérité, nous prétendons, avec une belle assurance, et malgré les pauvres limites de notre chair, tout comprendre. Surtout avec les enfants. Mais nous ne savons jamais vraiment.

Debout devant moi, elle tortillait une bretelle de sa salopette.

— Tu veux bien me lire encore cette histoire ?

— Laquelle ?

— Celle du petit garçon qui a apprivoisé le renard.
Je lui souris.

— D'accord. Je vais te la lire.

13.

Mars arriva, venteux et tiède, nous apportant à tous un apaisement bienvenu. La neige fondit enfin, l'herbe commençait à pousser au milieu d'une boue froide et brune. Nous attendions tous le printemps avec impatience. L'hiver avait été rude, plus neigeux et plus glacial que ce à quoi nous étions accoutumés.

Mars fut également paisible sur le plan scolaire ; aussi paisible que l'on pouvait le souhaiter dans une classe comme la mienne. Il n'y eut pas de vacances ni de ruptures de rythme susceptibles de créer des frictions, pas de changements imprévus. Les travailleurs saisonniers qui montaient du Sud venaient grossir la population du baraquement. Dans la salle des maîtres, mes collègues se plaignaient de voir affluer sans cesse dans leurs classes des enfants d'émigrants ; je n'avais pas ce problème. Le retour des travailleurs saisonniers provoqua cependant chez Anton une étrange mélancolie. Lorsque les premiers camions remplis d'émigrants commencèrent à arriver, Anton ne fit aucun commentaire, mais il devint plus silencieux, plus distrait. Je l'interrogeai, finalement. Je me demandais s'il n'éprouvait pas une certaine nostalgie de ce mode de vie plus insouciant.

Il sourit à ma question. Sourit et me regarda avec cet air de compassion qui indique à l'autre qu'il ne pourra jamais comprendre ce dont il est question. Puis il saisit l'une des minuscules chaises et s'y laissa tomber. Non, m'expliqua-t-il, il ne regrettait pas sa vie de travailleur saisonnier. Il n'y avait rien, dans cette vie-là, qu'un homme pût regretter. Il sourit de nouveau, plus pour lui-même que pour moi. Ce qui le troublait, dit-il, c'était de constater à quel point il avait changé, depuis que les camions avaient quitté la ville, l'automne dernier. Comme il était devenu différent des autres. Et il ne s'en rendait compte qu'aujourd'hui. Il se sentait comme Rip van Winkle à son réveil, dit-il, avec un rire incrédule. Il ne savait pas qui était Rip van Winkle un an auparavant, et maintenant il avait plus de points communs avec lui qu'avec les gens de sa propre communauté.

Je l'observai tandis qu'il parlait. J'examinai ses traits sombres de Latin, ses os anguleux, les stigmates physiques qu'il conservait de l'expérience trop précoce d'une vie rude. Nous avions changé tous les deux, d'une manière que je ne parvenais pas clairement à définir, mais qui n'en était pas moins spectaculaire. Je m'émerveillai soudain de l'influence que chacun de nous exerçait sur la vie de l'autre, et sans même s'en rendre compte, la plupart du temps. Pendant quelques minutes, nous restâmes immobiles, à nous regarder, sans gêne aucune, et dans une sorte de ravissement qui nous fit oublier momentanément le tabou qui interdit ce genre d'échange. Tant de différences : milieu, sexe, éducation, tant de choses nous séparaient. Et pourtant, d'une certaine manière, nous avions réussi à nous rejoindre. Cette compréhension qui scintillait à cet instant entre nous nous laissait sans voix. Les mots étaient inutiles.

Comme les jonquilles, Sheila s'épanouit malgré les rigueurs de l'hiver. Chaque jour marquait pour elle un nouveau progrès. Dans les limites que sa situation lui imposait, elle était maintenant très propre. Dès qu'elle arrivait, le matin, elle courait se laver le visage et les dents. Elle prêtait une grande attention à son apparence, inspectant avec soin son reflet dans la glace. Nous inventions de nouvelles coiffures. Après la classe, certains jours, nous jouions au salon de beauté. Je lui permettais de s'amuser avec mes cheveux longs, en échange de quoi j'avais le droit de m'occuper des siens, que je tressais ou arrangeais de diverses manières. Sheila était devenue une très belle enfant, et mes collègues m'en faisaient parfois la remarque.

Sarah et Sheila étaient devenues très bonnes amies, et je les voyais parfois qui s'envoyaient des petits mots pendant la classe. Sheila était allée plusieurs fois jouer chez Sarah après l'école, en attendant l'arrivée de son car. Et elle s'amusait avec Guillermo au baraquement. Tyler était un peu trop maniérée pour son goût, et elle n'appréciait pas tellement ses attentions maternelles. J'étais ravie de constater que Sheila attirait généralement les faveurs des enfants de la classe.

Sur le plan scolaire, elle s'épanouissait. Elle faisait volontiers presque tout ce que je lui proposais. Elle déchirait bien une feuille, à l'occasion, mais c'était rare. Et même alors, elle se levait pour aller en demander une autre. Je lui faisais suivre, en calcul et en lecture, un programme de cours élémentaire. Ce niveau était bien en dessous de ses capacités intellectuelles, mais je sentais, à cause de la pauvreté de sa formation et de sa peur intense de l'échec, qu'il valait mieux lui proposer un travail qui affermît ses connaissances et sa confiance en elle.

Elle restait exagérément sensible aux corrections, partant dans de longues bouderies ou poussant des soupirs à fendre l'âme si elle faisait une faute. Certains jours semblaient pires que d'autres de ce point de vue, et elle passait parfois la journée entière la tête enfouie dans les bras, au désespoir d'avoir raté un problème. Mais généralement, ce genre de drame n'était pas fréquent. Un petit câlin, quelques paroles de réconfort, et elle faisait une nouvelle tentative.

Assez curieusement à mes yeux, notre querelle au sujet de mes deux jours d'absence ne parut pas avoir d'effets négatifs sur la stabilité affective de Sheila. Durant les quelques jours qui suivirent mon retour, elle recommença à me suivre partout, accrochée à ma ceinture, mais elle abandonna bientôt cette attitude. Elle ne devait plus jamais la reprendre. Nous eûmes de nombreuses discussions sur cet incident. Elle éprouvait le besoin, semblait-il, de remâcher sans cesse l'épisode. Je l'avais laissée. J'étais revenue. Elle s'était mise en colère et avait cassé des tas de choses. Je m'étais mise en colère et avais perdu mon sang-froid. Je lui avais dit que j'avais eu tort et que je m'excusais. Elle voulait décortiquer chaque détail du drame : ce qu'elle avait éprouvé, pourquoi elle avait vomi ce jour-là, combien elle avait eu peur. Cette saga fut tant rabâchée, ressassée, que je pensais n'en jamais voir la fin. Elle semblait investie d'une signification secrète, que je ne comprenais pas totalement, et cette répétition rituelle semblait rassurer la fillette. Apparemment, le fait que j'étais revenue était important, mais ce n'était pas la seule facette de l'incident qui attirait son attention. Que nous ayons pu nous fâcher et surmonter notre désaccord paraissait, pour elle, tout aussi significatif. Peut-être était-elle sûre, désormais, de me connaître sous mon plus mauvais jour. Elle pouvait me faire confiance, puisqu'elle savait comment je me comportais même quand j'étais très en colère contre elle. Ce qui était certain, en tout cas, c'est qu'elle apprenait à résoudre verbalement ses problèmes. Elle n'avait plus besoin de contacts physiques ; les mots suffisaient.

Etrangement, ses tendances destructrices s'atténuèrent de façon notable après cet événement. Quand elle était furieuse, ce qui lui arrivait encore très régulièrement, elle ne se mettait plus dans ces rages folles qui lui faisaient jeter les objets par terre et en vouloir à tout le monde. Le désir de vengeance disparaissait. J'aurais souhaité comprendre tous les aspects de cet épisode qui avait, à de nombreux égards, bouleversé le comportement de Sheila. Mais cette vision globale resta un mystère. Sheila avait toujours beaucoup de problèmes, mais ils devenaient moins coriaces, plus faciles à résoudre.

Sa manière de parler m'intriguait toujours. La visite que j'avais faite à son père m'avait convaincue du fait que l'absence de passé et l'utilisation excessive de « être » n'étaient pas une pratique familiale. Je ne comprenais pas pourquoi, intelligente comme elle l'était, elle s'obstinait à parler si bizarrement, encore qu'avec le temps elle parût s'habituer à un discours plus normal. Au cours du mois de mars, je me décidai enfin à l'interroger à ce sujet, en lui faisant remarquer que certains mots se disaient différemment s'ils décrivaient un événement qui s'était déroulé la veille. Elle me contredit avec une véhémence surprenante : je la comprenais, non ? Quand je lui répondis qu'effectivement je la comprenais, elle me demanda quelle importance cela pouvait avoir, dans ce cas, qu'elle parle bien ou non ? Cette réponse me prit au dépourvu, car j'eus soudain le sentiment que son comportement était plus prémédité que je ne l'avais soupçonné jusqu'alors.

Personne ne put me donner un éclaircissement à ce sujet. Tous les linguistes à qui j'envoyai une bande magnétique me répondirent qu'il s'agissait d'un dialecte, en me demandant souvent si elle était noire. Si je leur disais que non, elle n'était pas noire, et que non, ce n'était pas un dialecte familial, ils n'avaient pas d'autre explication. Un soir que j'en discutais avec Chad, il suggéra l'idée que peut-être, en n'utilisant pas le passé, Sheila tentait d'ancrer son expérience dans le présent, dont elle avait une meilleure maîtrise. Plus j'y réfléchis, plus cette hypothèse me parut plausible. Je finis par conclure que le problème était d'origine psychologique et m'en tins à cette idée. Nous comprenions ce qu'elle disait, et peut-être un jour se sentirait-elle assez à l'aise pour changer son mode d'expression. Pour l'instant, cependant, elle n'en fit rien.

La préoccupation majeure qui obsédait Sheila était toujours l'abandon. Elle se faisait du souci pour sa mère et son frère : où étaient-ils et que faisaient-ils ? Elle ponctuait souvent ses conversations de commentaires sur les effets imaginaires de son comportement : si elle avait agi comme ci, plutôt que comme ça, sa famille serait peut-être encore réunie. Ces spéculations se rattachaient directement, me semblait-il, à sa panique de l'échec.

Un soir après la classe, Sheila s'absorba dans un devoir de calcul. Elle adorait cette matière, où elle excellait tout particulièrement. Quand elle était arrivée, elle savait faire les multiplications et les divisions simples. Je lui avais appris, depuis, des techniques plus complexes. Elle avait trouvé ce jour-là, à la récréation, le polycopié d'une composition de calcul de cours moyen, qu'elle rapporta pour y travailler quand les autres seraient partis.

Lorsqu'elle eut fini, elle vint me montrer son devoir. Il s'agissait de diviser des fractions. Nous n'avions pas étudié cette opération. Tous ses exercices étaient donc faux, puisqu'elle n'avait pas inversé le diviseur.

— Voilà. C'est bien ? me demanda-t-elle en me tendant la feuille.

J'hésitai un instant à lui indiquer son erreur.

— Sheil, il faut que je te montre quelque chose.

Sur le dos du devoir, je traçai un cercle, que je divisai en quatre.

— Bon, si je désire savoir combien il y a de huitièmes dans ce cercle...

Elle sentit immédiatement que la manière dont elle résolvait le problème ne lui donnerait pas la bonne réponse.

— Je le fais mal, hein ?

— Tu ne savais pas, poussin. Personne ne te l'a montré.

Elle s'affala comme une masse à mon côté et enfouit son visage dans ses mains.

— Je voulais le faire bien, pour te montrer que je pense le faire sans qu'on m'aide.

— Sheil, tu n'as aucune raison de t'inquiéter.

Elle resta un moment par terre, les mains sur la figure. Puis, lentement, ses doigts s'écartèrent, et elle défroissa la feuille qu'elle avait mise en boule.

— Je parie que si je fais bien mes problèmes de calcul, ma maman elle m'aurait pas laissée sur l'autoroute comme ça. Si je sais faire des problèmes de cours moyen, elle serait fière de moi.

— Je ne crois pas que ce soit à cause du calcul, Sheila. Nous ne savons pas vraiment pourquoi ta maman est partie. Elle avait sans doute des tas d'ennuis de son côté.

— Elle est partie parce qu'elle m'aime plus. On laisse pas les enfants qu'on aime sur l'autoroute. Et je me suis coupé la jambe. Tu vois ? (Pour la centième fois, la cicatrice fut exhibée sous mes yeux.) Si je être plus sage, elle aurait pas fait ça. Elle m'aimerait encore, peut-être, si je être plus sage.

— Sheil, nous ne le savons pas. C'était une mauvaise période, mais c'est fini. Je ne crois pas que le fait que tu aies été sage ou non ait un rapport avec la situation. Ta maman avait ses propres problèmes à résoudre. Je pense qu'elle t'aimait beaucoup ; les mamans aiment généralement leurs enfants. Je pense qu'il lui était difficile d'avoir une petite fille à ce moment-là.

— Mais elle a eu Jimmie, aussi. Pourquoi elle emmenait Jimmie et pas moi ?

— Je ne sais pas, mon cœur.

Sheila me regarda. Ses yeux avaient cette expression hagarde, douloureuse. Mon Dieu, pensai-je, parviendrai-je jamais à combler ce vide ? Elle tortillait distraitement l'une de ses nattes.

— Il me manque, Jimmie.

— Je sais.

— La semaine prochaine, c'est son anniversaire. Il va avoir cinq ans, et je le vois jamais depuis qu'il a deux ans. C'est être vraiment long.

Elle me tourna le dos et alla vers la fenêtre, où elle contempla d'un œil fixe cet après-midi froid et humide de mars.

— Jimmie me manque presque plus que n'importe quoi. J'arrive pas à l'oublier.

— Je le vois bien.

Elle se retourna vers moi.

— On pourrait pas faire une fête, pour son anniversaire ? C'est être le 12 mars, son anniversaire. On pourrait pas faire une fête comme on fait pour Tyler quand c'est être son anniversaire, en février ?

— Je ne pense pas, chaton.

Sa figure s'allongea et elle revint vers moi en traînant les pieds.

— Mais pourquoi ?

— Parce que Jimmie n'est plus ici, Sheil. Jimmie vit là-bas, en Californie, et non ici avec nous.

— Ce serait juste une petite fête. Juste toi, moi et Anton, peut-être. Juste après l'école, peut-être.

Je secouai la tête.

— Mais j'en ai envie.

— Je sais.

— Alors pourquoi tu veux pas ? Juste une petite fête, s'il te plaît ? (Son visage était tout crispé, sa voix suppliait.) Je serai la plus sage de la classe. Je déchirerai plus les devoirs de calcul.

— Ce n'est pas la question, Sheila. Je refuse parce que Jimmie n'est plus ici. Jimmie est parti. Et même si cela fait très mal d'y penser, il se peut qu'il ne revienne pas. Je sais qu'il te manque beaucoup, chaton, mais je ne crois pas que ce soit une bonne idée de te souvenir toujours de lui comme tu le fais. Cela ne sert qu'à te faire de la peine.

Elle cacha son visage dans ses mains.

— Viens ici, Sheil, viens dans mes bras.

Sans retirer ses mains elle s'approcha et je la pris sur mes genoux.

— Je sais que tu as beaucoup de chagrin. Je sens bien comme tu es malheureuse. Ce que je te demande est très difficile.

— Il me manque. (Sa voix se brisa en un sanglot sec et elle s'agrippa à mon chemisier, le visage enfoui dans mes seins.) J'ai envie qu'il être ici.

— Je sais, mon cœur.

— Pourquoi c'est arrivé, Torey ? Pourquoi elle l'emmenait et me laissait, moi ? Pourquoi j'étais si méchante ?

Des larmes miroitèrent un instant dans ses yeux. Mais comme toujours, elle ne leur permit pas de couler.

— Oh ! mon petit cœur, ce n'est pas à cause de toi. Tu peux me croire. Ce n'était pas ta faute. Elle ne t'a pas laissée parce que tu étais méchante. Elle avait simplement trop de problèmes. Ce n'était pas ta faute.

— C'est ce qu'il dit, mon papa. Il dit que si je être plus sage, elle aurait jamais fait ça.

Mon cœur se serra. Il y avait tant à combattre, chez cette enfant, et si peu de moyens pour le faire. Pourquoi me croirait-elle, moi, et non son père ? Comment pouvais-je lui montrer qu'il avait tort sur ce point ? Je me sentis découragée.

— Ton papa se trompe, Sheil. Il ne sait pas non plus ce qui s'est passé exactement, et il ne sait pas ce que c'est que d'être une petite fille. Il se trompe, quand il te dit ça. Crois-moi, je t'en prie, parce que c'est vrai.

Nous restâmes un long moment assises en silence. Tandis que je la serrais fort contre moi, je percevais sur ma peau son souffle tiède, irrégulier. Mon cœur me faisait mal. Je le sentais dans ma poitrine, et il me faisait mal. La douleur de Sheila s'infiltrait, à travers mon chemisier, ma peau et mes os, jusqu'à mon cœur.

Elle leva enfin les yeux.

— Des fois, je me sens vraiment seule.

Je hochai la tête.

— Ça s'arrêtera un jour, tu crois ?

J'acquiesçai de nouveau, lentement.

— Oui. Un jour, je pense.

Sheila soupira, s'écarta de moi et se leva.

— Un jour, ça arrive jamais vraiment, n'est-ce pas ?

Malgré ces moments de tristesse que nous vivions, Sheila me surprenait par la gaieté de son caractère. Elle avait une extraordinaire aptitude à la joie. La fréquentation quotidienne de ces enfants dont l'existence tout entière n'est qu'un vaste chaos tragique avait renforcé ma conviction que les êtres humains ont une nature fondamentalement joyeuse. Sheila manifestait une humeur fort changeante et n'arrivait jamais totalement à échapper aux ravages affectifs qu'elle avait subis. Mais en même temps, elle n'était jamais loin du bonheur.

Un détail infime pouvait allumer dans ses yeux une étincelle de plaisir, et pas un jour ne s'écoulait désormais sans qu'on entendît jaillir son rire. En outre, elle avait vécu pendant si longtemps dans un tel dénuement que tout lui était une découverte. Elle ne se rassasiait pas des trésors que le monde lui offrait soudain. Mais son plus grand émerveillement fut sans doute en mars, lorsqu'elle vit des fleurs pour la première fois.

Notre région reprend vie au mois de mars, et le moindre carré d'herbe s'illumine alors de crocus et de jonquilles. Sheila fut fascinée. Pas une seule fleur ne poussait dans le camp des saisonniers et, aussi incroyable que cela me parût, elle n'avait jamais vu de près une jonquille. Un matin, j'apportai en classe un énorme bouquet du jardin de ma logeuse.

Sheila accourut vers moi en poussant des petits cris, du dentifrice plein la bouche, seulement vêtue de son tee-shirt et de sa culotte, ses pieds nus claquant sur le sol.

— C'est être quoi, ça ? marmonna-t-elle à travers son dentifrice.

— Ce sont des jonquilles, petite bête. Tu en as déjà vu, non ?

Après les avoir observées avec attention, elle secoua la tête.

— Mm-mm. Rien que dans les livres. C'est être des vraies fleurs ?

— Bien sûr, qu'elles sont vraies. Tiens, touche-les.

Posant sa brosse à dents, elle tendit prudemment la main et frôla une fleur du bout du doigt.

— Ooooooh ! s'écria-t-elle, folle de joie, éclaboussant du dentifrice autour d'elle.

Elle se mit à sauter de plaisir, les bras serrés autour du corps. Puis, s'arrêtant soudain, elle en toucha une autre d'un doigt hésitant. De nouveau, la petite danse de bonheur.

— Va finir de te brosser les dents et habille-toi ; après, tu m'aideras à les mettre dans un vase.

Elle se précipita aux lavabos, cracha le reste du dentifrice mais, incapable de contenir plus longtemps sa joie, elle ne put enfiler sa salopette et revint en courant.

— Elles sont être si douces. Je veux les toucher.

— Sens-les. Les jonquilles n'ont pas un aussi bon parfum que certaines fleurs, comme les roses, par exemple. Mais elles ont une odeur particulière, bien à elles.

Elle inspira profondément.

— J'ai envie de les serrer contre moi.

Je me mis à rire.

— Les fleurs n'aiment pas vraiment ça, tu sais.

— Mais elles sentent si bon et elles sont être si jolies. J'ai vraiment envie de les prendre dans mes bras.

— N'est-ce pas qu'elles sont belles ?

J'avais sorti un vase qu'un de mes élèves avait fabriqué pour moi quelques années auparavant. Il n'était pas assez grand pour contenir tout le bouquet. A côté de moi, Sheila sautillait de plaisir, sur un pied, puis sur l'autre. Son corps tout entier resplendissait d'allégresse.

— Sheil, est-ce que tu aimerais avoir une fleur ?

Elle leva vers moi des yeux tellement écarquillés qu'ils semblaient lui manger tout le visage.

— Je peux en avoir une ?

— Oui, il y en a trop pour mon vase. Nous pourrions la mettre dans un carton de lait et la poser à l'endroit de la table où tu te mets toujours, tu sais ?

— Elle serait vraiment à moi ?

Je fis signe que oui.

— Rien qu'à moi ?

— Oui, petite bête, rien qu'à toi. Ta fleur à toi.

Son visage se renfrogna soudain.

— Mon papa, il voudra jamais que je la garde.

— Les fleurs, dis-je en souriant, ce n'est pas ce que tu crois. Elles ne durent pas très longtemps, un jour à peine, parfois. Ton papa ne se fâcherait pas pour une fleur.

Tendrement, elle tendit la main et caressa une jonquille.

— Tu te souviens, ce livre avec le renard et le petit prince ? Tu te souviens, le prince avait une fleur, et il l'a apprivoisée. Tu te souviens ?

Elle me regarda, les yeux émerveillés.

— Tu crois que je pourrais en apprivoiser une ? Elle serait rien qu'à moi et je serais 'sponsable d'elle et tout. Je pourrais l'apprivoiser, pour moi toute seule.

— N'oublie pas que les fleurs ne durent pas longtemps. Mais elles s'apprivoisent facilement. Je pense que tu peux y arriver. Laquelle préfères-tu ? ajoutai-je en désignant les jonquilles qui restaient à côté du vase.

Après les avoir attentivement examinées, elle en choisit une, qui ne me sembla pas différente des autres, mais qui avait dû lui faire signe. Peut-être Sheila avait-elle déjà commencé à l'apprivoiser car, comme la rose au petit prince, cette fleur-là lui appartenait, et pour elle, elle ne ressemblait désormais à aucune autre.

Tenant la jonquille très doucement, caressant sa coupe dorée, elle souriait. J'allai chercher la salopette, revins, me penchai vers elle et l'exhortai à enfiler les jambes. Les autres gosses arrivaient, bruyants, intrigués par ce qui se passait. Mais Sheila ne voyait, n'entendait rien ; elle se laissa habiller sans regarder personne, se mordant les lèvres pour retenir son sourire.

— Mon cœur c'est être si gros, murmura-t-elle, et je crois que je être la plus heureuse du monde.

Je posai un baiser sur la peau douce de sa tempe et lui souris. Puis je pris le vase de jonquilles et allai le porter sur la table.

14.

Nous riions beaucoup.

Les choses n'étaient pas toujours drôles dans notre classe. Les sujets dont je me surprenais à rire étaient souvent, à bien réfléchir, tout à fait dramatiques. Mais c'est sans doute la plus superbe magie de l'esprit humain que cette faculté que nous avons de rire. De nous, des autres, des situations parfois désespérées dans lesquelles nous nous embourbons. Le rire normalisait notre vie.

Mieux que quiconque, Whitney savait nous remettre les pieds sur terre. Je lui étais profondément reconnaissante de cette qualité qu'elle avait de ne se laisser convaincre par personne — ni moi, ni Anton, ni les gamins — du fait que notre classe n'était pas comme les autres.

En dépit de sa timidité, Whitney avait un sens de l'humour qui parfois ne connaissait pas de bornes. Son ironie pouvait être mordante et d'une extrême maturité à l'occasion, surtout quand elle se trouvait seule avec Anton et moi. Mais c'était surtout dans l'art de la farce que Whitney donnait le meilleur d'elle-même.

Peut-être aurais-je été davantage sur mes gardes si elle n'avait pas eu cette apparence soumise et effacée. Ou si notre salle m'avait davantage semblé le lieu de faire des blagues. Toujours est-il que Whitney parvenait toujours à m'avoir par surprise. Je ne manquais jamais de sursauter pour de bon en voyant des serpents à ressort jaillir du plumier de Susannah ou en découvrant de fausses vomissures étalées sur la table tandis que Peter, William et Guillermo mimaient une nausée soudaine.

Lorsque Sheila arriva dans la classe, le talent de Whitney atteignit son apogée. Les autres gamins adoraient ses farces et y participaient volontiers. Mais Sheila, elle, était assez vive pour devancer les plans de Whitney, suggérer des inventions de son cru, saisir l'humour inhérent à une situation donnée. Elle était, de plus, assez naïve pour réaliser les projets les plus fous nés de l'imagination de Whitney.

Une grande partie du mois de mars s'était écoulée sans que rien se passât. Ce calme étrange avait éveillé mes soupçons. Tous les matins, je jetais un coup d'œil dans mes tiroirs, mon pot en céramique et autres objets qui faisaient d'ordinaire des cibles de choix. Je pouvais compter généralement sur Sheila pour me mettre la puce à l'oreille, car elle ne savait pas très bien garder un secret. Même quand elle s'y efforçait, elle n'était pas assez rouée pour nier l'évidence. Cependant, il ne se passait rien. Je surprenais bien les deux gamines à ricaner ensemble dans les coins, assez souvent pour que je reste méfiante, mais les jours se suivaient et rien n'arrivait. Peut-être l'absence d'une semaine de Whitney, qui avait attrapé un mauvais rhume, en était-elle la cause.

Vers la fin du mois, Mrs. Crum, la mère de Freddie, vint me voir après la classe. Elle se faufila dans la salle, petite bonne femme noiraude comme un moineau, effarouchée comme une souris, en s'excusant de me déranger. Je jouais aux voitures par terre, avec Sheila, et lui assurai que sa visite ne m'importunait en rien. Que pouvais-je faire pour elle ? Tête baissée, elle se tordait les mains, si confuse de m'ennuyer avec ses problèmes. J'envoyai Sheila dans mon bureau pour qu'elle aide Anton à découper des polycopiés. Dès que nous fûmes seules, j'invitai Mrs. Crum à s'asseoir.

Elle était venue me demander si les enfants avaient mangé quelque chose à l'école, dernièrement. Je réfléchis. Nous étions mercredi, jours du cours de cuisine. Nous avions fait une recette chinoise, lui dis-je. Outre cela, ils n'avaient rien mangé d'autre. En dehors du déjeuner, évidemment. Elle plissa le front. Freddie avait vomi trois fois, en rentrant à la maison, la semaine dernière. Elle n'aurait pas été si intriguée, me dit-elle, si elle avait pu identifier la substance étrange qu'il rendait. Des petites boulettes de couleurs vives, rouges, vertes, bleues et jaunes, d'un demi-centimètre environ de diamètre. Deux douzaines à la fois.

J'étais sincèrement perplexe. Je ne voyais rien qui pût correspondre à cette description. Non seulement nous ne mangions pas de sucreries, car j'évitais d'en apporter en classe, mais je prenais garde, également, à ne jamais faire circuler des petits objets non comestibles de ce genre, que des gamins comme Freddie, Max ou Susannah risquaient de porter à leur bouche. Non, ce n'était pas en classe qu'il avalait ces boulettes, lui assurai-je. Je promis cependant de garder un œil sur Freddie, pour en avoir le cœur net.

Les jours suivants se passèrent comme d'habitude. Whitney était toujours absente, et je fus submergée par les bulletins de fin de trimestre ; aussi passais-je une grande partie des deux heures qui suivaient la fin de la classe à travailler, tandis que Sheila s'amusait seule. Le week-end vint et s'écoula. Puis ce fut lundi.

L'après-midi, en revenant d'emmener les enfants à leurs cars, je trouvai Sheila à genoux devant le placard de l'évier. Elle avait en réserve tout un assortiment d'expressions fort colorées qu'elle débitait lorsqu'elle était particulièrement contrariée. Malgré mes injonctions, elle s'obstinait à égrener ces jurons dès que les choses ne se passaient pas comme elle voulait. En rentrant dans la classe, je l'entendis marmonner.

— Qu'est-ce qui ne va pas, Sheila ?

Elle bondit sur ses pieds et se retourna vivement.

— Rien.

— Pourquoi est-ce que tu rouspétais ?

— Pour rien.

Je m'approchai de l'évier.

— Ce n'est pas ce qu'il m'a semblé. Que se passe-t-il ?

— Quelqu'un a pris quelque chose qui être à moi.

— Quoi donc ?

— Oh, juste un truc. (Elle fronça les sourcils.) C'est pour faire un objet artistique. Je le cherche et quelqu'un l'a volé. Il être plus là où je l'ai mis.

— Pourquoi l'as-tu mis là-dedans, d'abord ? Tu dois ranger tes affaires dans ton casier. Tu le sais. Personne ne peut savoir que ce que tu as mis là est à toi. Qu'est-ce que c'était ?

— Juste un truc.

— Quelle sorte de truc ?

Elle haussa les épaules.

— Un truc. Qui être à moi.

— Bon, va voir dans la boîte des travaux manuels. Tu trouveras peut-être des petites choses à utiliser.

Une heure plus tard environ, Mrs. Crum apparut de nouveau sur le pas de la porte. Oh ! elle était vraiment confuse, commença-t-elle à s'excuser, mais Freddie avait encore vomi. Encore des petites boulettes colorées. Elle en avait apporté quelques-unes, cette fois, enveloppées dans une serviette en papier. Surmontant sa timidité, elle insista pour que j'y jette un coup d'œil afin de lui confirmer qu'elles ne venaient pas de ma classe.

En serrant les dents, je dépliai la serviette humide. Il y avait là huit ou dix petites sphères de forme irrégulière, peintes de couleurs vives. J'enfonçai un stylo dans l'une d'entre elles. Elle s'écrasa facilement, livrant un cœur d'un brun verdâtre et foncé. Je ne voyais pas du tout ce que cela pouvait être.

Anton, qui était allé à la salle des maîtres, rentra. Je lui fis signe de s'approcher.

— Avez-vous déjà vu quelque chose de ce genre par ici ? lui demandai-je.

Il se pencha par-dessus mon épaule.

— Qu'est-ce que c'est que ça ?

Me prenant le stylo des mains, il écrasa une seconde boulette, qui s'effrita aussi aisément que la première.

— Apparemment, Freddie les a trouvées quelque part, les a avalées et les a vomies en rentrant chez lui après l'école. Mrs. Crum pense qu'elles viennent d'ici.

— Qu'est-ce que ça peut bien être ? demanda Anton, sans dissimuler son étonnement.

— Je n'en ai pas la moindre idée.

Intriguée, Sheila s'était approchée. Elle tira sur mon jean.

— Fais-moi voir.

Je la repoussai.

— Attends une minute.

Elle alla chercher une chaise et grimpa dessus pour être à notre hauteur.

— Fais-moi voir.

— Vous savez, dit Anton, qui tenait maintenant la serviette et son précieux contenu, ça va vous sembler idiot, mais ça me fait penser à des crottes de lapin.

— Mais Anton, elles sont de toutes les couleurs.

— Je sais. Mais regardez bien le centre. Vous ne trouvez pas que ça y ressemble ?

Je me mis à rire malgré moi. Le ridicule de la situation m'apparaissait soudain.

Sheila tentait de maintenir un précaire équilibre sur la chaise, à côté de moi, agrippée d'une main à mon bras, de l'autre au col de mon chemisier.

— Fais-moi voir, Torey.

Anton se pencha vers elle et lui montra la serviette. Quand elle en vit le contenu, elle recula brusquement, perdit l'équilibre. Elle s'écroula avec la chaise.

— Tout va bien ? demandai-je tandis qu'elle se relevait.

Elle hocha la tête. Quelque chose dans la manière dont elle me regarda — ou plus exactement dont elle ne me regarda pas — éveilla mes soupçons.

— Est-ce que tu sais ce que sont ces petites boulettes, Sheil ?

Reculant d'un pas, elle haussa ostensiblement les épaules.

Les sourcils d'Anton se rejoignirent ; il avait son regard sévère des grands jours.

— Sheila, est-ce que tu as donné quelque chose qu'il ne fallait pas à Freddie ?

Elle nous regarda. L'innocence même. Ses grands yeux arrondis comme des soucoupes de porcelaine. Des mèches folles échappées de sa queue de cheval tirebouchonnaient autour de son visage. Elle se mordait la lèvre inférieure et continuait à reculer. Une attitude aussi candide de sa part signifiait qu'elle était coupable.

— Sheila, je voudrais que tu m'expliques, dis-je.

Toujours pas de réponse.

— Nous savons que tu sais quelque chose, ajouta Anton.

Nous nous dévisagions fixement.

— Sheila.

Mon intonation la plus sévère. Mais j'avais du mal. Elle semblait tellement innocente devant les preuves évidentes de sa culpabilité. Comment elle pouvait à la fois tenir cette attitude et se trahir aussi ouvertement, je l'ignorais.

Finalement, je m'approchai d'elle, lentement, car la frayeur s'était insinuée dans l'expression de son visage, et elle détalait encore parfois, si on se précipitait sur elle. Posant une main sur son épaule, je la poussai vers la table. Sans la lâcher, je me plaçai derrière elle pour l'empêcher de s'enfuir.

— Et si tu nous disais maintenant ce que c'est, ma belle. J'ai envie de le savoir, et tout de suite.

Elle regarda les petites billes colorées dans la serviette humide que Mrs. Crum avait posée sur la table. Je la sentais qui s'appuyait contre ma main pour reculer. Je lui pressai l'épaule.

— Je commence à perdre patience, Sheil. Ne m'oblige pas à me mettre en colère. Ces choses-là pourraient faire du mal à Freddie et il faut que je sache ce que c'est. Allons, dis-moi.

— Des crottes de lapin, murmura-t-elle.

— Alors comment se fait-il qu'elles soient de toutes les couleurs ?

— Je les peins avec de la peinture à la colle.

Anton, dépassé par la situation, se mit à rire, une main devant la bouche.

— Mais enfin, Sheila, dis-je, pourquoi peignais-tu des crottes de lapin ?

— Pour Whitney.

Tandis que j'arrachais l'histoire par bribes de la bouche de Sheila, nous apprîmes qu'elle et Whitney préparaient une farce. Pour Pâques, nous composions au fond de la classe une grande mosaïque, qui devait être accrochée dans le hall d'entrée du bâtiment principal pour la Soirée des Parents. Elle serait intitulée « Sur les traces de Jeannot Lapin ». Whitney avait donc imaginé qu'il serait drôle de remplacer les morceaux de mosaïque par des crottes de lapin colorées. Humour typique d'adolescente. Sheila s'était vu confier l'ingrate mission d'extorquer ses excréments à Onions, qui ne supportait pas qu'on vienne fouiller dans sa cage pour quelque raison que ce fût. Elle les peignait, puis les mettait à sécher sous l'évier, où personne ne venait jamais fourrer son nez. Freddie avait dû découvrir cette activité clandestine et prendre les crottes peintes pour des friandises. Ou autre chose. Il les mangeait. A la façon dont Sheila nous relata toute l'affaire, je crus comprendre que la semaine précédente avait dû être particulièrement contrariante pour elle. Onions ne s'était pas montré très coopératif, Whitney était absente et les crottes peintes disparaissaient continuellement de leur cachette. Je ne m'étonnais plus de l'avoir surprise en train de jurer dans le placard après la classe.

Anton eut du mal à se contenir pendant ce récit. Lèvres pincées, il levait les yeux au ciel et toussait dans sa main. Mrs. Crum ne perçut pas le piquant de la situation. Sans doute aurais-je réagi différemment, moi aussi, s'il s'était agi de mon fils. Aucun de nous ne connaissait le degré de toxicité de la substance en question. Je savais que les peintures à la colle étaient inoffensives, mais j'ignorais ce qu'il en était des excréments de lapin. Anton partit téléphoner au centre anti-poison. Cependant, comme Freddie en avait avalé toute la semaine sans en avoir pâti, apparemment, en dehors de ces vomissements, je n'étais pas très inquiète. De plus, il avait régurgité les crottes entières, non digérées.

Désignant du doigt le coin de repos, je suggérai à Sheila d'aller s'y asseoir pour le reste de l'après-midi. Elle obéit sans rechigner, mais des soupirs me parvinrent, profonds, mélodramatiques, et à une telle fréquence que je pensai la voir bientôt se vider de tout son air. Anton revint avec la réponse du centre anti-poison et assura à Mrs. Crum que Freddie n'aurait aucune séquelle. Je la priai d'excuser la bêtise de ces gamines et la raccompagnai à la porte.

Je discutai avec Anton de la situation, et il fut décidé de convoquer Whitney sur-le-champ. Elle habitait tout près de l'école et j'estimai qu'il valait mieux régler cette affaire en l'absence des enfants. Bien qu'il ne se fût agi, au départ, que d'une farce, cette idée aurait pu avoir des conséquences graves. Je préférais en parler une fois pour toutes avec Whitney et voir ce qu'il en était exactement.

Anton alla téléphoner à Whitney. Je m'approchai de Sheila, assise dans le coin. Elle leva les yeux.

— Ecoute, c'est l'heure d'aller prendre ton car. Va chercher ta veste et pars. Anton et moi sommes trop occupés pour t'accompagner, ce soir, tu vas devoir te débrouiller toute seule. Et je ne veux pas apprendre, par qui que ce soit, que tu as fait des bêtises entre ici et l'arrêt de car. Est-ce bien clair ?

Elle hocha la tête.

— Bon, au revoir. Et à demain.

— Je être désolée.

— Ça va bien. Nous en avons parlé, c'est une affaire réglée.

— Tu être en colère après moi ?

— Je m'en remettrai. Je sais que vous pensiez faire une blague et que vous n'aviez l'intention de faire de mal à personne. Je le comprends. Et tu sais maintenant que c'était idiot. Donc, oublions tout ça, puisque c'est fini.

Elle se leva mais resta près de la chaise.

— Dépêche-toi, tu vas rater ton car.

— Tu être en colère après moi ?

— Non, Sheil, je ne t'en veux pas. Allez, file.

— Alors pourquoi tu me souris pas, si tu être pas en colère ?

L'anxiété dévorait son regard.

Avec un grand sourire, je me laissai tomber à genoux pour être à sa hauteur et la serrai contre moi. Je posai un gros baiser sur sa joue.

— Tu n'as pas encore tout à fait confiance, n'est-ce pas ? (J'écartai sa frange.) Bon, une fois que tu seras rentrée chez toi, ne va surtout pas te faire du mauvais sang à cause de cette histoire, parce que je ne suis plus en colère. D'abord, je n'étais pas vraiment fâchée, parce que tu n'as pas fait exprès. Je m'inquiétais surtout pour Freddie, et quand je suis très inquiète, on dirait que je suis en colère. Mais c'est fini. D'accord ? Tu es rassurée ?

Elle fit signe que oui.

— Parfait. Maintenant, va vite, sinon tu vas rater ton car.

Avec Whitney, ce fut une toute autre histoire. Elle arriva avec sa mère dix minutes environ après le départ de Sheila. Je n'avais pas l'intention de dramatiser. Je voulais simplement lui parler. Je n'étais pas en colère. Ainsi que je venais de l'expliquer à Sheila, je ne l'avais pas vraiment été. J'étais surtout inquiète, et aussi un peu ennuyée vis-à-vis de Mrs. Crum. La situation représentait cependant un risque, dont je souhaitais que Whitney prît conscience. Mais la mère de Whitney en fit une affaire d'Etat.

Anton l'avait eue au bout du fil et lui avait expliqué en partie le problème. Elle entra comme une furie dans la classe, en traînant Whitney par le bras comme une petite fille. Je vis une grande femme aux cheveux blonds, empesés de laque, foncer sur moi en exigeant que je lui raconte ce qui s'était passé. Je lui expliquai du mieux que je pus. Sur quoi elle se tourna vers sa fille dans un déploiement de fureur dont je n'aurais même pas été capable si Freddie était mort empoisonné.

— Mrs. Blake ? Mrs. Blake ? tentais-je d'intervenir. Si vous me laissiez parler... Mrs. Blake ?

Anton, pris au milieu de la mêlée, lui aussi, essayait de détourner son attention.

— Voulez-vous une tasse de café, Mrs. Blake ?

Pendant ce temps, Whitney sanglotait, assise sur une petite chaise.

Je ne me rappelle pas comment nous réussîmes à faire taire la mère. Mais elle se tut enfin, et Anton l'entraîna dans la salle des maîtres pour prendre un café. Juste retour des choses, estimai-je : le café devait bien stagner dans le pot depuis plus de huit heures, maintenant.

Je me retrouvai seule avec Whitney. J'étais terriblement gênée d'avoir entendu sa mère lui parler de cette façon.

Elle devait se sentir humiliée. J'étais confuse au point de ne savoir que dire. J'apportai une boîte de mouchoirs en papier, que je posai sur la table devant elle. J'hésitai un instant, me demandant si je devais m'excuser. Je marmonnai quelques mots, pour lui signifier que je lui laissais quelques minutes pour se remettre, pendant que je trierais les devoirs des gamins que je devais mettre dans les casiers pour le lendemain matin.

Quand je revins, je m'assis à côté d'elle et passai mon bras sur son épaule. Whitney se tourna et s'agrippa à moi. Son geste était si inattendu que ma chaise vacilla sous son poids, mais je refermai mes bras autour d'elle ; elle semblait si avide de réconfort.

— Ecoute, Whitney, les choses ne sont pas si graves. (J'écartai doucement les cheveux de son visage.) Anton et moi, nous ne sommes pas si en colère que ça. Je ne suis pas très fâchée, tu sais.

Elle se redressa sur sa chaise et tira son énième kleenex.

— C'était juste pour rire.

— Je sais. Et je ne suis pas en colère. Je n'avais pas l'intention de t'attirer autant d'ennuis. Crois-moi, je ne t'aurais pas demandé de venir si j'avais su que cela se passerait si mal pour toi.

— Oh ! ma mère se fâche pour n'importe quoi.

— Oui, bon, l'affaire n'est pas si grave. Je voulais simplement te dire de faire un peu plus attention. Ce ne sont pas des enfants normaux, Whitney. Il faut être beaucoup plus vigilant avec eux.

Elle hocha la tête et essuya encore quelques larmes.

— Des gamins comme Freddie ne savent pas ce qui se mange et ce qui ne se mange pas. Et Sheila est trop petite pour se rendre compte qu'elle ne devrait pas faire ce genre de chose.

— Je ne pensais pas que quelqu'un pourrait se faire du mal. Je ne l'ai pas fait exprès.

— Je le sais, mon cœur. Et cette fois, personne n'a eu

de mal. Mais nous ne sommes pas passés loin. Tu as simplement fait une chose un peu bête, sans réfléchir. J'adore ton sens de l'humour, Whitney, et j'adore la façon dont tu fais rire les enfants. Mais ce ne sont pas des enfants comme les autres. Nous devons faire encore plus attention, avec eux.

Elle se prit la tête dans les mains et regarda fixement le plateau de la table.

— Je ne fais jamais rien de bien. Je gâche toujours tout.

— C'est ce qui te semble, pour l'instant. Mais tu sais que ce n'est pas vrai.

— Ma mère va me tuer.

— Ce n'est pas le problème de ta mère. C'est le tien, et le mien. Anton saura parler à ta mère, et s'il n'y arrive pas, c'est moi qui lui parlerai.

— Je regrette, Torey.

— Oui, je sais.

— Que va-t-il m'arriver ?

— Rien.

Whitney refusait de me regarder, les yeux fixés sur la table. J'avais toujours une main sur son épaule et je sentais la chaleur de son corps à travers son chemisier. Nous restâmes un très long moment sans parler.

— Est-ce que je peux te dire quelque chose, Torey ?

— Oui.

Je ne pouvais pas croiser son regard.

— Ici, c'est le seul endroit au monde où je me sente bien. Tout le monde se moque de moi à cause de ça. Tout le temps. Les gens me disent : pourquoi est-ce que tu es toujours fourrée avec des fous ? Ils pensent que je suis folle, moi aussi. Tu sais, pas une dingue marrante, une vraie folle. Parce qu'autrement, pourquoi est-ce que j'aurais autant envie de venir ici ?

— Eh bien alors, ils doivent penser la même chose d'Anton et de moi. On doit être fous, nous aussi.

— Les gens te le disent, quelquefois ?

Pour la première fois, elle me regarda.

— Pas directement. Mais je suppose qu'il y en a plus d'un qui doit le penser.

— Pourquoi travailles-tu dans cette classe ?

Je lui souris.

— Je crois que c'est parce que j'aime les relations très honnêtes. Et les seules personnes vraiment honnêtes que j'ai rencontrées jusque-là sont les enfants et les fous. C'est donc l'endroit idéal pour moi, ici.

Whitney hocha la tête.

— Oui, je crois que c'est ce que j'aime aussi — que les gens montrent exactement ce qu'ils ressentent. Au moins, si quelqu'un nous déteste, on le sait. (Elle eut un pâle sourire.) C'est drôle, mais ces gamins ne me semblent pas aussi fous que certaines personnes normales, quelquefois. Enfin, je veux dire...

Je hochai la tête.

— Oui, je vois ce que tu veux dire.

Chad m'attendait quand j'arrivai à la maison, non sans quelque impatience. Il avait rapporté de chez le Chinois du coin deux barquettes de moo goo gai pan.

— Mais où donc étais-tu ? Il est presque sept heures.

Il avait essayé de garder les plats au chaud en mettant les barquettes et leur contenu dans une poêle. La cuisine empestait le carton calciné.

— A l'école.

— Si tard ? Bon sang, ça fait presque une heure que je suis rentré. Qu'est-ce que tu faisais ?

— Eh bien, un de mes gosses vomissait des petites boulettes colorées chez lui, et sa mère pensait que c'était quelque chose qu'il avait pu avaler à l'école. Alors elle nous a apporté une serviette trempée, pleine de son vomi.

Chad se mit à rire. Il se retourna pour secouer la poêle et ses barquettes. Je voyais ses épaules agitées de soubresauts.

— Alors, avec Anton, j'ai commencé à disséquer les boulettes, et il se trouve que c'étaient des crottes de lapin.

Chad partit alors d'un vrai gros rire. Contagieux, aussi. Je me mis à ricaner.

— En fait, Sheila ramassait les crottes dans la cage d'Onions et les peignait avec de la peinture à la colle. Je ne sais pas quand elle faisait ça, mais de toute évidence, Freddie les a découvertes et mangées. Il devait croire que c'étaient des bonbons, ou quelque chose comme ça.

Nous nous tordions de rire. J'eus du mal à finir mon récit. L'odeur des barquettes cramées flottait autour de nous, mais à ce moment-là les larmes nous dégoulinaient sur les joues. J'avais mal aux côtes. Et nous riions toujours.

— Excuse-moi de t'avoir posé cette question, parvint à hoqueter Chad.

— Tu as bien fait, répondis-je.

15.

Le coup de fil que je redoutais arriva au cours de la troisième semaine de mars. La voix basse et caverneuse d'Ed Somers était à l'autre bout. Quand la secrétaire m'avait appelée dans ma salle, ce soir-là après les cours, pour me dire de prendre un appel, j'en avais eu le pressentiment. Quand j'entendis la voix d'Ed, je sus, avant même qu'il le dise.

— Torey, le directeur m'a appelé, aujourd'hui. Il y a une place disponible à l'hôpital.

Mon pouls s'affola à ces mots. Mon sang cognait si fort à mes oreilles que je n'entendais pas bien.

— Ed, ce n'est pas vrai, elle ne doit pas partir ?

— Tor, je vous ai dit que ce n'était qu'un placement temporaire. Le juge a ordonné qu'elle soit placée à l'hôpital dès qu'il y aurait une place. Cela ne dépend pas de nous. Son placement avec vous n'était que provisoire.

— Mais elle a tellement changé. Ce n'est plus la même enfant. Ed, elle ne s'en tirera jamais à l'hôpital psychiatrique.

— Ecoutez, tout s'est décidé avant que nous entrions en scène, vous et moi. Vous le savez, nous en avons déjà discuté. De plus, c'est dans son intérêt. Voyez dans quelle situation familiale elle est. Elle n'a pas une seule chance de s'en sortir, de toute façon, Tor. Vous le savez bien. Bon sang, vous travaillez tous les jours avec ces gosses. Vous devriez savoir mieux que quiconque quand un enfant a trop de choses contre lui.

— Mais ce n'est pas le cas, Ed, m'écriai-je. Cette gamine a tout pour réussir. Elle en serait capable. On ne peut pas l'envoyer à l'hôpital maintenant.

J'entendis Ed faire des petits bruits de langue à l'autre bout du fil. Il y eut un long silence, tandis qu'il allumait une cigarette.

— Tor, vous faites vraiment du très bon boulot, avec ces gosses. Je me demande même comment vous vous y prenez, parfois. Mais vous êtes allée trop loin avec cette gamine. Vous vous êtes trop impliquée. Je l'ai bien vu, avec cet incident de janvier. Le sort de cette enfant a été décidé longtemps avant qu'elle nous soit confiée.

— Alors, changez la décision.

— Ce n'est pas en mon pouvoir. Après cette histoire de bébé brûlé, le juge l'a condamnée. C'était le seul moyen de calmer les parents du gosse.

— Ed, voyons, c'est grotesque. Au nom du ciel, cette enfant n'a que six ans. On ne peut pas laisser faire ça.

— Je comprends ce que vous ressentez, Torey, vraiment. Je suis affreusement désolé que les choses doivent se passer ainsi, car je sais combien vous vous êtes attachée à cette fillette. Mais elle appartient à la justice. Nous savions que cela arriverait un jour. Et vous m'en voyez désolé.

Je descendis à la salle des maîtres, incapable de retourner dans ma classe, où Sheila était en train de jouer. Je m'assis et bus du café, ce qui ne m'arrive jamais, en m'efforçant de refouler mes larmes. Ed avait raison. Je m'étais trop impliquée ; elle comptait trop pour moi. Je ne trouvais pas de mots assez forts pour exprimer mon dépit. J'entendais mes collègues discuter de préparations, de réalisations artistiques, du carnaval de l'école... Je finis par revenir dans ma salle pour fuir cette joyeuse animation.

Lorsque Anton me vit, il ne me posa pas de question — il comprit. Il fit signe à Sheila de venir le rejoindre à la table où il préparait une activité pour le lendemain et lui demanda de l'aider. Je restai sur le pas de la porte, à contempler ma classe. Pas très glorieuse, cette salle, pensai-je. Trop longue, trop étroite, encombrée de cages d'animaux qui empestaient et de coussins qui perdaient leurs plumes sur la moquette. Même pas la place pour un bureau. J'aurais pourtant bien eu besoin d'un bureau, à l'heure qu'il était ; quelque chose derrière quoi me réfugier ; quelque chose qui aurait crié : « LAISSEZ-MOI TRANQUILLE » sans que j'ouvre la bouche. Mais il n'y en avait pas. Péniblement, je me traînai jusqu'aux coussins amoncelés derrière les cages et m'y affalai.

En moins de quelques secondes, Sheila fut devant moi et scrutait mon visage.

— Tu es pas heureuse, affirma-t-elle tranquillement.

Elle avait les mains enfoncées dans les poches de sa salopette. Comme elle avait grandi, pensai-je. Il y avait bien cinq centimètres entre son pantalon et ses chaussures. Ou peut-être ne l'avais-je simplement jamais remarqué.

— Non, je ne suis pas heureuse.

— Mais pourquoi ?

— Sheila, viens ici, cria Anton.

Elle ne bougea pas, son regard rivé au mien, sondant mes pensées. Je me demandais si je m'étais vraiment trop attachée à elle. C'était une si belle enfant à mes yeux. De fait, un passant quelconque aurait jugé qu'elle ressemblait à cent mille autres enfants. Mais elle seule comptait plus pour moi que tous les autres réunis. Je l'aimais, sans en avoir jamais eu l'intention. Et voilà pourquoi elle avait tant d'importance pour moi. Maintenant, j'étais « sponsable ». Je sentis monter mes larmes.

Sheila s'agenouilla à côté de moi, la mine soucieuse.

— Pourquoi tu pleures ?

— Je ne suis pas très heureuse.

Anton s'approcha et remit Sheila debout.

— Viens par ici, Superman, tu vas m'aider à ranger les feuilles.

— Nooon — ooon.

Sheila se tortilla, échappa à son étreinte, s'enfuit hors de portée de ses mains.

Je fis un signe de la main à Anton.

— Ça va bien, Anton.

Il hocha la tête et nous laissa.

Pendant un long moment, Sheila me dévisagea, les yeux remplis d'inquiétude. Les pleurs restaient à mes paupières, mais je ne parvenais pas à les refouler. Ni ne pouvais me résoudre à regarder la fillette. J'avais honte de faire preuve de si peu de sang-froid et craignais de l'effrayer.

Mais elle continuait à m'observer de loin. Puis elle vint lentement vers moi et s'assit. Touchant ma main, à tout hasard, elle parla.

— Peut-être que si je te tiens la main, tu te sentiras mieux. Des fois, ça m'aide.

Je lui souris.

— Tu sais, mon poussin, je t'aime vraiment beaucoup. Ne l'oublie jamais. S'il arrive qu'un jour tu te sentes seule, ou que tu aies peur, ou autre chose de ce genre, n'oublie jamais que je t'aime. Parce que c'est vrai. C'est vraiment la meilleure chose qu'une personne puisse faire pour une autre.

Elle plissa le front. Elle ne comprenait pas ce que je disais. Et je crois que je ne m'attendais pas à ce qu'elle comprît — elle était si jeune. Mais il fallait que je parle ainsi. Il fallait que je sois sûre, pour ma paix intérieure, de lui avoir dit que j'avais fait de mon mieux.

Etendue sur le lit, je me tournai vers Chad. Nous regardions la télévision depuis le début de la soirée sans dire un mot. J'étais trop préoccupée pour me concentrer sur un sujet de conversation quelconque. Je ne lui avais même pas raconté en détails ce qui s'était passé; mais à mesure que la soirée s'avançait, mon cerveau s'extirpait peu à peu des brumes du choc qu'il avait subi et l'horlogerie se remettait en marche.

— Chad ?

Il tourna les yeux vers moi.

— Existe-t-il un moyen légal de contester ce qui se prépare pour Sheila ?

— Que veux-tu dire ?

— Tu sais bien. Un moyen légal de contester la décision judiciaire. Je veux dire, est-ce que quelqu'un comme moi pourrait le faire ? Quelqu'un qui n'est pas son tuteur ?

— Toi, tu veux faire appel ?

— Il faut bien que quelqu'un le fasse. Je pense que les autorités académiques me soutiendraient. Peut-être.

— Tu peux toujours essayer.

Je fronçai les sourcils.

— Mon problème, c'est que je ne sais pas par où commencer. A qui faut-il s'adresser ? C'est la justice qui l'a condamnée, et on ne peut pas traîner la justice en justice, si ? Je n'ai pas la moindre idée de ce qu'il faut faire.

— J'imagine que tu devrais demander une audition au juge en présence du père, des parents du gamin qu'elle a agressé, des responsables de la protection de l'enfance etcetera. Il se pourrait que ce soit un véritable procès. Tu n'es donc pas au courant ?

Je n'étais pas au courant. Je comprenais le fonctionnement du système judiciaire à peu près aussi bien que la théorie de la relativité. Mais pour rien au monde je ne l'aurais avoué à Chad.

— Accepterais-tu de t'en occuper, Chad ?

Il leva brusquement les sourcils.

— Moi ?

Je hochai la tête.

— Mais je n'y connais rien, dans cette branche. Ce qu'il te faut, c'est un avocat spécialisé dans ce genre de juridiction. Bon sang, Tor, toute mon expérience consiste à faire sortir des ivrognes de tôle.

Je lui souris.

— Ton expérience et mon compte en banque se valent. Je suppose que si je prends un avocat, je devrai le payer.

Chad me fit les gros yeux.

— Encore du bénévolat, c'est ça ? (Il eut un grand sourire.) En fait, quand j'y pense, personne ne m'a jamais prédit que je serais riche un jour.

— Oh, tu le seras. Simplement, pas cette année.

Lorsque le directeur de l'école apprit que j'avais engagé un avocat pour l'affaire de Sheila, il convoqua immédiatement une réunion. Pour la première fois, je rencontrai Mrs. Barthuly, l'ancienne institutrice de Sheila, en chair et en os. C'était un petit bout de femme d'une quarantaine d'années, au sourire délicat. Du haut de mon mètre quatre-vingt-cinq — en jean et tennis — j'imaginai fort bien le genre de défi que Sheila avait dû représenter pour elle. On eût dit, avec son écharpe Anne Klein et ses talons plate-forme, un mannequin pour film publicitaire du *N° 5* de Chanel. Sheila, avec ses relents d'urine et ses problèmes terre à terre, n'avait pas dû être une mince affaire.

Ed Somers était là également, ainsi qu'Allan, le psychologue, Mr. Collins, Anton, le directeur et l'institutrice qui avait eu Sheila en maternelle l'année précédente. Le début de la réunion ne fut pas tellement plaisant pour moi. Ignorant la nature de mes relations avec Chad, le directeur déclara que j'avais outrepassé mes droits en consultant un avocat sans lui demander son avis. Peut-être avait-il raison. J'expliquai que j'avais discuté du problème avec Ed, qui pensait que nous n'avions aucun moyen d'infléchir la décision judiciaire ; j'avais donc simplement eu recours aux possibilités légales à ma disposition.

Après ce début un peu orageux, la discussion prit une

autre tournure. J'avais apporté des échantillons du travail scolaire de Sheila et quelques bandes vidéo qu'Anton avait faites d'elle en classe. Allan présenta les résultats des tests. Les anciennes institutrices de Sheila furent impressionnées et le dirent. Même Mr. Collins, que je m'attendais à voir exploser devant mon initiative, nouvel épisode de la longue histoire des méfaits de mon impulsivité, fit remarquer à quel point le comportement de Sheila s'était amélioré. Contre toute attente, je ressentis pour lui, tandis qu'il parlait, un immense élan de tendresse.

Le directeur fut moins enthousiaste : ce cas, dit-il, ne relevait pas de notre compétence, à cause de l'agression du petit garçon. Il trouvait cependant encourageants les progrès de Sheila et le niveau exceptionnel de son Q.I. Il consentit prudemment à se ranger à mon opinion, en déclarant que l'hôpital psychiatrique n'était pas le meilleur endroit pour placer Sheila et qu'à son avis, elle pouvait être maintenue dans le système scolaire public sans mettre en péril les autres élèves. Il demanda que Chad vienne le voir. Et bien qu'il s'efforçât de tempérer l'optimisme ambiant, je jubilai.

L'autre protagoniste à contacter en priorité était le père de Sheila. Anton partit en éclaireur. Dès qu'il trouva le bonhomme chez lui, il me téléphona, et je le rejoignis avec Chad sur-le-champ.

Comme la fois précédente, le père de Sheila était en train de boire. Il avait pris de l'avance, ce jour-là, et nous le trouvâmes encore plus éméché.

— Sheila n'a pas sa place à l'hôpital, expliquai-je. Elle fait du très bon travail en classe et je pense qu'elle pourrait même suivre une classe normale à la rentrée prochaine.

Il pencha légèrement la tête.

— Qu'est-ce que ça peut vous faire, où qu'ils veulent la mettre ?

La question résonna dans ma tête, en écho à celle que

Sheila me posait si souvent. Qu'est-ce que cela pouvait bien me faire, après tout ?

— Vous avez une fillette exceptionnelle, répondis-je. Ce serait un grand tort de l'envoyer à l'hôpital. Je veux empêcher que cela se fasse, parce que je pense qu'elle peut mener une vie normale.

— Elle est complètement cinglée, cette gamine. On vous a pas dit ce qu'elle a fait ? Elle a bien failli tuer ce petit gosse, en le brûlant.

— Ce n'est pas pour autant qu'elle est folle. Elle ne l'est pas. Je vous jure, elle ne l'est pas. Mais elle le deviendra si elle va là-bas. Son état empirerait, à la longue. Vous ne voulez pas envoyer votre fille à l'asile, tout de même ?

Il poussa un profond soupir. Il ne me comprenait pas. Toute sa vie, on l'avait ennuyé. Tout se passait toujours mal. Il avait eu des problèmes, Sheila avait eu des problèmes. Il avait appris à ne faire confiance à personne. Et sa fille également. Dans leur milieu, c'était plus sûr. Et voilà que j'arrivais au beau milieu de tout ça, et il ne comprenait plus.

Notre discussion se prolongea tard dans la soirée. Chad et Anton burent de la bière avec lui tandis que je prenais des notes. Sheila, qui nous épiait, comme d'habitude, de son coin, s'endormit sur le plancher pendant que nous parlions. Je ne savais pas si elle comprenait les raisons de ma présence chez elle et ce qui se passait. Je ne lui avais rien dit de précis, car je ne voulais pas l'effrayer inutilement, ni lui donner de faux espoirs. Mais après cette soirée, elle se douterait sans doute de quelque chose. Cela vaudrait peut-être mieux, au bout du compte.

Son père finit par tomber d'accord avec nous. Il se laissa enfin convaincre qu'il ne s'agissait nullement de « charité », de « bondieuserie » ou autre piège de ce genre. Il commença à percevoir les vraies raisons qui nous poussaient à agir ainsi, ce que je pensais qu'il ferait si nous persistions assez longtemps. Je m'étais douté, aussi, que sous cette carapace vibrait une fibre paternelle. A sa manière, il aimait Sheila, et avait autant besoin qu'elle de sympathie.

Ce fut une étrange soirée. Nous étions tous un peu ivres. Chad, avec son habitude des bas-fonds, avait réussi, mieux qu'Anton et moi, semblait-il, à établir le contact avec le père de Sheila. Ils se donnaient de grandes claques dans le dos, tels deux vieux copains de beuverie, quand je tentais de ramener la conversation sur l'ordre du jour, après quoi ils nous resservaient, à Anton et à moi, une autre bière. D'une certaine façon, j'étais heureuse que cette question de l'hôpital fût soulevée. Elle nous obligeait à définir le rôle précis que chacun de nous jouait dans la vie de Sheila ; et tout le monde y trouvait son compte.

L'audience eut lieu le tout dernier jour de mars. C'était une journée sombre, froide, et le vent soufflait ; il y aurait de la neige à la veille d'avril. Rien de bien exaltant pour le moral. Je dus prendre mon après-midi, ainsi qu'Anton. Mr. Collins vint également avec nous. Je ne m'attendais pas à ce qu'il fût ainsi de mon côté ; le matin, dans ma classe, il m'avait parlé de manière chaleureuse, paternelle. De toutes les personnes que j'avais rencontrées, il était le dernier que je pensais voir changer d'avis, car je m'étais composé de lui, depuis l'incident de la classe de Mrs. Holmes, une image puérile, à l'emporte-pièce. Je me méfiai, tout d'abord, me demandant pourquoi il changeait ainsi d'attitude, et s'il ne cherchait pas simplement à sauvegarder ses intérêts. Mais lorsque j'eus aéré certains recoins un peu confinés de ma cervelle, je me rendis compte qu'à sa façon, il aimait tout autant que moi les enfants. Même Sheila.

C'était une audience à huis clos. De l'autre côté de la salle, il y avait les parents du petit garçon et leur avocat. Un peu partout, une multitude de représentants de l'Etat et du comté. De notre côté, Anton, Allan, Mrs. Barthuly,

Ed et le directeur de l'école. Le père de Sheila arriva en retard, mais il vint finalement, et il n'était pas ivre. Il me fit peine. Il portait un costume dont aucune organisation charitable, probablement, n'avait voulu. Les coutures s'effilochaient, le veston était taché et élimé, le pantalon rapiécé. Sous la poussée de son ventre énorme, le veston s'entrebâillait, mettant les boutons à rude épreuve. Mais de toute évidence, il avait fait un effort. Son visage était rasé de frais, et il sentait l'après-rasage à deux sous.

A l'extérieur, assise sur une banquette de chêne, Sheila attendait. Chad estimait que sa présence pourrait lui être utile, si d'aventure les choses ne tournaient pas très bien.

Sheila était venue en salopette et tee-shirt. J'aurais souhaité pouvoir mieux l'habiller, mais le temps nous avait manqué. Aussi, pendant l'heure du déjeuner, l'avais-je lavée des pieds à la tête dans l'évier ; après quoi je lui avais longuement brossé les cheveux. A défaut d'être bien mise, elle était propre. Comme elle devait rester seule dans le vestibule, nous lui avions donné des livres pour qu'elle ne s'ennuie pas. Mais quand le juge apprit que l'enfant dont il était question était restée sans surveillance, il envoya un greffier lui tenir compagnie.

L'audience ne se déroula pas du tout comme je l'avais imaginé. N'ayant jamais assisté à un procès, j'avais dans l'esprit des scènes vues à la télévision. Mais tout se passa différemment. Les avocats s'exprimèrent d'une voix calme, et chacun de nous présenta ses documents. Je montrai les bandes vidéo qui illustraient les progrès qu'avait faits Sheila dans ma classe au cours des trois mois qu'elle venait de passer avec nous. Allan exposa de nouveau les conclusions de ses tests. Ed expliqua de quelles aides la fillette pourrait bénéficier dans l'enseignement public si elle avait encore besoin d'un soutien psychologique après ma classe.

Puis on interrogea les parents du petit garçon sur l'incident de novembre. On demanda au père de Sheila s'il surveillait bien sa fille et si, à son avis, son comportement s'était amélioré au cours des derniers mois. Ce fut une audience fort paisible. Personne ne haussa le ton. Personne ne semblait même impliqué sur le plan affectif. C'était si différent de ce à quoi je m'attendais.

Puis on nous pria tous de quitter la salle d'audience pendant que les avocats et le juge finissaient de débattre. J'étais très fière de Chad. Car si notre relation était ancienne et solide, je ne l'avais jamais vu dans son cadre professionnel. Je découvrais un autre homme que celui que je connaissais, paresseusement étendu sur le lit, devant la télévision. Il semblait si sûr de lui, si à l'aise dans un palais de justice. J'étais fière de le voir ainsi se battre pour défendre une cause qui ne lui rapporterait pas un sou, et transformer mes interrogations angoissées en une chance bien réelle de garder Sheila avec nous.

Les parents du petit garçon étaient assis à l'autre bout du couloir. La tension se lisait sur leurs visages. Lèvres crispées, sévères. Regards fixes, qui ne voyaient rien. Je me demandai à quoi ils pensaient. Impossible de le deviner à leur expression. Avaient-ils la bonté de pardonner à Sheila ce qu'elle avait fait ? Ou leur cœur était-il encore trop accablé de chagrin et de peur ? Nourrissaient-ils, dans quelque repli profond et secret de leur être, l'espoir que sa vie serait aussi pitoyable que celle à laquelle elle avait peut-être condamné leur fils ? Je n'aurais su le dire.

Le père tourna la tête et croisa brièvement mon regard. Chacun de nous fixa les yeux ailleurs. Ce n'étaient pas de mauvaises gens. Je n'arrivais pas à les détester. Quand ils avaient témoigné, leur voix était douce, sans colère apparente. Triste, surtout. Ils souffraient de voir rouvrir le dossier. De comparaître une seconde fois. De laisser cette gamine bouleverser encore leur vie. D'une certaine manière, j'aurais voulu pouvoir les haïr ; la décision, quelle qu'elle fût, m'eût été plus facile à accepter. Mais je ne pouvais pas. Ils avaient agi en conscience. Leur seul tort, s'ils en avaient un, était d'ignorer ce qu'était la maladie mentale. Et d'avoir eu peur. Maintenant, un juge, un homme qui ne connaissait aucun d'entre nous, ni aucun des enfants, serait le seul à trancher, dans cette affaire délicate où il n'y avait ni bons ni méchants. Je me demandai ce qu'ils ressentaient. J'aurais voulu avoir le courage de me lever et d'aller leur poser la question. J'aurais voulu que tout cela pût se passer différemment.

Sheila était assise sur mes genoux. Elle faisait un dessin quand nous étions sortis, qu'elle essayait de me commenter. Contrariée de me voir absorbée dans mes pensées, elle leva la main et fit pivoter ma tête vers elle.

— Regarde mon dessin, Tor. C'est être un dessin de Susannah Joy ; tu vois, elle a la robe qu'elle porte souvent à l'école.

Je baissai les yeux. Depuis longtemps, Sheila enviait Susannah Joy. Susie était la seule enfant de la classe qui fût issue d'une famille aisée. Elle était toujours vêtue de manière impeccable et possédait une splendide garde-robe. Sheila en concevait une jalousie tout à fait inélégante. Elle avait envie d'une robe, la même exactement que celle de Susie. Jour après jour, elle feuilletait des catalogues, dans lesquels elle découpait les modèles qu'elle aurait aimé porter. De temps à autre, je lisais des réflexions à ce sujet dans son journal. Et la semaine précédente, j'avais trouvé dans la corbeille de correction un petit texte.

> J'écris le mieux que je peu pour toi Torey a partir de maintenant je être plus sage et je travaille bien c'est promis. Je veu te raconté ce que je fais hier soir. Je vais attendre mon père il être à l'optisien qui fait les lunettes. Alors je me promène un peu et je regarde les vitrines des fois. Des fois c'est être si joli. Jé vu une robe rouge et bleue et blanche aussi et elle a de la dentelle dessus et elle être longue et belle. J'ai jamais u une robe comme

sa et elle été si jolie torey. Je voudrai bien l'avoir. C'est être ma taille aussi je crois. Je demande à mon papa si je peu l'acheté mais il dit « non ». C'est être bien domage parsque elle être si jolie et j'ai jamais u une vrai robe. Et je pourai la porté à l'école comme Susannah Joy. Elle a des tas de robes. Mais j'ai pas pu alors on est rentré à la maison et papa il m'acheté des bonbons à la place et m'a dit « d'allé au lit Sheila » alors j'y suis été.

Ce petit texte m'avait émue de manière étrange, indéfinissable. Il était l'un des plus tristes que Sheila eût jamais écrits. Mais elle s'acharnait, tout en sachant qu'elle n'aurait pas de robe et en l'acceptant, à poursuivre sa rêverie.

Elle babillait toujours sur le dessin qu'elle tenait, et dont elle me déchiffrait le labyrinthe. Mais elle sentit que mon esprit était ailleurs. On ne l'avait pas convoquée dans la salle d'audience, ce que j'interprétai comme un signe favorable, mais elle avait conscience de la tension qui régnait parmi nous.

Les portes s'ouvrirent enfin. Dès que j'aperçus le visage de Chad, je sus quelle était la décision du juge. Chad s'arrêta à deux mètres de nous, les lèvres crispées sur un sourire nerveux. Puis il nous fit un vrai grand sourire.

— Nous avons gagné.

Des cris de joie explosèrent dans le corridor, et nous nous jetâmes dans les bras l'un de l'autre.

— Nous avons gagné ! Nous avons gagné ! criait Sheila, en gambadant au milieu de nos jambes.

Nous riions tous de la voir ainsi se réjouir, bien qu'elle ne se rendît pas compte, très vraisemblablement, de la portée des mots qu'elle disait.

— Je pense qu'il faut fêter ça, non ? proposa Chad en enfilant son trench-coat. Que dirais-tu d'aller chez Shakey's et de commander la plus grosse pizza de la carte ?

Les autres commençaient à partir. Je jetai un bref coup

d'œil aux parents du petit garçon, qui mettaient leurs manteaux, à l'autre bout du couloir. Une fois de plus, je souhaitai avoir le courage de franchir ces dix mètres et d'aller leur parler. Chad rêvait tout haut de pizza, Sheila me sautillait dans les jambes et cherchait à agripper ma ceinture pour que je m'intéresse à elle, mes collègues me criaient au revoir.

— Alors, qu'en dis-tu ? répéta Chad. Tu veux venir, ou tu comptes rester plantée là toute la nuit ?

Il me poussa gentiment du coude. Je me retournai vers lui et hochai la tête.

— Et toi ? demanda-t-il à Sheila. Tu as envie de venir manger une pizza avec Torey et moi ?

Ses yeux s'élargirent et elle fit signe que oui. Je me penchai et la pris dans mes bras pour l'élever à notre niveau.

Un peu à l'écart de notre groupe se tenait le père de Sheila. Les mains fourrées dans les poches de son costume trop petit. Il fixait les yeux à terre. Il me parut seul, seul et abandonné. Cette victoire n'était pas la sienne, et ce n'était pas vers lui que Sheila se tournait. Elle avait attendu avec nous dans le corridor et elle se réjouissait avec nous. Le triomphe nous appartenait. Il n'y avait eu aucune part. Les salles d'audience n'étaient pour lui que des mauvais souvenirs, des lieux de menaces. Avec son costume en loques et son après-rasage bon marché, il formait avec les officiels académiques et fédéraux un étrange et surprenant contraste. Je compris alors, avec une profonde tristesse, que sa fille même lui échappait. Elle était des nôtres ; lui non.

Chad dut sentir aussi cette solitude.

— Voulez-vous vous joindre à nous ?

L'espace d'une seconde, je crus voir une lueur de plaisir vaciller sur son visage. Mais il secoua la tête.

— Non, il faut que je rentre.

— Cela ne vous dérange pas si Sheila vient avec nous,

n'est-ce pas ? demanda Chad. Nous la ramènerons à la maison.

Il hocha la tête, et un doux sourire anima ses lèvres tandis qu'il regardait sa fille, qui s'agitait encore dans mes bras, toute à son excitation, sans se soucier de son père.

— Vous êtes sûr que vous ne voulez pas venir avec nous ?

— Oui.

Nous nous dévisageâmes longuement, sans parvenir à franchir l'abîme qui nous séparait. Puis Chad mit la main à sa poche et sortit son portefeuille. il en tira un billet de vingt dollars, qu'il tendit au père de Sheila.

— Voilà pour vous. C'est votre part de la fête.

Il hésita, et je pensais qu'il n'accepterait pas, connaissant son mépris de la charité. Mais il avança une main mal assurée et prit le billet. Il marmonna un remerciement, puis il tourna les talons et s'éloigna dans le long corridor.

Nous nous entassâmes, Sheila, Chad et moi, dans la petite voiture de Chad et partîmes à vive allure vers la pizzeria.

— Hé, Sheila, quelle sorte de pizza aimes-tu ? demanda Chad, par-dessus son épaule, à Sheila, assise sur le siège arrière.

— Je sais pas. J'en ai jamais mangé.

— Tu n'as jamais mangé de pizza ? s'exclama Chad. Ma foi, il faudrait bien renouveler ce genre de sortie plus souvent, non ?

Si Sheila n'avait jamais goûté de pizza, il n'en parut rien. Quand la pizza arriva, sous ses yeux écarquillés et brillants, elle empoigna sa part en vraie connaisseuse. Chad avait commandé la pizza la plus grosse et la mieux garnie qu'il avait pu trouver sur la carte, ainsi qu'un pichet de limonade. Ce fut un moment magique. Sheila, tout excitée, ne cessait de parler. Chad l'intriguait au plus haut point, et elle finit par s'installer sur ses genoux tandis que nous écoutions le pianiste. Chad fit remarquer que de toute sa vie, il n'avait vu une petite fille dévorer autant à la fois. Sheila lui répondit qu'elle était capable d'avaler cent pizzas au moins, s'il avait assez d'argent pour les lui payer, et pour souligner sa déclaration, elle rota bruyamment.

A l'exception du soir où il l'avait bièvement entrevue chez son père, Chad n'avait jamais rencontré Sheila. Dès le début du repas, il fut clair qu'il la trouvait exceptionnelle. Impression réciproque, du reste. Ils rirent et plaisantèrent ensemble tout le temps que nous restâmes dans ce restaurant.

La nuit était tombée, et les clients du soir commençaient à arriver. Nous avions englouti l'énorme pizza, la limonade et une tournée de glaces. Nous avions écouté le pianiste si longtemps qu'il insista pour que Chad joue avec lui « Heart and Soul ». Mais Chad et Sheila ne semblaient pas du tout disposés à se séparer.

Chad se pencha au-dessus de la table pour regarder Sheila.

— Quelle est la chose que tu aimerais le mieux au monde, si tu pouvais l'avoir ? demanda-t-il.

Mon cœur se serra, car je savais que Sheila répondrait qu'elle voudrait que sa mère et Jimmie reviennent, et c'en serait fini de notre bonne humeur.

Sheila médita un long moment.

— En vrai, ou pour faire semblant ?

— En vrai.

Elle réfléchit encore.

— Une robe, je crois.

— Quelle sorte de robe ?

— Comme celles de Susannah Joy. Avec de la dentelle.

— Tu veux dire que ce que tu souhaiterais le plus au monde, c'est simplement une robe ?

Les yeux de Chad cherchèrent les miens par-dessus la tête de Sheila.

Sheila fit signe que oui.

— J'ai jamais eu de robe. Une fois, une dame de l'église nous porte des habits et il y a une robe dedans. Mais mon papa il veut même pas que je l'essaye. Il dit qu'on accepte la charité de personne. (Elle fronça les sourcils.) Je pensais pas faire de mal en l'essayant seulement, mais mon papa il dit que j'aurais une raclée si je le faisais, alors je l'ai pas fait.

Chad regarda sa montre.

— Il est presque sept heures. Je crois que les magasins de la Grand-Rue ne ferment pas avant neuf heures. (Son regard glissa de moi à Sheila.) Et si je te disais que c'est ton jour de chance ?

Sheila le dévisagea sans comprendre.

— Qu'est-ce que ça veut dire ?

— Si, dans quelques minutes, nous allions prendre la voiture et t'acheter une robe ? La robe que tu veux ?

Les yeux de Sheila s'élargirent tant que je crus que son visage allait se briser en mille morceaux. Elle ouvrit la bouche et me regarda. Puis soudain, elle s'effondra.

— Mon papa, il voudrait pas que je la garde.

— Je crois bien que si. Nous lui dirons que c'est ta part de la fête. Je rentrerai avec toi, en te ramenant à la maison. C'est moi qui lui dirai.

Sheila ne se sentit plus de joie. Elle bondit de sa chaise et dansa dans l'allée, bousculant des clients qui arrivaient sans prendre garde. Elle me serra dans ses bras. Elle serra Chad dans ses bras. Elle aurait explosé, à coup sûr, si nous n'étions pas partis.

L'heure qui suivit fut un tourbillon. Nous parcourûmes les allées des deux magasins, Sheila accrochée à nos mains et se balançant entre nous. Quand nous eûmes trouvé le rayon des robes de petites filles, elle devint étrangement timide, fourra son visage dans mes jambes et refusa de regarder.

Je finis par choisir quelques modèles, et je traînai Sheila dans un salon d'essayage. Dès que nous fûmes seules, elle revint à la vie. Elle arracha la salopette et le maillot et, seulement vêtue de sa culotte, souleva les robes pour les examiner avec soin. Elle était si menue, avec sa colonne vertébrale tordue et son gros ventre d'enfant qui ne faisait qu'accentuer sa maigreur. Devant toutes ces robes, maintenant, elle était trop énervée pour les essayer, et se mit à danser en faisant des cercles dans la petite pièce. Je l'attrapai par la taille et la glissai dans l'une des robes. Ce fut un moment féerique. Sheila fit des grâces devant le triple miroir, puis sortit en courant pour se montrer à Chad. Nous dûmes bien rester une demi-heure enfermées dans ce réduit, tandis que Sheila tentait de choisir entre les trois robes. Elle essaya chacune d'elles au moins quatre fois et se décida finalement pour une robe rouge et blanche, dont le col et les manches étaient bordés de dentelle.

— Je vais la porter tous les jours à l'école, annonça-t-elle avec enthousiasme.

— Tu es vraiment adorable.

Elle me regardait dans la glace.

— Je peux la porter à la maison ?

— Si tu veux.

— Oh oui !

Son sourire spontané s'évanouit soudain et elle se tourna vers moi. Elle grimpa sur mes genoux, me caressa doucement le visage de sa main.

— Tu sais de quoi j'ai envie ?

— D'avoir les trois robes ?

Elle secoua la tête.

— J'aimerais que tu es ma maman et que Chad est mon papa.

Je lui souris.

— On le dirait presque, hein ? Ce soir, je veux dire. On dirait presque que vous êtes vraiment mes parents, tu ne crois pas ?

— Nous sommes mieux que cela, Sheila. Nous sommes

tes amis. Les amis, c'est mieux que les parents : nous nous aimons parce que nous le voulons et non parce que nous sommes obligés. Nous avons choisi d'être amis.

Elle me dévisagea un long moment, assise sur mes genoux, les yeux plongés dans les miens. Puis elle soupira et glissa de mes cuisses.

— Je voudrais qu'on peut être les deux. On serait de la même famille, et amis aussi.

— Oui, ce serait bien.

Elle plissa le front.

— On pourrait pas faire semblant ? risqua-t-elle. Juste pour ce soir ? On ferait semblant que toi et Chad vous êtes mes parents et que vous emmenez votre petite fille en ville pour lui acheter une robe ? Même si elle a beaucoup de robes à la maison, vous allez lui en acheter une autre parce qu'elle en a envie, et que vous l'aimez beaucoup, d'accord ?

Tout ce que j'avais appris dans ma formation et au cours de mes études m'exhortait à refuser. Mais en voyant ses yeux, je ne pus m'y résoudre.

— Je pense que juste pour ce soir, nous pourrions faire semblant. Mais n'oublie jamais que c'est juste pour faire semblant, et juste pour ce soir.

Elle fit un grand bond et sortit comme une flèche, encore en petite culotte, du salon d'essayage.

Chad trouva amusant d'être devenu, le temps d'un essayage, père de famille. Il joua le rôle à la perfection. Ce fut une soirée d'enchantement, où chacun de nous éprouva une joie profonde, magique, indicible. Sheila s'endormit dans mes bras sur la route du camp, et lorsque Chad eut garé la voiture, je la réveillai.

— Allons, Cendrillon, dit Chad en ouvrant la portière, il est temps de rentrer.

Elle lui fit un sourire ensommeillé.

— Viens, je vais te porter et dire à ton papa ce que nous avons décidé.

Elle hésita un instant.

— Je veux pas y aller, murmura-t-elle.

— Nous avons passé une belle soirée, n'est-ce pas ? répondis-je.

Elle hocha la tête. Le silence retomba.

— Je peux vous embrasser ?

— Je pense que oui.

Je la serrai fort dans mes bras et l'embrassai. Je sentis ses lèvres douces effleurer ma joue. Puis elle embrassa Chad tandis qu'il la soulevait de mes genoux et l'emportait dans la maison.

Nous revînmes chez moi sans un mot. Devant ma porte, nous restâmes assis dans la voiture, sans parler. Finalement, Chad se tourna vers moi, les yeux brillants dans la lueur blême du lampadaire.

— C'est une sacrée petite gamine.

Je hochai la tête.

— Et tu sais, ajouta-t-il, c'est sûrement idiot à dire, mais j'ai vraiment eu beaucoup de plaisir à faire semblant, avec elle, ce soir. J'avais envie que nous formions une famille, moi aussi. Ça semblait si facile. Et si bien.

Je souris dans l'obscurité, et j'eus l'impression qu'une douce quiétude nous enveloppait peu à peu.

16.

Avril arriva au milieu d'une tourmente de neige. Bien que tout le monde déplorât ce dernier assaut hivernal, ce fut l'une de ces chutes de neige épaisses, blanches et duveteuses qui sont si belles à regarder. Mais elle recouvrit tout de sa masse imposante et l'école fut fermée pendant deux jours.

Quand nous nous retrouvâmes, Sheila annonça, au cours de la discussion du matin, que son oncle Jerry était venu vivre avec eux. Il avait été en prison, expliqua-t-elle, mais elle ne se rappelait plus pour quoi, et maintenant il cherchait du travail. Elle semblait tout excitée d'avoir un nouveau membre dans sa famille, et nous raconta comment Oncle Jerry avait joué avec elle toute la journée, pendant la tempête de neige, alors qu'elle s'ennuyait.

Notre rythme habituel de travail revint vite. Il subsistait de notre victoire au procès une trace d'euphorie. Même si les enfants n'avaient pas conscience de ce qui s'était passé, Anton et moi restions d'une humeur charmante. Et si nous étions heureux, Sheila, dans sa robe neuve, rayonnait littéralement de bonheur.

Elle portait tous les jours sa robe rouge et blanche et faisait la belle devant les autres, dans l'espoir évident de susciter en eux le même genre de jalousie que Susannah avait si bien réussi à éveiller en elle. Elle leur racontait comment, « le jour de son procès », elle avait gagné et dû aller dîner avec Chad et moi, et comment on lui avait acheté sa chère robe. Bientôt, tout le monde voulut un procès et je dus demander à Sheila de ne pas trop insister. Mais tandis que son discours devant les autres se faisait plus discret, cet épisode devint, quand nous nous retrouvions seules après la classe, le seul et unique sujet de conversation. Comme pour l'incident de février, après mon absence, il fallait répéter sans cesse le récit minutieusement détaillé de cette soirée : nous étions allés chez Shakey's, nous avions pris une pizza extraordinaire; Sheila avait dévoré tant et plus. Puis nous étions allés acheter la robe et nous avions fait semblant d'être une vraie famille. Encore et encore, elle énumérait tous les détails, le visage illuminé par le souvenir. Je la laissai faire, car cette pratique semblait avoir sur elle un effet thérapeutique, tout comme l'incident de février. Je constatai avec intérêt que Jimmie était pratiquement oublié. Je n'entendis pas prononcer son nom pendant plusieurs jours de suite. Cette soirée avait été pour Sheila un moment de bonheur véritable, intact, qu'elle n'avait de cesse de savourer toujours plus totalement. Mais je suppose que ce genre d'expérience est d'autant plus précieux qu'il est rare. Aussi l'écoutai-je patiemment, encore et toujours.

Un matin de la mi-avril, Sheila arriva à l'école très abattue. Anton était allé à sa rencontre, mais son car était en retard, et elle entra dans la classe après le début de la discussion. Elle portait sa vieille salopette et son tee-shirt, et je la trouvai pâle. Elle s'assit sur la frange extérieure du groupe et écouta sans participer.

A deux reprises au cours de la demi-heure qui suivit, elle se leva pour aller aux toilettes. Je craignis qu'elle ne fût malade — elle semblait si pâle et si troublée. Mais les autres réclamaient mon attention à grands cris et je pensai à autre chose.

Tandis que je distribuais les exercices de calcul, je ne vis plus Sheila ; elle était de nouveau aux lavabos.

— Tu ne te sens pas bien aujourd'hui, ma puce ?

— Si, ça va, répondit-elle.

Elle me prit la feuille des mains et alla s'installer à sa place. Je la regardai. Elle parlait davantage maintenant, en conjuguant correctement les verbes, et j'en étais ravie. Un peu plus tard, juste avant les jeux libres, j'allai m'asseoir à côté de Sheila pour lui expliquer un ensemble de problèmes d'un genre nouveau. Je la pris sur mes genoux. Son corps était étonnamment rigide. Je lui tâtai le front pour voir si elle avait de la fièvre. Mais non. Elle se comportait pourtant d'une étrange façon.

— Quelque chose ne va pas, Sheil ?

Elle secoua la tête.

— Tu es toute tendue.

— Non, ça va, répéta-t-elle, avant de revenir à ses problèmes.

A la fin de la leçon, je la soulevai de mes genoux pour la déposer à terre. Sur la jambe de mon jean s'étalait une tache sombre. Je la regardai fixement, sans vraiment comprendre ce que c'était. Du sang ? Je me tournai vers Sheila.

— Tu va me dire ce qui se passe ?

Elle secoua la tête, visage impassible.

— Mais Sheila, tu saignes !

L'intérieur de la jambe droite de son pantalon était rouge. Je la pris dans mes bras, me précipitai aux toilettes et fermai la porte derrière moi. Je défis les bretelles de la salopette, qui s'affala sur ses chevilles. Le sang avait souillé sa culotte et descendait le long de ses jambes. Le slip était bourré de serviettes en papier. Voilà qui expliquait toutes les allées et venues de la matinée. Sheila avait essayé d'étancher le flot de sang, afin qu'il ne transperce pas le tissu.

— Nom de nom, Sheila, que se passe-t-il donc ?

m'écriai-je d'une voix plus forte et plus affolée que je n'aurais voulu.

La peur montait en moi tandis que je retirais les dernières serviettes. Du sang rouge vif ruisselait de son vagin.

Mais Sheila ne bronchait pas. Nulle émotion n'effleura son visage. Ses yeux étaient vides et me regardaient sans me voir. Elle était plus pâle que je ne l'avais d'abord cru dans la faible lumière de la classe. Je me demandais combien de sang elle avait perdu. Pour tenter d'ébranler son stoïcisme, je l'empoignai par les épaules et la secouai.

— Sheila, que s'est-il passé ? Il faut que tu me dises. Cesse de jouer, maintenant. Que t'est-il arrivé ?

Elle cligna des yeux, comme si elle s'éveillait d'un lourd sommeil. Elle payait cher l'impassibilité apparente.

— Oncle Jerry, commença-t-elle à voix basse, il a essayé de mettre sa quéquette dans moi ce matin. Mais ça rentrait pas. Alors il a pris un couteau. Il a dit que je fais exprès de pas le laisser rentrer, alors il m'a mis le couteau pour que j'arrête.

J'étais atterrée.

— Il a enfoncé un couteau dans ton vagin ?

Elle hocha la tête.

— Un des couteaux qu'on se sert à table. Il a dit que je regretterais de pas le laisser mettre sa quéquette. Il a dit que ça ferait beaucoup plus mal et que je le regretterais.

— Mais enfin, Sheila, pourquoi ne m'as-tu rien dit ? Pourquoi ne m'as-tu pas raconté ça ?

De crainte qu'elle eût déjà perdu trop de sang, je l'enveloppai dans une serviette et la soulevai dans mes bras.

— J'avais peur. Oncle Jerry m'a dit de rien dire. Il a dit qu'il recommencerait si je raconte ce qu'il a fait. Il a dit qu'il m'arriverait des choses encore plus pires si je le dis.

Je sortis vivement des toilettes, Sheila dans mes bras, en

demandant à Anton de surveiller la classe. Je saisis mes clés de voiture et courus au bureau du directeur. J'expliquai brièvement à la secrétaire que j'emmenais Sheila à l'hôpital et qu'il fallait trouver son père et l'envoyer là-bas. Le temps avait pris ce rythme lent, irréel, des moments d'extrême urgence. Tous les gens autour de moi semblaient se mouvoir comme dans un film au ralenti. Que se passait-il ? Les aides scolaires des grandes classes nous regardaient par la porte de la salle de travail. Qu'y avait-il ? Je sentais le sang tiède de Sheila couler sur mon bras, s'infiltrer dans mon chemisier.

Sheila était plus pâle, maintenant. Seulement vêtue de son tee-shirt, de ses chaussures et de la serviette que j'avais nouée autour d'elle, elle était devenue inerte et pesait sur moi, les yeux fermés, de tout son poids. Je me précipitai à ma voiture. En la tenant toujours sur mes genoux. Je mis le contact et passai brutalement la marche arrière.

— Sheila ? Sheila ? Ne t'endors pas, murmurai-je, en essayant à la fois de la maintenir et de manœuvrer.

J'aurais dû emmener quelqu'un avec moi, pensai-je distraitement, mais tout s'était passé si vite. Pas même le temps de leur dire ce qui était arrivé.

— Je dors pas, chuchota Sheila.

Ses petits doigts s'enfonçaient dans ma chair, torturant la pointe de mes seins sous le tissu où ils cherchaient à s'agripper.

— Mais ça fait mal.

— Oh oui, j'imagine, mon poussin, répondis-je. Mais continue à me parler, d'accord ?

Le trajet jusqu'à l'hôpital me parut interminable. La circulation horrible. Peut-être aurais-je dû attendre une ambulance. Je n'avais pas la moindre idée de la quantité de sang qu'elle avait perdue, ni du seuil fatidique, ni de ce que je pouvais y faire. Je me maudis d'avoir laissé tomber mes cours de secourisme.

— Mon oncle Jerry, il a dit qu'il allait m'aimer. Il a dit

qu'il allait me montrer comment les grandes personnes font quand elles s'aiment. (Elle parlait d'une toute petite voix enfantine.) Il a dit qu'il faut que je sache comment on fait quand on est grand. Et quand j'ai crié, il m'a dit que personne il m'aimera si je sais pas.

— Ton oncle Jerry n'y connaît rien, mon cœur. Il ne sait pas de quoi il parle.

Elle se mordit les lèvres sur un sanglot sans larmes.

— Il a dit que c'est être comme ça que vous vous aimez, Chad et toi. Il a dit que si je veux que Chad et toi vous m'aimez, je dois le laisser faire, pour apprendre.

Nous approchions de l'hôpital.

— Oh ! mon cœur, il se trompe, tu sais. Chad et moi nous t'aimons déjà. Il te disait seulement ça pour pouvoir te faire du mal. Il n'avait pas le droit de te toucher comme il l'a fait. C'est très méchant, ce qu'il t'a dit et ce qu'il t'a fait.

Deux jeunes brancardiers descendirent en courant la rampe des urgences. Mr. Collins avait dû avertir l'hôpital de notre arrivée. Quand j'installai Sheila sur la civière, elle manifesta pour la première fois qu'elle souffrait et avait peur. Elle se mit à geindre bruyamment, mais sans larmes. Elle refusa de lâcher mon chemisier et lutta farouchement lorsque les infirmiers voulurent lui ouvrir les doigts.

— Me laisse pas ! gémit-elle.

— Je viens avec toi, Sheil. Mais allonge-toi. Allons, lâche-moi maintenant.

— Me quitte pas ! Les laisse pas m'emmener ! Je veux que tu me prends dans tes bras.

Nous nous dirigeâmes en une masse confuse vers la porte. Sheila s'agrippait en panique à mon chemisier, dont elle déchira la poche. J'ignorais ce qui lui donnait soudain cette énergie. Peut-être craignait-elle que je l'abandonne parmi ces étrangers ; peut-être sentait-elle enfin l'intensité de sa souffrance. Quoi qu'il en fût, elle luttait avec tant de vaillance que j'estimai finalement plus facile de la porter de nouveau dans mes bras que de tenter de la détacher de moi et d'entendre ses cris.

Le médecin des urgences l'examina brièvement tandis que je la tenais sur mes genoux. Son père n'étant toujours pas là, je signai un papier où je déclarais endosser la responsabilité des soins d'urgence jusqu'à l'arrivée du père.

Une infirmière entra avec une seringue et lui fit une piqûre. Sheila, de nouveau docile et muette, ne broncha même pas lorsque l'aiguille s'enfonça. Peu de temps après, je sentis ses doigts se détendre, et je l'allongeai sur la table d'opération. Une seconde infirmière prépara une transfusion dans l'un de ses bras, tandis qu'un jeune interne mexicain suspendait une bouteille de sang au-dessus de la table. Le médecin me fit signe de sortir avec lui. Après un dernier regard à Sheila, qui gisait les yeux fermés, pâle et minuscule sur la table, je le suivis. Quand nous eûmes franchi les portes battantes, il me demanda ce qui s'était passé et je lui racontai tout ce que je savais. Ce fut alors que nous vîmes le père de Sheila, accompagné de l'assistante sociale, arriver en titubant le long du couloir. Il était ivre mort.

Le médecin expliqua que Sheila avait perdu une énorme quantité de sang et qu'il fallait d'abord régler ce problème. Il semblait, d'après l'examen qu'il avait effectué, que le couteau eût transpercé la paroi du vagin et pénétré dans le rectum. La blessure était extrêmement grave en raison du risque d'infection et des dommages causés. Dès que le niveau sanguin serait stabilisé, le médecin estimait qu'il faudrait une intervention chirurgicale. Tandis qu'il parlait, le père de Sheila tanguait à côté de nous.

Je ne servais plus à rien. Sans aucun doute, ma classe se trouvait à présent dans un épouvantable chaos. Si Susannah avait vu le sang, Anton devait être absolument débordé, même avec l'aide de surveillantes. Et les enfants avaient dû s'affoler de me voir partir aussi brusquement. Il valait mieux que je retourne à mon travail. Je regardai mes vêtements. Le sang avait maculé tout le devant de mon chemisier. Sur mon jean, il avait déjà séché et formait une tache sombre.

J'étais de retour à l'école à onze heures. Quand je regardai la pendule, je fus stupéfaite de voir que si peu de temps s'était écoulé en réalité : moins d'une heure, depuis l'instant où j'avais soulevé Sheila de mes genoux et aperçu le sang. Tout le drame s'était déroulé en cinquante minutes à peine. J'étais même rentrée chez moi pour me changer avant de retourner en classe. Je ne comprenais pas. Pour moi, ces cinquantes minutes avaient duré cent ans. Et j'avais vieilli.

Ce soir-là, je ne revins pas à l'hôpital. J'avais téléphoné au médecin, après l'école, et il m'avait dit qu'on venait d'emmener Sheila en chirurgie et qu'elle n'était pas encore sortie. Malgré la transfusion sanguine, son état restait critique. Il pensait qu'on la garderait en réanimation jusque fort tard dans la soirée. Elle avait sombré dans un semi-coma une grande partie de la journée et ne reconnaissait sûrement pas les personnes présentes. On la mettrait en soins intensifs après l'intervention pour surveiller l'hémorragie et s'assurer que son équilibre sanguin était rétabli avant de la transférer dans le service des enfants. Je lui demandai si je pouvais venir, étant sans doute la personne la plus proche de Sheila en dehors de son père. Le médecin me suggéra d'attendre jusqu'au lendemain. Elle ne serait pas assez consciente pour me reconnaître ce soir, et je risquerais de gêner, dans la salle de soins intensifs. Ils s'occuperaient aussi bien d'elle qu'ils le pourraient, m'assura-t-il.

Je demandai si le père était encore là. Non, me dit-il. On l'avait renvoyé chez lui peu après mon départ. Il était trop ivre pour rassembler ses idées. Son frère Jerry avait été placé en garde à vue.

Dans un sens, j'étais soulagée de ne pas devoir retourner à l'hôpital. Tout s'était passé trop vite, et je n'arrivais pas à imaginer la gravité de la situation. Elle m'avait parlé. Elle avait fait à pied le trajet du lycée à l'école, et assisté à une heure de classe. Et elle m'avait parlé dans la voiture. Sa blessure ne pouvait être grave à ce point. J'avais du mal à le croire.

Lorsque Chad arriva après dîner, je lui racontai ce qui s'était passé. Il explosa. Il arpenta d'abord la pièce de long en large sans dire un mot, en secouant la tête de stupeur. Ce n'était pas tant la gravité de la blessure qui l'angoissait que la façon dont le drame s'était déroulé. Il fulmina le cœur plein de haine, proférant à l'encontre de Jerry des menaces physiques. Il n'avait aucune pitié pour un homme capable de faire de telles choses à une petite fille. Je fus effrayée de la métamorphose de Chad, que je n'avais jamais vu dans une telle fureur.

Malgré mon chagrin, un étrange sentiment me tiraillait. Cinq mois plus tôt, Sheila avait été l'agresseur et un autre enfant la victime. Les parents du petit garçon avaient dû ressentir pour elle des pulsions tout à fait analogues à celles qui dressaient maintenant Chad contre Jerry. Et sans minimiser en aucune façon l'inhumaine cruauté de ce crime, cette idée me faisait prendre conscience du fait que la profonde souffrance que j'avais découverte en Sheila était probablement en Jerry aussi. Aucun d'eux n'était innocent, mais aucun d'eux n'était foncièrement mauvais non plus. Cela me contrariait d'imaginer que Jerry était sans doute, tout autant que Sheila, une victime. Tout serait beaucoup plus compliqué.

La police téléphona plus tard dans la soirée pour me demander de venir faire une déclaration. Chad m'accompagna au commissariat. Dans une salle peinte en gris, assise à une table grise, je racontai à un officier de police ce qui s'était passé dans ma classe le matin. Je répétai ce que

Sheila m'avait dit, expliquai ce que j'avais fait. Ce fut un récit lugubre, d'un drame qui l'était encore plus.

Pendant la récréation, le lendemain matin, je rappelai l'hôpital pour avoir des nouvelles de Sheila. La voix du médecin était plus détendue, cette fois. Sheila avait bien supporté l'intervention et l'hémorragie avait cessé au cours de la nuit. Au matin, elle avait retrouvé ses esprits et on l'avait transférée dans le service des enfants. Je pouvais venir la voir quand je voulais. Je demandai si le père était là. Le médecin me dit que non. « Voudriez-vous avoir l'obligeance de lui annoncer que je viendrai la voir dès que l'école sera finie ? » Le docteur promit, d'une voix chaleureuse. « Quelle petite gamine courageuse, me dit-il. — Oui, répondis-je, il n'y a pas plus courageux. »

La tâche la plus délicate fut sans doute d'expliquer aux enfants de ma classe ce qui était arrivé à Sheila. Nous avions déjà discuté de violences, physiques et sexuelles. Mes gosses appartenaient à une couche de la population où les risques étaient grands dans ce domaine, et j'estimais important qu'ils sachent comment réagir s'ils subissaient ou voyaient quelqu'un subir ce genre de situation. La violence sexuelle, cependant, était un sujet difficile à aborder. Dans une région où l'éducation sexuelle à l'école n'avait fait aucun progrès spectaculaire, la question restait tabou. J'avais organisé pour mes gamins une structure de discussion un peu informelle, au cours de laquelle nous évoquions simplement les bonnes et les mauvaises façons de se faire « toucher ». Si un adulte vous serrait dans ses bras, c'était bien. S'il vous touchait le sexe en vous serrant dans ses bras, c'était mal. Nous parlions de ce qu'il fallait faire si cela arrivait, car personne n'avait le droit de toucher un garçon ou une fille à certains endroits. Il ne fallait pas non plus demander à ce que l'on vous touche là. Nous avions eu un débat de ce genre en octobre, et quelques autres depuis. Les gamins ressentaient un certain soulagement à pouvoir parler de ces choses, à exprimer les craintes qu'ils avaient de ne pas savoir quoi faire quand quelqu'un les touchait et que cela leur faisait « drôle ».

Mais le cas de Sheila, je ne savais comment l'aborder. La violence liée au sexe n'est pas un sujet de discussion idéal pour des enfants perturbés de leur âge. Pourtant il fallait bien que je leur dise quelque chose. Ils nous avaient vues partir précipitamment et ils avaient vu le sang. Après quoi j'étais revenue sans Sheila. Je leur avais dit en quelques mots que Sheila avait été blessée chez elle et que j'avais dû l'emmener à l'hôpital. Rien de plus.

Les enfants lui écrivirent des vœux de prompt rétablissement le lendemain après-midi, après que je leur eus dit que j'avais téléphoné, que Sheila était dans le service des enfants, et qu'elle allait mieux. Des messages émouvants, vivement coloriés, s'empilèrent dans ma corbeille. Mais l'événement avait plus affecté les gamins que je ne l'avais cru. A la fin de la journée, William éclata en sanglots.

— Qu'est-ce que tu as ? demandai-je en m'asseyant par terre.

Nous étions tous réunis autour de la Boîte du Kobold. William était là aussi, mais il avait soudain fondu en larmes.

— J'ai peur pour Sheila. J'ai peur qu'elle va mourir à l'hôpital. Mon papie il est allé à l'hôpital un jour, et il est mort là-bas.

A ma surprise, Tyler se mit à sangloter à son tour.

— Elle me manque. Je veux qu'elle revienne.

— Hé là, vous tous, dis-je. Sheila va très bien. C'est ce que je vous ai annoncé après le déjeuner, non ? Elle va mieux. Elle ne va pas mourir, ni une autre bêtise de ce genre.

Le visage de Sarah ruisselait de larmes, bien qu'elle n'émît aucun son. Max commença à geindre à l'unisson des autres, sans du tout saisir, j'imagine, pourquoi tout le monde pleurait. Même Peter avait les yeux humides, malgré le fait que lui et Sheila fussent, la plupart du temps, ennemis jurés.

— Mais tu nous en parles jamais, dit Sarah. Tu as même pas dit une fois le nom de Sheila de toute la journée. Ça fait peur.

— Ouais, acquiesça Guillermo. J'ai pensé à elle tout le temps, et toi tu faisais toujours comme si elle a jamais été là. Elle me manque.

Je les regardai. A l'exception de Freddie et Susannah, ils étaient tous en larmes. Pas toujours par loyauté envers Sheila, sans doute, mais le drame avait effrayé tout le monde. Comme il m'avait affectée. J'étais inquiète, et pour ne pas semer le trouble, je n'avais rien dit. Mais nous venions de passer dans cette salle sept mois et demi à apprendre la franchise, à nous mettre à la place les uns des autres. Peut-être avaient-ils trop bien appris — je ne pouvais rien leur cacher.

Les activités de fin de journée furent donc oubliées, et la Boîte du Kobold resta close, tandis que je leur expliquais ce que je ressentais et pourquoi je n'avais pas été aussi franche qu'à mon habitude. Assis par terre, tous ensemble, nous eûmes une grande discussion.

— Il est difficile de parler de certaines choses, dis-je. Ce qui est arrivé à Sheila en est une.

— Pourquoi ? demanda Peter. Tu penses qu'on est pas assez grands ? C'est toujours ce que ma mère me dit quand elle veut pas me dire des trucs.

Je souris.

— Oui, en partie. Et aussi parce que certaines choses sont difficiles à raconter, simplement. Je ne sais pas pourquoi. Je crois que c'est parce qu'elles nous font peur. Même à nous, les grandes personnes. Et quand une grande personne a peur de quelque chose, elle n'aime pas en parler. C'est un des problèmes qu'on a, quand on est grand.

Les gamins m'observaient. Je les regardai. Un par un. Tyler et les longues balafres qui lui tailladaient la gorge. Le beau Peter, avec sa peau noire. Guillermo, dont les yeux ne regardaient jamais vraiment nulle part, même quand il était attentif. Max, qui se balançait et se tordait les doigts. Sarah. William. Freddie. Et Susannah, ma petite fée.

— Vous vous rappelez, je vous ai dit que Sheila a été blessée chez elle. Et vous vous souvenez, quand nous discutions de la manière dont les gens peuvent vous toucher ? Je vous ai raconté comment, parfois, des grandes personnes veulent mettre leurs mains sur des parties du corps d'un petit enfant qu'ils n'ont pas le droit de toucher.

— Ouais, comme là en bas, où c'est personnel, hein ? dit William.

Je hochai la tête.

— Eh bien, quelqu'un de la famille de Sheila l'a touchée à un endroit où il n'aurait pas dû, et quand elle a dit qu'elle ne voulait pas, il lui a fait très mal.

Les fronts se plissèrent. Les regards étaient d'une attention extrême. Max cessa même de se balancer.

— Qu'est-ce qu'il lui a fait ? demanda William.

— Il l'a coupée.

En m'entendant parler ainsi à ces gosses, je m'interrogeai sur le bien-fondé de cette tactique. Mon instinct me disait que j'avais raison. Notre relation était fondée sur la vérité, aussi cruelle fût-elle. En outre, je ne pouvais croire que savoir fût pire que ne pas savoir, ni pire que tout ce que ces enfants avaient déjà vu. Le fait qu'il ne se passât dans leur vie rien de grave dont on ne pût discuter ensemble était la pierre angulaire de notre classe. Tout au fond de moi, cependant, me tourmentait la conviction qu'une fois de plus je transgressais les règles que l'on m'avait enseignées, j'outrepassais les bornes d'une pratique éducative et psychologique éprouvée. Et comme toujours dans ce cas, je me demandai avec anxiété si je ne courais pas à un échec cuisant, si cette fois, je ne leur ferais pas plus de mal que de bien. J'étais déchirée entre franchise et désir de sécurité.

— Qui lui a fait ça ? demanda Guillermo. C'est son père ?

— Non. Son oncle.

— Son oncle Jerry ? dit Tyler.

J'acquiesçai.

Pendant une minute, il n'y eut pas un mot. Puis Sarah haussa les épaules.

— Enfin, au moins c'était pas son père.

— C'est pas pour ça que c'est mieux, Sarah, répondit Tyler.

— Si, dit Sarah. Quand j'étais petite, avant que je vais à l'école, mon père il venait des fois dans ma chambre quand ma mère était au travail et... (Elle se tut, son regard glissa de Tyler à moi, puis à la moquette.) Enfin, il faisait ce genre de choses. C'est pire quand c'est son père, je trouve.

— Parlons plus de ça, d'accord ? dit William.

La frayeur lui ridait le front. Il se tordait les mains.

— Si, moi j'ai envie, dit Sarah. Je veux savoir comment va Sheila.

— Non, répéta William, les larmes aux yeux.

— Tu as peur, William, fit remarquer Guillermo. De quoi tu as peur ?

Je tendis la main.

— Viens ici, viens t'asseoir près de moi.

Il se leva et s'approcha. Je l'entourai de mon bras.

— C'est un sujet qui fait peur, n'est-ce pas ?

Il hocha la tête.

— Il y a de la poussière sous mon lit quelquefois, si ma maman passe pas l'aspirateur.

— Ça a rien à voir avec la discussion, William, dit Peter.

— J'ai peur de cette poussière. Des fois je pense que c'était peut-être des gens. Peut-être que c'est des morts, sous mon lit.

— C'est idiot.

— Pas du tout. C'est écrit dans la Bible, Peter, qu'on vient de la poussière et qu'on devient de la poussière quand on meurt. C'est ce qui est écrit. Ma maman me l'a montré. Demande à Torey.

— Je ne crois pas que ce soit exactement ce que veut dire la Bible, William, déclarai-je.

— Et c'est peut-être des gens qui sont là-dessous, cette poussière. Mon papie, après qu'il est allé à l'hôpital. Il est peut-être sous mon lit maintenant. Ou Sheila.

— Non, ce n'est pas Sheila. Sheila n'est pas morte, Will. Elle est à l'hôpital et elle va aller mieux, répondis-je.

— Torey ? demanda Tyler.

— Oui ?

— Comment ça se fait que l'oncle de Sheila lui a fait ça ? Elle disait l'autre jour qu'il était gentil et qu'il jouait avec elle. Comment ça se fait qu'il l'a coupée ?

Je la dévisageai. Je n'avais pas de réponse. J'eus beau attendre, aucune réponse ne me vint à l'esprit.

— Je ne sais pas, Ty.

— Est-ce qu'il avait des problèmes ? demanda Sarah. Comme mon père ? Ils l'ont mis à l'asile parce qu'il avait des problèmes. C'est ce que ma mère m'a dit. Il est jamais revenu.

— Oui, je pense qu'on peut dire qu'il avait des problèmes. Il ignorait la bonne manière de toucher les petites filles. Ou plutôt, je suppose qu'il la connaissait, mais les gens agissent parfois sans réfléchir. Ils font simplement ce qui leur semble bien sur le moment.

— Il va aller à l'asile, comme mon père ?

— Je ne sais pas. C'est contre la loi, de faire mal aux autres.

— Quand est-ce qu'elle revient, Sheila? demanda Peter.

— Dès qu'elle ira mieux.

— Elle sera pareille qu'avant ?

— Que veux-tu dire ?

Peter fronça les sourcils.

— Eh bien, si elle est coupée, là en bas, est-ce qu'elle sera pareille ?

— Je ne te suis toujours pas, Peter. Explique-moi ce que tu veux dire.

Il hésita, jeta un coup d'œil nerveux aux autres, revint à moi.

— Je peux dire des gros mots ? J'en ai besoin pour te faire comprendre. Il faut que je dis des gros mots.

Je hochai la tête.

— Ce n'est pas la même chose que quand on les crie pour injurier les autres. Ce ne sont pas des gros mots quand ils signifient quelque chose. Vas-y.

Une hésitation, de nouveau.

— Là en bas, chez les filles, c'est la chatte, hein ?

— Oui.

— Et là en bas, c'est aussi par là que les filles vont au cabinet. Et qu'est-ce que ça va faire, s'il l'a coupée à cet endroit ? C'est là que les bébés sortent. Qu'est-ce que ça va faire s'il l'a coupée ?

Je ne comprenais toujours pas quelle question posait exactement Peter. Je décidai de la lui retourner pour tenter d'en savoir plus.

— Qu'est-ce que ça va faire, Peter ? Qu'en penses-tu, toi ?

Ses yeux s'agrandirent, remplis d'angoisse.

— Et quand elle sera grande, si elle a des bébés ?

— Eh bien ?

Ses yeux étaient plein de larmes.

— Elle va leur faire caca dessus quand ils vont naître.

(Il fit la moue, retenant un sanglot.) C'est ce qu'elle m'a fait, ma maman. C'est pour ça que je suis fou.

— Oh ! Peter, ce n'est pas vrai du tout, dis-je.

Il s'approcha de moi à quatre pattes. J'étais assise en tailleur, William appuyé contre mon flanc droit. Peter posa la tête sur mon ventre.

— Si, c'est vrai.

— Absolument pas. Je ne sais pas où tu as pris cette idée, mais c'est faux.

— Tu es pas fou, Peter, dit William. Personne est vraiment fou. C'est rien qu'un mot. Pas vrai, Torey ? Rien qu'un mot. Et personne est juste un mot.

Nous parlâmes longtemps. La sonnerie de sortie retentit, les cars arrivèrent et repartirent, et nous parlions toujours. De violences sexuelles. De Sheila. De nous.

Plus tard, j'entassai les huit gamins dans ma voiture et les reconduisis chez eux. La discussion se poursuivit avec le même sérieux. Même dans la voiture, les questions fusèrent. Aucun d'eux ne plaisanta ni ne dit des âneries. Les choses dont nous parlions n'étaient drôles pour personne. Le besoin d'en discuter fit oublier cet après-midi-là tous les autres besoins. Et toutes nos différences.

Après avoir déposé les enfants, je rassemblai tous les messages de bons vœux et quelques livres que Sheila aimait tout particulièrement et partis pour l'hôpital. Elle avait été placée dans une salle d'observation toute proche du bureau des infirmières, et on m'indiqua la bonne porte. J'entrai.

Elle se trouvait seule dans la vaste pièce, dont un des côtés était entièrement vitré, comme dans une cage de zoo. Elle reposait dans un petit lit d'enfant entouré de hauts barreaux métalliques. Une perfusion se balançait au-dessus de l'un des montants, ainsi qu'une bouteille de sang. Le bras où étaient plantées les aiguilles était immobilisé par un lien qui le fixait à l'un des barreaux. Elle semblait si jeune, et si minuscule.

Les larmes furent au bord de mes paupières avant que je puisse les retenir, et ruisselèrent sur mes joues. La seule pensée qui me vint fut : pourquoi l'a-t-on mise dans un petit lit d'enfant ? Sheila avait beaucoup de dignité, pour une fillette. Je savais qu'elle en serait humiliée. Je savais qu'elle serait gênée que je la voie là-dedans. Pourquoi ne lui avait-on pas donné un vrai lit, ainsi que pouvait y prétendre une enfant qui aurait bientôt sept ans ? Pas un lit-cage. Les lits-cages, c'était pour les bébés.

Sheila tourna la tête vers moi quand j'entrai. Elle me dévisagea en silence.

— Pleure pas, Torey, dit-elle tout bas. Ça fait pas vraiment mal. Je t'assure.

Remplie d'humilité devant tant de courage, je la regardai dans les yeux.

— Pourquoi est-ce qu'on t'a mise dans un petit lit ? demandai-je, l'esprit vide. (Je baissai le côté du lit qui était près de moi et caressai sa main libre.) Tu ne devrais pas être dans un si petit lit.

— Ça m'est égal, tu sais, dit-elle.

Je savais que c'était faux. Je la connaissais assez bien maintenant pour savoir avec quel soin elle sauvegardait toujours son amour-propre. Elle me sourit tendrement, comme pour me consoler, et toucha ma joue de sa main.

— Pleure pas, Torey. Ça m'est égal.

— Ça me fait du bien. J'ai eu tellement peur, et j'étais si inquiète pour toi, Sheil. Ça me fait du bien, de pleurer un peu, et je ne peux pas m'en empêcher.

— J'ai pas vraiment mal. (Ses yeux avaient perdu un peu de leur éclat. Peut-être était-ce l'effet des médicaments.) Mais j'ai peur, des fois. Juste un petit peu. Comme la nuit dernière, je savais pas où j'étais. Ça faisait peur. Mais j'ai pas pleuré, ni rien. Et après, l'infirmière est venue et elle m'a parlé. Elle être très gentille avec moi. Mais j'avais encore un peu peur. Je voulais mon papa.

— Je comprends. Je demanderai si c'est possible que tu aies toujours quelqu'un près de toi quand tu as peur.

— Je veux mon papa.

— Je sais, mon cœur. Et il viendra dès qu'il pourra.

— Non. Il aime pas du tout les hôpitals.

— Enfin, nous verrons.

— Je veux que tu restes avec moi.

Je hochai la tête.

— Je viendrai aussi souvent que je pourrai. Et Anton viendra aussi, quelquefois. Et je sais que Chad voudra te voir. Il demande de tes nouvelles toute la journée. Nous ferons tout notre possible. Je ne veux plus que tu aies peur, ma chérie. Je ferai tout ce que je peux.

Elle détourna la tête un instant et leva les yeux vers la perfusion.

— Mon bras me fait un peu mal.

Son regard revint lentement vers moi, et j'y lus soudain la souffrance et la frayeur. Une grimace lui tordit le visage.

— J'ai envie que tu me prends dans tes bras, gémit-elle. Mon bras me fait vraiment mal et je me sens si seule. J'ai envie que tu restes ici et que tu me prends dans tes bras, et que tu pars pas.

— Mon chaton, je pense que les infirmières n'apprécieraient pas beaucoup que je te prenne dans mes bras. Cela risquerait de démolir tout ce qu'elles t'ont accroché, là. Je peux te tenir la main, si tu veux.

— Non, geignit-elle. Je veux que tu me prends dans tes bras. J'ai mal.

J'écartai doucement ses mèches et me penchai tout près d'elle.

— Oh ! je sais que tu en as envie, mon cœur, et moi aussi. Mais nous ne pouvons pas.

Elle me regarda un long moment, et puis ses yeux se voilèrent, comme toujours lorsqu'elle maîtrisait ses émotions. Elle prit une longue inspiration secouée de frissons, et ce fut tout. Elle redevint inerte, refoulant une fois de plus une douleur qu'elle ne pouvait supporter.

— Je t'ai apporté quelques livres. Je pourrais peut-être te faire la lecture. Tu penserais à autre chose.

Elle hocha lentement la tête.

— Lis-moi l'histoire du renard et du petit prince et de sa rose.

17.

Sheila resta à l'hôpital jusqu'à la fin du mois d'avril. Pendant ce temps, son oncle fut inculpé et jugé pour violences sexuelles. Il retourna en prison. Son père ne vint pas la voir une seule fois, plaidant une irrépressible phobie des hôpitaux. Il alla noyer son angoisse au comptoir de chez Joe's. Je rendais visite à Sheila tous les jours après l'école, et restais généralement jusqu'après dîner. Chad venait presque tous les soirs et jouait aux dames avec elle, même après mon départ. Anton lui tenait compagnie régulièrement et Whitney fut autorisée à lui faire deux brèves visites, bien qu'elle n'eût pas l'âge d'être admise dans le service. Curieusement, même Mr. Collins vint voir Sheila, et je le surpris un samedi après-midi en train de jouer avec elle. Au grand étonnement de l'équipe médicale, Sheila se révéla l'une des enfants les plus entourées du service ; des visiteurs venaient pour elle chaque jour. J'appréciais l'intérêt que tous lui portaient, car malgré la meilleure volonté du monde, je n'aurais pu me permettre de passer plus de deux heures auprès d'elle tous les soirs. Mais je sais en même temps que je serais sans doute restée plus longtemps si personne n'était venu.

Dans un sens, ce séjour à l'hôpital lui fut bénéfique. Son charme physique était tel et l'expérience qu'elle venait de vivre si poignante qu'elle était devenue la coqueluche des infirmières, qui la comblaient de soins. Sheila s'y prêtait avec grâce. Elle se montrait généralement gaie et coopérative, et bien entendu, elle ne pleurait jamais. Et surtout, elle prenait trois repas équilibrés par jour et commençait à grossir un peu, ce dont elle avait grand besoin. Ce ne fut que vers la fin du séjour qu'elle devint instable, refusant de rester au lit et faisant des caprices si l'on insistait. Ses problèmes psychologiques semblèrent totalement oubliés. Et si elle souffrait de troubles graves, son comportement à l'hôpital n'en portait aucune trace. Les infirmières ne cessèrent de louer, au contraire, son attitude exemplaire. Cela m'inquiéta. Car si son séjour n'en fut que plus agréable pour tout le monde, je n'ignorais pas que l'hospitalisation, ainsi que l'expérience qui en était à l'origine, représentaient un traumatisme sérieux, s'il en fut. Je craignais que, tout comme elle avait pris cette absurde décision de ne jamais pleurer, Sheila n'eût sublimé sa souffrance, en se comportant comme si elle n'avait jamais existé. Ce fut pour moi, plus que tout autre indice, la preuve qu'elle était profondément perturbée.

Pendant ce temps, les autres gamins s'étaient habitués à l'absence de Sheila. Nous profitions du soleil d'avril et de la nature renaissante. La situation s'apaisa et, en dehors du courrier hebdomadaire que les enfants lui adressaient, Sheila ne fut plus le centre des conversations.

J'appris, dans l'intervalle, que ma classe serait bientôt supprimée. Un certain nombre de facteurs, dont j'avais pleinement conscience, étaient à l'origine de cette situation. En premier lieu, les autorités scolaires locales, dans le cadre de modifications internes, estimaient à présent que le placement de la plupart des enfants perturbés, tels Freddie et Susannah, pouvait s'effectuer indépendamment d'une classe comme la mienne. Quant aux autres gamins, ils avaient tous fait assez de progrès pour s'intégrer à des groupes moins restrictifs. Et surtout, la rumeur courait que le Congrès allait voter une loi visant à orienter les enfants en difficulté vers des classes normales. En conséquence de quoi un certain nombre de classes spécialisées étaient en train de disparaître et les enseignants qui en étaient chargés se voyaient rattachés, en tant que rééducateurs psycho-pédagogiques, à des classes normales. Comme j'avais les enfants les plus atteints, les responsables des placements tenaient à supprimer entièrement mon groupe. Enfin et surtout, les crédits se faisaient rares. Maintenir des enfants dans des classes comme la mienne revenait très cher. La faible proportion d'élèves par enseignant, la spécialisation des maîtres, qui justifiait des salaires plus importants, les équipements spéciaux, tout cela coûtait beaucoup d'argent. Les autorités locales ne pouvaient se permettre désormais de financer autant de classes spécialisées que par le passé.

Si ces nouvelles m'affectaient, je n'en fus pas surprise. J'éprouvais chaque année la même tristesse quand la fin des cours approchait — j'aurais voulu pouvoir remonter le temps, recommencer. En fait, j'avais des projets personnels. On m'avait offert un autre poste dans le secteur, mais j'avais fait une demande d'inscription à l'université, et elle avait été acceptée. J'avais déjà la licence d'éducation spécialisée et mon C.A.P. d'institutrice. Mais je ne possédais pas tous les diplômes requis pour enseigner à des enfants déficients. Et si la législation de notre Etat ne les exigeait pas encore, en plus du C.A.P., cela ne saurait tarder. Je connaissais trop de bons enseignants qui avaient perdu leur emploi simplement pour n'avoir pas pu mener jusqu'au bout leur spécialisation. Si je trouvais un jour un poste très intéressant, je ne voudrais pas être prise en défaut et devoir l'abandonner pour reprendre mes études. J'étais à la fin d'une période : à la rentrée suivante, je ne retrouverais pas les mêmes gamins, ni la même classe, de toute façon. C'était, semblait-il, le moment où jamais de retourner à l'université.

J'avais envie, également, de préparer un doctorat. Je m'étais beaucoup intéressée à la recherche, au cours des années précédentes, et j'avais été consternée de constater à quel point on ignorait encore certains aspects de la dépression et de l'autisme infantiles.

Malgré mon goût pour l'enseignement, j'avais passé ces derniers mois à m'interroger sur mon avenir. En outre, Chad recommençait à parler sérieusement mariage. Cette soirée passée avec Sheila, après le procès, l'avait profondément troublé, et il avouait maintenant qu'il désirait fonder une famille. Mais je ne tenais pas en place. Dès que j'avais reçu l'accord de l'université, le 6 avril, j'avais décidé de partir : lorsque l'école fermerait en juin, je m'éloignerais donc, mettant entre moi et tout ce que j'aimais — Chad, Sheila et une région où j'avais passé plusieurs des plus belles années de ma vie — la moitié d'un continent.

Sheila reprit l'école début mai. Elle revint aussi pleine d'entrain et de vivacité qu'à l'hôpital, donnant la très nette impression qu'elle venait de passer de superbes vacances. En la regardant reprendre sa place dans le groupe, je me sentis plus inquiète que jamais de son attitude. Aucun être humain ne pouvait, après avoir vécu tant de souffrances, s'en tirer aussi facilement. Je craignis qu'elle ne fût encore plus perturbée que je l'avais cru ; qu'elle ne s'enfermât peu à peu dans un univers imaginaire pour fuir les horreurs du monde réel. Mais ni au long de la journée, ni au cours des deux jours qui suivirent, elle ne manifesta un trouble quelconque. On aurait pu croire, en la voyant, une enfant normale qui se serait arrêtée là en passant, pour participer aux activités de notre classe.

Vers la fin de la semaine, le vernis commença à se craqueler. Les vieilles chamailleries pointèrent le bout de l'oreille. J'exigeai de plus en plus de travail, et elle fit des fautes. Ce qui la plongea dans une bouderie de plusieurs heures, le jeudi. Les autres gamins s'habituaient de nouveau à sa présence et ne lui accordaient plus l'attention à laquelle elle s'était si bien accoutumée. Cela nous valut un ou deux caprices quand les choses ne se passaient pas comme elle l'entendait. Mais surtout, elle recommença peu à peu à me parler. C'était là, à mon avis, le problème essentiel. Car même si elle babillait constamment pendant la classe et après, elle ne disait rien de vraiment important. Alors qu'auparavant elle était ouverte et exprimait volontiers ce qu'elle ressentait, elle ne parlait maintenant que de choses concrètes, rassurantes. Mais de temps en temps, une remarque se glissait dans son discours, qui trahissait l'envers de cette façade insouciante.

Elle était revenue à l'école vêtue de sa vieille salopette et de son tee-shirt usé. On voyait toujours les taches de sang sur le pantalon, devenu trop court et trop étroit depuis que Sheila avait pris du poids à l'hôpital. Je me demandais ce qu'il était advenu de la robe rouge et blanche, et le vendredi soir après la classe, je lui posai finalement la question. Sheila m'aidait à découper des figurines pour le panneau d'affichage. Nous étions assises à la même table, les feuilles de papier étalées entre nous.

Elle réfléchit un moment.

— Je vais plus jamais la porter.

— Pourquoi ?

— Le jour... (Elle se tut, s'appliqua à ses découpages.) Le jour où Oncle Jerry... Enfin, il dit que c'est être une très jolie robe. Il pouvait mettre la main dessous. Il l'a fait avant, déjà, mais cette fois il voulait pas s'arrêter. Il voulait pas enlever ses mains de dessous. Alors je veux plus la porter. Je veux que personne me touche là.

— Oh !

— En plus, elle était toute pleine de sang. Mon papa il l'a jetée quand j'étais partie.

Un long silence pesant tomba entre nous. Comme je ne savais pas quoi dire, je continuai mes découpages. Sheila leva les yeux.

— Torey ?

— Hmm ?

— C'est vrai que toi et Chad vous faites ça ensemble ? Comme Oncle Jerry m'a fait à moi ?

— Ce que ton oncle t'a fait, personne n'a le droit de le faire. C'est très mal. Les adultes ont des rapports sexuels entre eux. Mais pas les enfants. Et on n'utilise jamais de couteau. C'était très méchant.

— Je sais ce que c'est. Mon papa, il ramène des dames à la maison, des fois, et il fait ça. Il croit que je dors, mais c'est pas vrai. Ça fait beaucoup de bruit, alors je me réveille. Je les vois. Je sais ce que c'est.

Son regard se voila.

— C'est vraiment ça, l'amour ?

Je pris une longue inspiration.

— Tu n'es pas encore assez grande pour comprendre, Sheil. Parfois on appelle ça l'amour, mais ce n'est pas vraiment de l'amour. C'est du sexe. En général, on le fait quand on s'aime vraiment, et alors c'est agréable, et on est bien. Mais parfois les gens le font comme ça, sans s'aimer. C'est encore du sexe, mais ce n'est pas de l'amour. Quelquefois, une personne force une autre à le faire. Et ça, c'est toujours très mal.

— Je veux jamais aimer personne, si je suis obligée de le faire.

— Tu es trop petite. Ton corps n'est pas encore formé pour ce genre de chose, et ça te fait mal. Mais ce n'est pas l'amour, Sheil. L'amour, c'est différent. C'est un sentiment. Ce qui t'est arrivé était vraiment très mal. Personne n'a le droit de faire ça à une petite fille. Tu as eu mal, parce que cela n'aurait jamais dû t'arriver. Tu es trop petite.

— Alors pourquoi il me l'a fait, Torey ?

Je posai la figurine que je découpais, repoussai mes cheveux en arrière.

— Tu me poses des questions vraiment difficiles, mon cœur.

— Mais je comprends pas. Je l'aimais bien, Oncle Jerry. Il jouait avec moi. Pourquoi il a voulu me faire mal ?

— Je ne sais pas exactement. Les gens perdent la tête, parfois. Comme nous, tu te souviens, en février, quand je suis allée à ce congrès ? On a un peu perdu notre calme, nous aussi. Ce sont des choses qui arrivent.

Cessant de découper, Sheila laissa le papier et les ciseaux glisser de ses doigts sur la table. Pendant un long moment, elle resta immobile et muette, les yeux fixés sur le papier et les ciseaux, et sur ses mains encore ouvertes. Son menton trembla.

— Les choses ne sont jamais vraiment comme on aimerait qu'elles sont, hein ?

Elle ne me regardait pas.

Je ne dis rien, ne sachant que répondre.

Elle posa le visage sur la table, dans une attitude de défaite.

— Je veux plus être moi. Je veux plus.

— C'est dur, quelquefois, répondis-je, désemparée, sentant que je devais dire quelque chose.

Elle tourna la tête vers moi, mais la laissa reposer sur la table, dans le carnage de ses silhouettes découpées. Ses yeux étaient sans éclat.

— Je voudrais être quelqu'un comme Susannah Joy et avoir des tas de jolies robes. Je veux plus être ici. Je veux être normale et aller dans une école pour les enfants normaux. Je veux plus jamais être moi. J'en ai assez. Mais je sais pas comment faire.

Je la regardais. J'ai souvent l'impression d'avoir enfin perdu mon innocence. Je me dis chaque fois, bon, je viens de voir ce qu'il y a de pire, la prochaine fois je n'aurai pas aussi mal. Et je découvre que j'ai toujours aussi mal.

18.

Je décidai, entre autres grandes activités de cette fin d'année scolaire, que notre classe monterait un spectacle pour la Fête des Mères. L'un des plus grands drames de l'éducation spécialisée réside dans le fait que les enfants déficients peuvent rarement participer aux réjouissances traditionnellement réservées aux enfants. Progresser avec eux au jour le jour est déjà, semble-t-il, une performance. J'ai toujours refusé cette idée. A la longue, une manière de vivre aussi sommaire manque singulièrement de piquant. N'est-il pas vrai que c'est le glaçage du gâteau, plus que le gâteau lui-même, qui met l'eau à la bouche ? Je tentais donc de compenser cette carence en organisant dans ma classe quelques-unes des activités les plus appréciées des enfants normaux.

La réunion des parents d'élèves que nous avions convoquée en octobre ne s'était pas trop mal passée. Je décidai donc qu'ils seraient d'une aide précieuse pour donner un peu de relief à ce mois de mai. Mettre au point un spectacle auquel participeraient des gamins tels que Susannah, Freddie et Max n'était pas chose aisée. Mais grâce à mon qroupe de parents, je rassemblai quelques chansons, un poème ou deux, et une saynète regorgeant des inévitables fleurs et champignons dont les tout petits adorent agrémenter leur théâtre.

Les enfants étaient complètement ravis, mais Peter voulut monter une pièce plus ambitieuse. La plupart d'entre eux venaient de voir *Le Magicien d'Oz,* rediffusé pour la millième fois à la télévision, et ils se prononcèrent pour cette comédie. Je leur expliquai qu'avec seulement cinq acteurs dignes de ce nom, ce serait plutôt difficile, d'autant plus qu'aucun d'eux, à l'exception de Sheila, ne lisait très bien. Mais Peter fut inflexible : il refusait de jouer une fleur des bois, et préférait faire l'Homme de Fer-Blanc. Sarah acquiesça. Ils avaient joué *Le Magicien d'Oz* dans la cour de récréation, et elle trouvait que c'était très bien. Je cédai, finalement, en déclarant que si Peter et Sarah arrivaient à monter un scénario qui incluait des rôles pour Freddie et les autres, et où Guillermo pourrait avoir un bon rôle malgré son handicap, je les laisserais faire.

Nous commençâmes donc à répéter. De fait, nous apprenions les chansons depuis le mois d'avril, mais les modifications de Peter n'intervinrent qu'en mai, après le retour de Sheila parmi nous. De toute évidence, notre Fête des Mères serait un peu en retard par rapport à la date officielle. Je bénis le ciel que Sheila eût une aussi bonne mémoire. Elle chantait relativement bien et se souvenait de tout ce que je lui faisais apprendre. Je la fis donc jouer dans la majeure partie du spectacle, ainsi que Max, que sa déficience mentale avait doté du pouvoir de répéter d'énormes quantités de mots, encore que ce ne fût pas toujours nécessairement à bon escient.

J'avais demandé à Sheila si elle désirait la présence de son père. La plupart des autres pères viendraient, car bien que ce fût un spectacle de Fête des Mères, c'était l'une des rares occasions que les parents avaient de voir leurs enfants dans une activité scolaire joyeuse et frivole. En outre, je souhaitais que toutes les familles se sentent libres d'assister à toutes nos occupations. Je posai donc la question à Sheila, sachant que si elle voulait que son père vienne, il faudrait s'organiser pour l'amener à l'école.

Elle grimaça un instant sous l'effort de la réflexion.

— Il voudra pas venir.

— Anton pourra aller le chercher, s'il veut venir. Si nous le savons à l'avance, ce ne sera pas un problème.

— Je pense pas qu'il viendra, de toute façon. Il aime pas tellement l'école.

— Mais il te verrait jouer la pièce et chanter ta chanson. Je parie que ton papa serait fier de te voir faire toutes ces choses. (Je m'assis sur l'une des petites chaises, pour être à sa hauteur.) Tu sais, Sheil, tu as vraiment fait des progrès, depuis janvier. On dirait que tu n'es plus la même petite fille. Tu ne fais plus de bêtises comme avant.

Elle hocha vigoureusement la tête.

— Avant, je cassais tout le temps des choses. Mais plus maintenant. Et je parlais pas quand j'étais en colère. J'étais vilaine.

— C'est beaucoup mieux, maintenant, c'est vrai. Et tu sais quoi ? Je suis sûre que ton papa aimerait voir tous les progrès que tu as faits. Je pense qu'il serait fier de toi, car je crois qu'il ne se rend pas compte de l'importance que tu as dans cette classe.

Sheila rumina un moment : elle me dévisageait en louchant.

— Peut-être qu'il voudra venir.

Je hochai la tête.

— Peut-être, oui.

Le matin du spectacle, Chad entra dans la classe, une grosse boîte dans les bras. Anton installait le décor et Sheila se brossait les dents.

— Qu'est-ce que tu fais ici ? lui demandai-je, surprise

— Je viens voir Sheila.

Sheila sauta joyeusement de la chaise sur laquelle elle avait grimpé et courut vers lui.

— Va cracher ton dentifrice, d'abord, lui dit Chad.

Elle fila vers l'évier et revint aussitôt, des traces de dentifrice autour des lèvres.

— Je crois savoir que tu vas jouer une pièce, aujourd'hui.

— Oui ! s'écria-t-elle, en sautillant autour de lui. Je vais jouer Dorothy et Torey va me faire des nattes. Et je vais chanter une chanson et réciter un poème, et mon papa va être là et il va me regarder ! (Elle était à bout de souffle à la fin de la tirade, qu'elle avait débitée trop vite.) Tu seras là aussi ?

— Non. Mais je t'ai apporté un cadeau pour fêter tes débuts sur les planches.

Sheila écarquilla les yeux.

— A moi ?

— Oui, à toi.

De bonheur elle enlaça ses genoux, avec une telle fougue qu'il vacilla dangereusement.

Je savais ce que contenait la boîte — une robe longue, rouge, blanche et bleue, dont la poche de devant était ornée de dentelle. Une robe superbe et coûteuse que Chad avait rapportée d'un récent voyage à New York. Je lui avais dit ce qu'il en était de l'autre, et combien Sheila se sentait vulnérable, désormais, en robe. Il avait donc acheté une robe longue plutôt qu'une courte. Le soir où il me l'avait montrée, ses yeux pétillaient comme ceux d'un petit garçon. Je l'imaginais dans les grands magasins de New York, sa haute carcasse de footballeur surplombant les cintres miniatures des robes de petites filles, tandis qu'il tentait de décrire au vendeur, de ses bras grands ouverts, l'exceptionnelle enfant, là-bas en Iowa, pour qui il désirait cette robe exceptionnelle. Chad était convaincu d'avoir trouvé précisément ce dont rêvait Sheila. Il pensait que cela effacerait l'horreur du mois passé, en restituant au moins un peu de la magie de cette soirée du procès.

Sheila déchira le papier et souleva le couvercle de la boîte. Elle hésita une seconde, le regard fixé sur le papier de soie qui en cachait en partie le contenu. Très, très lentement, elle tira la robe de la boîte, les yeux immenses et tout ronds. Elle regarda Chad, à genoux par terre à côté d'elle.

Puis elle la laissa retomber dans la boîte et baissa la tête.

— Je veux plus jamais porter de robe, murmura-t-elle d'une voix rauque.

Chad se tourna vers moi, désemparé et déçu. Je vins vers eux et m'agenouillai.

— Tu ne penses pas que ce serait bien, cette fois ?

Elle secoua la tête. Je regardai Chad.

— Il faut que nous parlions une minute toutes les deux, excuse-nous.

Je me levai et emmenai Sheila à l'autre bout de la pièce, derrière les cages des animaux. Je savais dans quel désarroi devait se trouver Chad. Je savais aussi que Sheila était au supplice. Elle adorait les belles choses, et la robe que Chad lui apportait était époustouflante, bien plus jolie que la rouge et blanche qu'il lui avait achetée en mars. Mais ce qui lui était arrivé était trop récent, et la blessure trop fraîche.

Le temps que je l'entraîne derrière les cages, elle avait le visage crispé, les yeux pleins de larmes. Elle appuya ses doigts contre ses tempes pour tenter de refouler ses pleurs, mais pour la première fois depuis qu'elle était dans ma classe, elle en fut incapable. Sur ses joues, des petits filets d'eau ruisselèrent et elle éclata en sanglots.

Il était enfin venu, ce moment que j'attendais depuis de longs mois, et qui tôt ou tard, je le savais, devait arriver.

Pendant plusieurs minutes, je restai sans bouger, assise avec elle à l'abri des cages. Elle m'avait tant surprise en pleurant pour de bon que je ne pus que la regarder un moment. Puis je la pris dans mes bras et la serrai fort contre moi. Elle s'agrippa à ma chemise, et je sentis la douleur sourde de ses doigts qui s'enfonçaient dans ma peau. Quand je vis qu'elle avait perdu tout contrôle d'elle-même et n'était pas près de se ressaisir, je la soulevai dans mes bras et sortis de notre cachette. Il fallait que je trouve un endroit où nous ne serions dérangées ni par les autres gamins, ni par les préparatifs de la fête.

— Qu'est-ce que j'ai fait ? me demanda Chad, son doux visage chaviré, consterné. Je ne voulais pas...

Je secouai la tête.

— Ne t'en fais pas. Pose la robe là-bas. Je reviens dans un petit moment, d'accord ? (Je me tournai vers Anton.) Peux-tu t'occuper de la classe pendant ce temps ?

Le seul endroit où nous pourrions être vraiment seules et tranquilles était la réserve à livres. Je traînai une chaise d'enfant tout en portant Sheila, ouvris la porte du réduit et entrai, fermant à clé derrière moi. J'appuyai la chaise à une pile de livres de lecture et m'assis, cherchant à installer Sheila commodément sur mes genoux.

Elle sanglotait fort, mais non plus de manière hystérique, comme au début. Mais elle pleura, pleura longtemps. Je me contentai de la tenir dans mes bras, en balançant la chaise sur ses pieds de derrière, et je sentais ses larmes mouiller mes bras et ma poitrine et son souffle brûlant dans la pièce exigiguë. Tout d'abord, mon cerveau s'activa : comment Anton s'en sortait-il, seul avec tous les gamins énervés à l'idée de jouer cette pièce ? Et le spectacle, comment se passerait-il ? Eh Sheila ? Au bout d'un moment, mes réflexions tournèrent court, et je restai là, à me balancer, sans penser à rien en particulier, sinon que mes bras commençaient à se fatiguer.

A la fin, les pleurs cessèrent. Sheila n'était plus qu'un petit tas frissonnant et trempé. L'épuisement avait détendu tous ses muscles. L'atmosphère du réduit était humide et torride, et nous dégoulinions toutes deux de salive, de larmes et de morve. J'écartai doucement les mèches mouillées de son visage en me demandant quelle sorte de déclic le cadeau de Chad avait bien pu provoquer dans sa tête pour qu'elle cède enfin.

— Tu te sens un peu mieux ? dis-je tout bas.

Elle ne répondit pas mais resta contre moi, le corps secoué des hoquets et des frissons qui suivent toujours les grandes crises de larmes.

— Je vais vomir.

Mes réflexes professionnels entrant instantanément en action, je sortis de la pièce et entraînai Sheila dans les toilettes des filles non loin de là. Quand elle émergea du cabinet, elle avait l'air à bout de forces, le visage rouge et gonflé, la démarche incertaine. De fines traces de dentifrice apparaissaient encore sur son menton. Je la soulevai dans mes bras.

— Cela arrive quelquefois, dis-je en retournant vers notre refuge. Quelquefois, quand on pleure vraiment beaucoup, on a envie de vomir.

Elle hocha la tête.

— Je sais.

Nous n'avions qu'une chaise pour deux, mais elle s'installa volontiers sur mes genoux et se laissa aller lourdement contre mon chemisier trempé. Nous restâmes un moment sans parler.

— J'entends ton cœur battre, dit-elle enfin.

Je lui caressai la tête.

— Tu ne penses pas que nous devrions retourner en classe ? Ils doivent être en plein calcul, maintenant.

— Non.

Le silence flotta de nouveau autour de nous. Un millier d'idées me traversaient l'esprit, et je ne savais pas en formuler une seule.

— Tor ?

— Oui ?

— Pourquoi il m'a acheté cette robe ?

La pensée me vint alors que Sheila croyait peut-être que Chad lui avait offert la robe pour le même motif qui avait poussé son oncle Jerry à lui dire qu'il aimait bien sa robe rouge et blanche. Quelle idée épouvantable cela avait dû être pour elle, d'imaginer que Chad, si loyal, si bon, si adorable, voulait la voir en robe pour pouvoir, comme l'oncle Jerry, l'approcher plus à son aise. Ce n'était qu'une hypothèse, mais qui me dissuada de répondre que Chad avait agi par « amour ».

— Parce que je lui avais dit que l'autre était abîmée. Il a pensé que tu aimerais peut-être avoir quelque chose de joli à te mettre pour jouer dans la pièce. (Je glissai mes doigts dans ses mèches soyeuses.) J'avais oublié de lui dire que tu ne portais plus de robe. C'est de ma faute.

Elle ne répondit rien.

— Tu sais, n'est-ce pas, que Chad ne te ferait jamais ce que t'a fait Oncle Jerry. Il sait qu'il ne faut pas faire ce genre de chose aux petites filles. Il ne t'a pas apporté cette robe pour te faire du mal. Il ne voudrait surtout pas te faire du mal.

— Je sais. J'ai pas fait exprès de pleurer.

— Oh ! mon cœur, ce n'est pas grave. Chad sait combien tout cela a été dur pour toi. Il n'y a pas de honte à pleurer. Parfois, c'est le seul moyen de se sentir mieux. C'est vrai pour tout le monde. Il n'y a pas de honte.

— J'avais envie de cette robe, dit-elle tout bas. (Elle se tut.) J'en avais envie. J'ai eu peur, c'est tout. Et je ne pouvais plus m'arrêter.

— Ce n'est pas grave, je t'assure. Chad connaît bien les petites filles. Et chacun de nous ici aussi.

— Je sais pas pourquoi j'ai pleuré. Je sais pas ce qui s'est passé.

— Ne t'en fais donc pas.

L'inquiétude de m'être absentée si longtemps, alors que je savais les enfants survoltés par le spectacle, me força à réagir.

— Sheil, il faut que je retourne en classe. Les enfants sont tous là et Anton est seul. Je te propose deux choses.

Tu peux venir avec moi, ou alors, si tu n'en as pas très envie, tu peux aller te reposer à l'infirmerie un moment.

— Est-ce que je dois rentrer à la maison parce que j'ai vomi ?

— Non. Tu n'es pas malade, ni rien.

Elle glissa de mes genoux.

— Je peux me reposer un peu ? Je suis fatiguée.

J'expliquai à la secrétaire que Sheila avait besoin de s'allonger, qu'il était inutile de la renvoyer chez elle et que je reviendrais la voir dans une demi-heure, à la récréation. La secrétaire nous donna une couverture et j'installai Sheila sur l'un des lits.

— Torey ? demanda-t-elle tandis que je bordais la couverture. Est-ce que tu penses que je pourrais encore avoir la robe ? Ça me dérangerait pas vraiment de la porter, tu sais.

Je hochai la tête en souriant.

— Oui. Chad l'a laissée pour toi.

Quand je revins à la récréation, Sheila dormait. Elle dormit jusqu'à la fin de la matinée, et je vins la chercher pour déjeuner.

A juste titre, L. Frank Baum et Judy Garland durent se retourner dans leurs tombes cet après-midi de moi-là. En dehors du titre et des personnages, le spectacle que donnèrent les enfants n'avait qu'un très lointain rapport avec le célèbre *Magicien d'Oz.*

Sheila parvint à jouer Dorothy essentiellement grâce à sa vivacité de réflexion et à ses dons d'improvisation. Tyler et Sarah avaient convoité le rôle, ce qui avait provoqué, pendant quelque temps, des discussions peu amènes, et failli aboutir à l'éclatement de l'équipe de production Sarah-Peter. Mais Peter semblait avoir le dernier mot dans la distribution, et il choisit Sheila. Tyler se vit attribuer l'ingrate tâche d'incarner toutes les ignobles sorcières.

Sarah fut métamorphosée en Epouvantail. William joua le Lion Peureux et Guillermo le Magicien en personne. Curieusement, Peter désigna Susannah pour le rôle de la Bonne Fée Glenda, personnage également très convoité. La seule raison de ce choix, à mon avis, était la délicate beauté de Susie, qui en faisait une fée très convaincante, même sans costume ; mais Peter avait des raisons bien à lui, qu'il refusa de dévoiler. Freddie fut le seul Munchkin de la troupe et Max un pauvre singe ailé solitaire. Peter, bien entendu, joua l'Homme de Fer-Blanc.

Seuls des parents, des enseignants ou des individus ayant un goût morbide pour les enfants qui font rire sans le vouloir, pouvaient apprécier à sa juste valeur *Le Magicien d'Oz* dans la version qui en fut donnée par ma classe. Sheila, complètement remise de ses émotions du matin, avait revêtu la robe de Chad, et dédaigna le costume que Whitney avait cousu pour elle. Revigorée par un somme de deux heures, elle bondissait de-ci de-là tout en parlant, bousculant décor et piquets. Freddie, par contre, refusait de bouger. Il resta assis à la même place, un ridicule bonnet de Munchkin planté sur le crâne, et faisait des signes de la main à sa mère, dans la salle. Sheila trébucha sur ses grosses jambes et s'affala sur lui. Finalement, il fallut qu'Anton vînt le sortir de scène quand son rôle fut terminé. Le Lion Peureux allait comme un gant à William, et ce fut peut-être parce qu'il savait si bien ce qu'était la peur qu'il incarna de tous le personnage le plus réaliste, frissonnant et tremblant de tous ses membres aux quatre coins de la scène. Mais la grande surprise fut Susannah Joy, qui se débrouilla fort bien dans le rôle de Glenda. Elle entra sur scène comme une plume et flotta, aussi détachée de la réalité qu'elle l'était d'habitude, en marmonnant toute seule, d'une petite voix très aiguë. Dans le cadre de la pièce, cette attitude fut du plus bel effet.

Le seul problème vraiment grave qui se posa fut la déplaisante manie que prit Sheila d'allonger à loisir son texte et de raconter des morceaux de l'histoire pour le cas où le public n'aurait pas compris ce qui se passait. Et tandis qu'elle se lançait dans des monologues interminables, les autres devaient rester plantés là, l'air stupide. Finalement, Peter rentra sur scène pendant l'une de ses tirades et lui intima l'ordre de sortir.

Le reste du spectacle fut charmant. Personne n'oublia ses vers, et les chansons furent interprétées avec un enthousiasme vibrant, quoiqu'en dehors du ton. Après quoi nous dégustâmes des gâteaux et du punch, tandis que les enfants montraient à leurs parents ce qu'ils avaient fait à l'école.

Le père de Sheila fut de la fête. Vêtu de son vieux costume tendu à craquer sur son ventre énorme, et empestant l'après-rasage bon marché, il s'assit sur l'une des minuscules chaises. Je le vis sourire pour la première fois à sa fille lorsqu'elle courut vers lui à la fin de la première partie. Il avait eu la gentillesse de ne pas boire avant de venir, et semblait content d'être parmi nous. Il ne fit pas de remarque sur la nouvelle robe de Sheila, si bien qu'à la fin de la fête je m'approchai et lui expliquai que c'était Chad qui la lui avait achetée. Il observa longuement sa fille, puis se tourna vers moi, en tirant de la poche de son veston un portefeuille râpé.

— J'ai pas beaucoup, fit-il d'un air tranquille.

Je fus prise de panique, pensant qu'il allait me proposer de payer la robe et connaissant sa valeur. Mais il avait une autre idée en tête.

— Si je vous donne de l'argent, vous voudrez bien acheter quelques vêtements de tous les jours à Sheila ? Je sais qu'elle en a besoin et... enfin, il vaut mieux une femme pour ce genre de chose... (Sa voix se perdit et il détourna les yeux.) Si je garde cet argent... voyez-vous, c'est que j'ai un petit problème. Je me demandais...

Il tenait à la main un billet de dix dollars.

Je hochai la tête.

— C'est promis. Je l'emmènerai en ville après l'école la semaine prochaine.

Il me sourit, les lèvres serrées, d'un sourire discret, mélancolique. Puis, avant que j'aie eu le temps de m'en rendre compte, il disparut. Je regardai le billet. On ne pouvait plus guère acheter grand-chose pour cette somme. Mais il avait fait un effort. A sa manière, il tenait à s'assurer que cet argent irait où il devait aller, avant d'être englouti dans une bouteille. Malgré moi, j'eus de la sympathie pour cet homme, et je ressentis pour lui une immense pitié. Sheila n'était pas la seule victime ; son père, sans aucun doute, désirait et méritait autant de tendresse qu'elle. Il y avait eu autrefois un petit garçon dont personne n'avait jamais soulagé la souffrance. Aujourd'hui c'était un homme.

19.

Soudain, il ne resta plus que trois semaines avant la fin de l'année scolaire. Je me tourmentais pour toutes les choses que nous n'avions pas eu le temps de faire. Et il y en avait. Je commençais également à préparer mon départ, qui était fixé peu après le début des vacances. Je passais mes soirées à empaqueter mes affaires et à trier tout ce que j'avais accumulé au fil des années.

Je n'avais pas encore annoncé aux enfants que la classe serait supprimée. Certains d'entre eux savaient déjà qu'ils rejoindraient des filières normales à la rentrée suivante. William irait en cours moyen première année et serait suivi par un psychologue. Depuis trois mois, il quittait régulièrement la classe pour assister, dans une classe de cours élémentaire du bâtiment principal, aux leçons de lecture et de calcul. Tyler aurait également une nouvelle orientation. Elle resterait toujours dans un groupe limité à un petit effectif, mais sa vie serait plus proche de celle d'une élève normale.

Nous n'avions rien décidé encore pour Sarah. Car si elle se débrouillait bien dans notre classe, elle se repliait encore sur elle-même dès qu'elle se trouvait dans un groupe plus important. J'estimais qu'elle aurait besoin d'une autre année dans une classe spécialisée, mais elle était presque prête. Peter ne quitterait jamais le cadre d'un enseignement spécialisé. Son comportement continuait à se détériorer, en raison de dégradations neurologiques de plus en plus graves. Il était trop violent, coléreux et impulsif pour s'adapter à autre chose qu'à un groupe fortement structuré. La famille de Guillermo devait déménager. Et Max, Freddie et Susannah iraient dans des classes spécialisées. Freddie serait placé dans un groupe d'enfants profondément attardés, où l'éducatrice espérait qu'il ne poserait pas trop de problèmes. Elle était venue plusieurs fois observer son comportement dans ma classe. Max avait fait de grands progrès. Il utilisait beaucoup plus de structures de langage normales et moins d'écholalies. Lui et Susannah rejoindraient une classe pour enfants autistiques.

Et Sheila ? Sheila. Je n'avais pas encore discuté avec elle de l'éclatement imminent de notre groupe. Je remettais toujours à plus tard, ignorant ce qui se passerait si je lui en parlais. En un mot, j'avais peur. Elle était bien loin, la petite boule terrorisée qu'on avait traînée dans ma classe un matin de janvier ; loin, l'enfant dépendante qui n'avait pas lâché ma ceinture de tout février. Elle avait oublié Jimmie, et ne faisait presque plus jamais allusion à son abandon sur l'autoroute. Mais elle était fragile. J'estimais qu'elle n'avait plus sa place dans une classe spécialisée. Je redoutais, en fait, qu'en raison de ses facilités d'élocution et de son autonomie, on ne prît pas assez soin d'elle dans un tel groupe. Je craignais que cela ne l'entraînât à adopter des attitudes négatives dans le seul but d'attirer sur elle l'attention dont elle avait besoin. Ce qu'il lui fallait, c'était simplement quelqu'un qui s'occupe d'elle. J'envisageai de suggérer à Ed de la placer en cours élémentaire, bien qu'elle fût encore un peu jeune, afin qu'elle côtoie des enfants plus proches d'elle sur le plan scolaire et social. Car malgré ses problèmes affectifs, elle était mûre pour son âge. En outre, j'avais une amie qui enseignait en cours élémentaire à l'autre bout de la ville. Les autorités accepteraient certainement d'assurer le transport de

Sheila, car cette école était plus près du baraquement des saisonniers que la mienne, et aussi parce que financer sa scolarité dans une classe normale reviendrait moins cher que dans un établissement spécialisé. Et Sandy prendrait grand soin de Sheila, par amitié pour moi. J'avais besoin de cet argument-là pour me rassurer.

Afin d'habituer Sheila au rythme d'une classe normale, je décidai de l'envoyer en calcul dans l'un des cours préparatoires de notre école. Nancy Ginsberg, collègue agréable et dévouée qui enseignait à ce niveau, avait été parmi les premières à me proposer des activités communes. J'allai donc vers elle, un après-midi, dans la salle des maîtres, et lui demandai si elle accepterait de prendre Sheila en calcul. Je lui expliquai qu'elle avait largement dépassé le niveau du cours préparatoire, mais que je souhaitais qu'elle quitte ma salle une heure environ chaque jour, afin de se réadapter aux contraintes d'une classe normale. Le calcul était la matière qu'elle possédait le mieux, et cela me semblait la meilleure façon de commencer. Nancy accepta.

— Tu veux que je te dise quelque chose ? demandai-je à Sheila pendant que nous rangions les jouets, après l'heure des jeux.

— Quoi ?

— Tu vas faire un truc formidable. Tu vas aller dans une classe normale une partie de la journée.

Elle leva vivement les yeux vers moi.

— Hein ?

— J'ai parlé à Mrs. Ginsberg et elle m'a dit que tu pouvais venir suivre les cours de calcul dans sa classe tous les jours.

— Comme William ?

— Exactement.

Elle se pencha de nouveau sur les pièces d'un meccano qu'elle était en train de mettre en ordre.

— Je veux pas.

— Tu ne t'es pas encore habituée à cette idée. Mais tu en auras envie, tu verras. Pense que c'est une classe normale. Tu te souviens, un jour tu m'as dit que tu souhaitais tant aller dans une classe normale ? C'est ce que tu vas faire.

— J'irai pas.

— Pourquoi ?

— C'est ici, ma classe. J'irai pas dans la classe de personne d'autre.

— C'est juste pour le calcul.

Elle fronça le nez.

— Mais c'est ce que je préfère, ici. C'est pas juste de me faire partir quand c'est le moment que je préfère.

— Tu pourras faire du calcul ici aussi, si tu veux. Mais tu en feras dans la classe de Mrs. Ginsberg, à partir de lundi.

— Non, j'irai pas.

Sheila n'était pas du tout enchantée par cette idée. A chacun de mes arguments elle trouva une parade. Elle passa le reste de la journée de bouderies en colères, sans me laisser le loisir de changer de sujet. Au début de l'après-midi, j'en avais assez et déclarai carrément que j'avais déjà entendu plus de jérémiades que je n'en pouvais supporter. Elle irait, elle avait deux jours pour s'y préparer et je ferais tout mon possible pour lui rendre la chose plus facile, mais elle irait.

Sheila tapa des pieds d'un air rageur et se dirigea à grands pas vers la cage d'Onions, dont elle se mit à racler violemment les barreaux. Après avoir écouté un moment le fracas qu'elle faisait sur la cage, dont fort heureusement Onions était absent à cette heure, je la rejoignis et la traînai jusqu'à la table, en lui donnant le choix de changer d'attitude ou d'aller s'asseoir dans le coin. A ces mots, Sheila bondit sur ses pieds et se dirigea d'un air provocant vers le coin de repos. Tournant bruyamment la chaise vers le mur, elle s'assit.

Je la laissai. Je revins aider William qui faisait un dessin et ne m'occupai plus d'elle. Elle resta là le reste de l'après-midi, malgré l'assurance qu'elle reçut d'Anton et de moi qu'elle pouvait revenir si elle était calmée, et même malgré la proposition que lui fit Sarah de l'aider à servir le goûter.

Comme elle semblait avoir l'intention très nette de me contrarier, je la laissai avec Anton après la classe et allai faire mes préparations dans la salle des maîtres. Si Sheila faisait encore un caprice, mieux valait la laisser seule. Quand je revins, peu avant cinq heures, elle se prélassait sur un coussin, plongée dans un livre.

— Ta colère est passée ? demandai-je.

Elle hocha la tête d'un air indifférent, sans lever le nez de sa lecture.

— Tu vas le regretter, si tu m'obliges à y aller.

— Qu'est-ce que cela signifie, s'il te plaît ?

— Je serai pas sage, si je dois aller là-bas. Je vais faire des bêtises et elle me renverra ici. Comme ça, tu pourras plus me forcer.

— Sheila, fis-je, exaspérée, réfléchis un instant à ce que tu viens de me dire. Ce n'est pas réellement ce que tu as envie de faire.

— Si, répondit-elle, sans lever les yeux.

Je jetai un coup d'œil à la pendule. Je voyais s'approcher dangereusement l'heure à laquelle elle devrait partir. Je détestais la voir dans cette humeur. Je vins vers elle, me mis à genoux.

— Qu'est-ce que tu as, poussin ? Pourquoi ne veux-tu pas y aller ? Je pensais que cela te ferait plaisir, de retourner dans une classe normale.

Elle haussa les épaules.

Je lui retirai le livre des mains afin qu'elle me regarde.

— Sheil, dis-moi ce que tu penses. Tu sais bien que je ne peux pas t'envoyer là-bas si tu as l'intention de faire des bêtises. Tu me coinces, là, parce que je ne veux pas que Mrs. Ginsberg ait des problèmes. Mais ce n'est pas possible que tu aies envie de faire ça.

— Si.

— Sheil...

Elle me regarda enfin dans les yeux, de son beau regard liquide.

— Pourquoi tu veux plus que je reste ici ?

— Je n'ai jamais dit ça. J'ai envie que tu restes ici. Bien sûr, que j'en ai envie. Mais je veux que tu saches comment se déroule une vraie classe, pour que tu puisses y retourner ensuite.

— Je sais déjà comment c'est, une vraie classe. J'y étais, avant de venir ici. Mais je préfère être dans cette classe de fous.

L'aiguille de la pendule glissait vers cinq heures.

— Ecoute, Sheil, nous n'avons plus le temps. Tu vas devoir courir pour attraper ton car. Je t'en reparlerai demain.

Sheila refusa d'en discuter de nouveau et tint parole.

Je l'envoyai pour trente-cinq minutes, le lundi matin, dans la classe de Mrs. Ginsberg. Au bout d'un quart d'heure, Anton dut aller la récupérer. Elle avait déchiré des devoirs, jeté des stylos et fait trébucher un pauvre petit élève innocent qui était le double de sa taille. Anton la ramena par la main, hurlant et donnant des coups de pied. A la seconde où la porte se ferma derrière eux et où ils furent en sécurité dans la classe, Sheila s'arrêta. Un sourire de contentement effleura ses lèvres. Je me laissai tomber sur une chaise à côté de Max et me couvris les yeux tandis qu'Anton la conduisait au coin.

Parce que son comportement m'avait rendue furieuse et que je n'étais pas sûre de pouvoir répondre de moi pendant un certain temps, et aussi parce que je savais que le temps était venu de discuter vraiment de ce qui allait se passer l'année suivante, je ne l'entrepris pas immédiatement sur l'attitude qu'elle venait d'avoir chez Mrs. Ginsberg. Quand je fus calmée, je lui dis qu'elle pouvait quitter le coin et se joindre à nous, après quoi je poursuivis nos activités habituelles.

Sheila semblait terrorisée à l'idée de se retrouver face à moi. Tout le reste de la journée, elle se montra envers moi d'une sollicitude excessive, et s'assura que je voyais bien comme elle était sage. Egalement, le fait que je ne mentionne plus l'infraction, en dehors du séjour au coin, était nouveau, et l'inquiétait encore plus. Elle me demanda, à un moment donné, quand j'allais me mettre en colère contre elle. Je lui souris, afin qu'elle n'interprète pas ma soudaine indifférence comme un signe de plus que je voulais me débarrasser d'elle. Je lui dis donc que nous en discuterions plus tard, quand nous aurions le temps. Mais elle resta nerveuse et m'épia de loin jusqu'à la fin de l'après-midi.

J'accompagnai les enfants à leurs cars après la classe. Quand je revins dans la salle, Sheila se tenait debout contre le mur du fond, près des cages, les yeux écarquillés et remplis de crainte. De la tête, je lui désignai l'une des tables.

— Viens ici, poussin. Je pense qu'il est temps que nous parlions.

Elle approcha d'un pas hésitant et s'assit de l'autre côté de la table. Son visage était méfiant, ses yeux dilatés.

— Tu es en colère après moi ?

— A cause de ce matin ? Ce matin je l'étais, mais plus maintenant. Non, j'aimerais simplement savoir ce qui se passe dans ta tête. Je n'arrive pas à comprendre pourquoi tu ne veux pas y aller. La semaine dernière, tu as refusé d'en discuter. Je voudrais savoir. Tu as généralement de bonnes raisons quand tu décides quelque chose, je te fais confiance.

Elle me dévisageait.

— Alors ?

— C'est être ici, ma classe, répondit-elle, reprenant cette tournure qui avait pratiquement disparu de son discours.

— Oui. Je n'essaie pas de t'en chasser. Il ne s'agit que de trente-cinq minutes dans toute la journée. De plus, je pense qu'il faut que tu commences à envisager d'aller dans une classe normale l'an prochain.

— J'irai pas dans une classe normale. C'est être ici, ma classe.

Je la considérai un long moment.

— Sheil, nous sommes en mai. L'année scolaire se termine dans quelques semaines. Il est temps de penser à l'année prochaine.

— Je serai ici, l'année prochaine.

Mon cœur se serra.

— Non, répondis-je tout bas.

Ses yeux lancèrent des éclairs.

— Si ! Je serai la fille la plus méchante du monde. Je ferai des tas de vilaines choses pour qu'ils me remettent avec toi. Et ils t'empêcheront de m'envoyer ailleurs.

— Oh ! Sheil, suppliai-je.

— J'irai nulle part ailleurs. Je serai de nouveau méchante.

— Ce n'est pas ce que tu crois, chaton. Je ne te mets pas à la porte. Au nom du ciel, Sheila, écoute-moi, veux-tu ?

Elle avait mis les mains sur ses oreilles. Elle leva vers moi des yeux furieux. Furieux et meurtris, et où scintillait l'éclat ancien du désir de vengeance.

— Cette classe ne sera plus là, dis-je, si doucement que les mots étaient presque inaudibles.

Mais elle entendit au travers de ses mains.

Comme une vague, l'expression de son visage se transforma et elle baissa les mains. La colère reflua, la laissant toute blême.

— Qu'est-ce que tu veux dire ? Où est-ce qu'elle va ?

— Il n'y aura plus de classe. Les responsables ont décidé qu'on n'en avait plus besoin. Chacun de vous peut aller dans une autre classe.

— On n'en a plus besoin ? s'écria-t-elle. Bien sûr qu'on en a besoin ! J'en ai besoin, moi. Je suis encore folle. J'ai besoin d'une classe de fous. Et Peter aussi. Et Max. Et Susie. On est tous des petits fous.

— Non, Sheil, tu n'es pas folle. Et je crois bien que tu ne l'as jamais été. En tout cas, tu ne l'es plus. Il est temps que tu cesses de le penser.

— Alors je le serai. Je ferai encore des tas de méchancetés. J'irai pas nulle part.

— Sheil, je ne serai plus là non plus.

Son visage se pétrifia.

— Je déménage en juin. Après la fin de l'école, je m'en vais. C'est vraiment dur pour moi de te dire ça, car je sais que nous sommes devenues de grandes amies. Mais le moment est venu. Je ne t'aime pas moins, et je ne pars pas à cause de quelque chose que tu as fait ou que tu n'as pas fait. Ma décision n'a rien à voir avec toi. C'est une décision de grande personne.

Elle continuait à me regarder, les coudes sur la table, les mains nouées, la joue contre les poings. Ses yeux couleur d'eau scrutaient mon visage sans le voir.

— Tout a une fin, Sheil. Je suis institutrice, et mon travail s'arrête en juin. Nous avons passé des moments formidables, toi et moi, et je ne voudrais les oublier pour rien au monde. Tu as tellement changé. Et moi aussi, tu sais. Nous avons grandi ensemble, et il est temps maintenant de voir comment nous pouvons nous débrouiller. Je pense que nous sommes prêtes. Toi aussi. Je pense que tu es capable de te lancer à l'aventure. Tu es assez forte.

Ses yeux se remplirent soudain de larmes, qui débordèrent et se mirent à glisser rapidement sur ses joues rondes et son menton. Mais elle resta immobile, sans ciller, le visage toujours appuyé contre les poings. Je ne savais plus que dire. J'oubliais souvent qu'elle n'avait que six ans. En juillet, elle en aurait sept. Je l'oubliais à cause de son regard, qui était si vieux.

Elle posa lentement les mains sur la table et baissa la tête. Elle resta ainsi un moment, sans essuyer les larmes qui continuaient à tomber sans bruit. Puis elle se leva et me tourna le dos, se dirigea vers l'autre bout de la pièce, où elle s'assit par terre, au milieu des coussins. Elle se cacha le visage dans les mains. Aucun son ne sortait d'elle.

Je restai à ma place sans dire un mot, ressentant vivement sa douleur, et qui était aussi, j'imagine, ma propre souffrance. M'étais-je réellement trop impliquée ? Malgré ses progrès évidents, l'avais-je rendue trop dépendante de moi ? Aurais-je dû la laisser dans l'état où je l'avais trouvée en janvier et me contenter de lui enseigner quelques bribes de savoir, plutôt que de l'accoutumer aux épreuves quotidiennes de la tendresse ? J'avais toujours passé, parmi mes collègues, pour une marginale. J'étais de ceux qui préfèrent aimer et souffrir, notion qui n'est guère prisée en matière d'éducation. Les cours, les spécialistes nous mettaient en garde contre l'investissement affectif. Bon, c'était au-dessus de mes forces. Je ne pouvais enseigner efficacement sans m'impliquer, et justement parce que j'étais de ceux qui choisissent d'aimer et de perdre, quand venait la séparation, j'étais prête. C'était toujours douloureux, et plus j'aimais un enfant, plus cela faisait mal. Mais quand le moment venait de nous séparer, ou lorsqu'en toute honnêteté je devais renoncer à cet enfant, ne pouvant plus rien faire pour lui, j'y parvenais. Parce que je gardais en moi, chaque fois, le souvenir inestimable de ce que nous avions vécu, avec la conviction que des beaux souvenirs sont le bien le plus précieux que l'on puisse donner à l'autre. Rien de ce que je pouvais faire pour Sheila, même si je la suivais tout au long de sa scolarité, ne lui garantirait le bonheur. Elle seule y parviendrait. Tout ce que je pourrais lui offrir serait mon amour et mon temps. Et puis il y aurait la séparation, tout aussi douloureuse. A la fin, mes efforts se réduiraient, une fois encore, à des souvenirs.

Pourtant, en l'observant, je me dis avec angoisse que nous n'avions pas eu assez de temps pour guérir complètement ses blessures, qu'elle n'était peut-être pas assez forte pour supporter ma douloureuse façon d'enseigner. Car si cette méthode me convenait, n'étais-je pas injuste envers elle en ne lui laissant aucun choix ? Mais qu'aurais-je dû faire ? Mon cœur se déchirait à l'idée qu'il y avait eu maldonne : cette enfant que l'on m'avait confiée, je ne pouvais que lui faire du mal. Oh ! bien sûr, une attitude utopiste était toujours possible en théorie. Mais dans la pratique, mieux valait un bon vieux conformisme — c'était moins risqué.

Lentement, je me levai et m'approchai d'elle, qui restait muette, et dont je n'entendais que les reniflements.

— Va-t'en, dit-elle d'une voix calme mais ferme, à travers ses doigts.

— Pourquoi ? Parce que tu pleures ?

Elle baissa les mains et me jeta un bref coup d'œil.

— Non. (Elle se tut.) Parce que je ne sais plus quoi faire.

Je m'assis en face d'elle, disposai un coussin et m'y appuyai. Je ne ressentis pas le besoin, pour la première fois, de passer mes bras autour d'elle pour soulager son chagrin. La dignité l'enveloppait comme une cape. Nous étions égales soudain — il n'y avait plus ni femme ni enfant. Je n'étais plus celle qui apporte sagesse, intelligence et force. Nous étions égales dans notre humanité.

— Pourquoi tu continues pas à me faire du bien, comme avant ? dit-elle enfin.

— Parce que ce n'est pas moi qui te fais du bien. C'est toi. Je suis là simplement pour que tu saches que quelqu'un se soucie de toi. Que quelqu'un se préoccupe de ce qui peut t'arriver. Et où que je sois plus tard, je m'inquiéterai toujours de savoir comment tu vas.

— Tu es comme ma maman, dit-elle.

Sa voix était douce, et sans une nuance de reproche, comme si elle avait déjà compris le comment et le pourquoi des choses.

— Non, Sheil. (Je la dévisageai un instant.) Ou peut-être que si. Peut-être que ta maman a eu autant de mal à te quitter que moi. Peut-être qu'elle a autant souffert.

— Elle m'a jamais vraiment aimée. Elle aimait mieux mon frère. Elle m'a laissée sur l'autoroute comme un chien. Comme si j'étais même pas à elle.

— Je n'en sais rien. Je ne sais rien de ta mère, ni pourquoi elle a agi ainsi. Et toi non plus, Sheila. Tout ce que tu sais, c'est ce que tu as ressenti. Mais ta maman et moi, ce n'est pas la même chose. Je ne suis pas ta mère. Même si tu le souhaites très fort, je ne le suis pas.

Ses larmes redoublèrent. Elle tripotait la ceinture de son pantalon.

— Je le sais.

— Je sais que tu le sais. Mais je sais aussi que tu aurais bien voulu. Et moi aussi, quelquefois, j'en ai rêvé. Mais ce n'a jamais été qu'un rêve. Je suis ton institutrice, et quand l'année scolaire sera terminée, je serai simplement ton amie. Mais je serai ton amie. Aussi longtemps que tu voudras de moi.

Elle leva les yeux.

— Ce que je comprends pas, c'est pourquoi les bonnes choses s'arrêtent toujours.

— Tout a une fin.

— Non, pas tout. Pas les mauvaises choses. Elles finissent jamais.

— Si, elles finissent. Si on le veut vraiment. Pas aussi vite que nous aimerions, parfois, mais elles ont une fin, comme tout. Ce qui n'aura pas de fin, c'est ce que nous ressentons l'une pour l'autre. Même quand tu seras grande et que tu vivras ailleurs, tu te souviendras des bons moments que nous avons eus ensemble. Même quand tu auras des problèmes, qui te sembleront ne jamais finir, parfois, tu pourras te souvenir de moi. Et je me souviendrai de toi.

Contre toute attente, elle sourit, d'un petit sourire faible, un peu triste.

— C'est parce qu'on s'est apprivoisées. Tu te rappelles ce livre ? Comment le petit garçon était furieux parce qu'il s'était donné tant de mal pour apprivoiser le renard, et que maintenant le renard pleurait parce qu'il devait partir ? (Elle sourit à ce souvenir, plongée en elle-même, m'oubliant presque. Les pleurs avaient séché sur ses joues.) Et le renard il disait que c'était bien quand même, parce qu'il se rappellerait toujours les champs de blé. Tu te souviens ?

Je hochai la tête.

— On s'est apprivoisées, toutes les deux, hein ?

— Certainement.

— Ça fait pleurer, d'apprivoiser quelqu'un, c'est pas vrai ? Ils pleuraient tout le temps, dans ce livre, et je comprenais pas pourquoi. Avant, je croyais toujours qu'on pleurait seulement quand quelqu'un nous battait.

Je hochai de nouveau la tête.

— On prend le risque de pleurer quand on se laisse apprivoiser. Je crois que c'est normal.

Sheila serra les lèvres et essuya les dernières traces de larmes sur son visage.

— Ça fait très mal quand même, pas vrai ?

— Oh ! oui, ça fait très mal.

20.

Sheila retourna dans la classe de Mrs. Ginsberg le lendemain matin, et supporta les trente-cinq minutes sans trop de difficultés. Nos problèmes étaient loin d'en êtıe résolus pour autant. Car si Sheila admettait que l'année scolaire se terminait et que nous ne serions plus ensemble, elle ne l'acceptait pas de bonne grâce. Je doutais qu'elle y parvînt dans les deux semaines qui nous restaient. Son comportement se fit un peu plus fruste, oscillant entre la colère et la crainte de me perdre. Elle ne parvenait pas à faire clairement la distinction entre notre séparation et ce qui s'était passé avec sa mère. Il fallait sans cesse que nous discutions de ce problème, bien plus en détails encore que lors de ses précédentes obsessions. Elle se raccrochait au *Petit Prince* comme à la preuve littéraire, tangible, que les gens se séparaient, et que cela faisait mal, et qu'ils pleuraient, mais qu'ils s'aimaient toujours quand même. Elle avait toujours le livre à portée de la main, et elle pouvait en citer des extraits de mémoire. Les phrases imprimées semblaient avoir plus de poids pour elle que mes paroles.

Elle savait fort bien pleurer, maintenant. La plupart des jours qui suivirent la trouvèrent en larmes, ou au bord. Ses yeux étaient constamment en eau, comme s'ils avaient une fuite ; les pleurs dégoulinaient sur ses joues même si elle souriait ou s'amusait. Quand je l'interrogeais, la plupart du temps, elle ne savait pas pourquoi elle pleurait. Je laissai couler ses larmes sans m'en inquiéter. Il y avait si longtemps qu'elle n'avait pas pleuré qu'elle devait s'y habituer, prendre la mesure de son émotion, et si cela l'aidait à se préparer pour l'épreuve à venir, tant mieux. Peu à peu les larmes disparurent.

Mais au plus profond d'elle persistait sa merveilleuse aptitude à la joie et au courage. Elle allait affronter la tâche la plus difficile de son existence. Tout ce qui lui était arrivé jusque-là, elle avait dû le subir, n'ayant d'autre choix que de baisser la tête et tenter de survivre dans la tourmente. Mais cette fois, elle savait ce qui se préparait et luttait bravement pour garder son sang-froid. En la voyant venir à bout de ses pleurs, serrer sur sa poitrine l'exemplaire délabré du *Petit Prince* et m'assaillir sans pitié de questions sur ce qui se passait et pourquoi, je sus qu'elle y parviendrait. Elle était forte ; sans doute plus forte que moi. Mon expérience des enfants perturbés m'avait profondément convaincue de leur extrême résistance. Contrairement à ce que l'on croyait, ils étaient loin d'être fragiles. Le fait qu'ils aient survécu à tant de souffrances en était la preuve. Et si on leur offrait ce qui semble banal à tant d'entre nous, si on leur offrait la tendresse, le soutien, la confiance et le respect de soi que nous ne remarquons même pas, souvent, lorsque nous les possédons, ils étaient capables, bien plus que nous, de se dépasser. Sheila en était la vivante illustration. Elle ne renoncerait jamais à son effort.

Au milieu de l'agitation qui marquait la fin de l'année scolaire, ce fut mon anniversaire. Nous accordions une grande importance aux anniversaires dans notre classe, en partie parce que les enfants, pour la plupart, n'avaient pas d'autre occasion de célébrer le leur, et en partie parce que j'aime bien les fêtes. Il semblait tout aussi logique que les enfants célèbrent celui d'Anton, de Whitney, ou le mien. Après tout, nous étions nés un jour, nous aussi, et je n'avais pas assez de modestie pour feindre de ne pas y attacher d'importance. A la date prévue, donc, j'apportai un gros gâteau jaune en forme d'éléphant et de la glace au chocolat.

La journée ne se passa pas tellement bien. Il n'arriva rien de grave, simplement des tas de petites contrariétés dont les enfants ont parfois le secret. Peter s'était battu dans le car et entra dans la classe avec un nez sanguinolent et une bonne dose d'animosité. A la récréation, Sarah se mit en colère contre Sheila, qui se mit en colère contre Tyler, qui pleura. Puis Sheila envoya du sable à Sarah, qui pleura. Le coin de repos connut une grande affluence toute la journée. Ce ne fut cependant qu'au cours de l'après-midi que je perdis patience. Lorsque Whitney alla chercher la glace dans la salle des maîtres, elle découvrit que l'une des classes de cours moyen l'avait mangée, la prenant pour la sienne. J'installai néanmoins le gâteau. Peter et William chahutaient, tandis que nous faisions les préparatifs. Ils avaient pris deux cubes, avec lesquels ils faisaient semblant de jongler. Je leur demandai d'arrêter, sans succès. Un gamin me tira par le bras et mon attention fut détournée un instant. Et soudain, ce fut la catastrophe. William avait lancé un cube à Peter qui, en reculant pour l'attraper, trébucha sur Sheila, assise par terre. Il tomba sur elle et ils s'écroulèrent tous deux. Avant que j'aie eu le temps de réagir, Sheila brandissait un cube vers Peter. Il prit une chaise et la lança violemment dans sa direction. La chaise alla cogner la table, puis Max, puis le gâteau. Mon éléphant jaune explosa en mille morceaux.

— Bon, ça suffit, maintenant ! hurlai-je. Asseyez-vous chacun sur une chaise, la tête dans les bras.

— Mais c'était pas ma faute, protesta Guillermo. J'ai rien fait.

— J'ai dit *tout le monde.*

Tous les gamins, même Max et Freddie, trouvèrent une chaise et s'assirent. Tous sauf Sheila.

— C'est pas être ma faute si cet imbécile de Peter a trébuché sur moi.

Elle était assise par terre, à l'endroit où Peter l'avait bousculée.

— Assieds-toi sur une chaise et mets la tête sur la table, comme tout le monde. Cette fois, j'en ai plus qu'assez de vous tous. Vous n'avez su faire que vous chamailler toute la journée. Voilà où ça vous mène. Sur une chaise, avec la tête dans les bras.

Sheila restait par terre.

— Lève-toi, Sheila.

Avec un grand soupir elle se leva et prit une chaise. Elle l'installa à côté de Tyler, s'assit et baissa la tête.

Je les regardai. Quelle bande d'affreux jojos. Whitney et Anton ramassaient les morceaux de gâteau sur la moquette. Anton roula les yeux quand je m'approchai. Je lui souris d'un air las. En fait, j'avais envie de pleurer. Sans aucun motif particulier, si ce n'est que j'avais souhaité une journée exceptionnelle et me retrouvais avec un jour comme les autres. Et aussi pour mon éléphant jaune, qui m'avait demandé tant de temps, et qui finissait en miettes sur la moquette.

Lorsque je me retournai vers les gosses, Peter m'épiait d'un œil par-dessus son bras. J'agitai un index dans sa direction et lui fis mon regard noir. Il se cacha de nouveau le visage. Je regardai la pendule et laissai tourner la grande aiguille

— Bon, écoutez-moi tous, si vous vous sentez capables de vous conduire en êtres humains, vous pouvez vous lever. Il nous reste dix minutes. Allez ramasser les restes du gâteau et trouvez-vous une activité tranquille. Que je n'entende plus un seul mot de dispute.

Sheila garda la tête sur la table.

— Sheil, tu peux te lever.

Elle resta immobile, la tête dans les bras. Je vins près d'elle et m'assis sur la chaise d'à côté.

— Je ne suis plus en colère. Tu peux te lever et aller jouer.

— Nooon, fit-elle. C'est mon cadeau d'anniversaire. Je ferai plus une seule bêtise de toute la journée.

Après la classe, Whitney emmena Sheila dehors et je descendis avec Anton dans la salle des maîtres. Je m'installai dans l'unique fauteuil confortable de la pièce, la tête sur le dossier, les pieds sur la table, bras sur les yeux.

— Quelle journée ! dis-je.

Comme Anton ne répondait pas, je me redressai et ouvris les yeux. Il n'était plus là. Je ne l'avais même pas entendu sortir. Oh ! tant pis, et je m'adossai de nouveau. Je faillis m'endormir.

— Tor ?

Je levai les yeux. Anton était là, au-dessus de mon fauteuil.

— Bon anniversaire.

Il me tendit une épaisse enveloppe.

— Hé là, vous n'auriez pas dû. C'est la règle, ici.

Il sourit de toutes ses dents.

— Ouvrez-la.

Je découvris une carte humoristique, où se déchaînait un serpent vert. Un papier en tomba.

— Qu'est-ce que c'est ? demandai-je.

— Mon cadeau.

J'ouvris la feuille. C'était la photocopie d'une lettre.

Cher Mr. Antonio Ramirez,

L'Université du Comté de Cherokee a le grand plaisir de vous annoncer que vous avez été désigné comme l'un des lauréats de la Bourse Dalton E. Fellows.

Félicitations. Nous attendons votre venue parmi nous à la rentrée prochaine.

Je levai les yeux vers Anton. Malgré ses efforts, il ne parvenait pas à maîtriser ses lèvres, qui s'étirèrent enfin en un sourire éblouissant. J'avais envie de le féliciter. De lui dire combien cette lettre me faisait plaisir. Je ne dis rien. Nous restâmes là à nous regarder. Et à sourire.

J'avais téléphoné à Ed au sujet de l'avenir de Sheila, et il convoqua une réunion de l'équipe pédagogique. J'insistai pour que Sheila fût placée dans la classe de mon amie Sandy McGuire, à l'école Jefferson. Sandy était une enseignante jeune et sensible, qui ne perdrait pas Sheila de vue, j'en étais certaine. Elle m'avait souvent parlé de Sheila depuis que j'avais suggéré que la fillette serait bientôt prête à reprendre une scolarité normale.

Tout d'abord, Ed ne fut pas enthousiaste. Il n'aimait pas mettre des enfants dans des classes au-dessus de leur âge. En outre, Sheila était petite pour ses sept ans. La plupart des gamins de huit et neuf ans la dépasseraient d'une demi-tête. Nous discutâmes longuement. Sur le plan scolaire, elle était en avance de deux classes par rapport aux élèves de cours préparatoire, qui étaient, eux aussi, de toute façon, plus grands qu'elle. Il n'existait pas, dans son cas, de solution idéale. Je préférais, pour ma part, la confier à une enseignante qui continuerait à la soutenir dans son développement affectif, que me préoccuper de sa taille ou de son Q. I. De toute évidence, elle ne serait jamais comme les autres sur le plan scolaire ; il ne servait donc à rien de créer une nouvelle source de problèmes : si on la plaçait en cours préparatoire, je craignais que Sheila, n'ayant rien qui pût stimuler suffisamment sa réflexion, ne fît des bêtises, par désœuvrement. Le groupe se prononça finalement pour une mise à l'essai dans la classe de Sandy. Elle passerait également deux heures par jour auprès d'un rééducateur psychopédagogique qui l'aiderait à résoudre ses problèmes affectifs et à satisfaire son avance sur le plan scolaire.

Au cours de l'avant-dernière semaine de classe, j'annonçai à Sheila qu'elle irait à Jefferson l'année suivante. Je lui dis que je connaissais très bien sa future maîtresse, que nous étions des amies de longue date, et suggérai que nous allions voir Sandy dans sa classe, un jour après l'école. Ne pouvant digérer en même temps la nouvelle de son départ et ma proposition, Sheila déclara avec la plus grande fermeté qu'elle n'irait pas, ni ne rencontrerait jamais Sandy. Mais un peu plus tard, après avoir entendu les autres gamins s'extasier sur le fait qu'elle allait sauter une classe, Sheila décida qu'après tout, cela ne la dérangeait pas tant que cela de faire la connaissance de Sandy.

Le mercredi après-midi, je grimpai avec Sheila dans ma petite voiture juste après la sonnerie, et partis pour l'école Jefferson, à l'autre bout de la ville. Comme nous avions une demi-heure devant nous, Sandy terminant ses cours à trois heures et demie, je fis un arrêt chez Baskin-Robbins pour acheter des glaces. Sheila choisit une double boule à la réglisse. J'eus le tort de ne pas prendre de serviettes en papier en revenant à la voiture.

Quand nous arrivâmes à Jefferson, Sheila semblait avoir changé d'ethnie. Elle avait de la glace noire partout, sur les joues, le menton, les cheveux et le devant de son chemisier. J'étais éberluée — il n'y avait pas un quart d'heure, elle était encore toute propre. Je n'avais même pas un kleenex, et je retirai ce que je pus avec la main. Sheila se cramponna à moi tandis que nous entrions dans l'école.

Sandy éclata de rire en voyant Sheila. Je ne pouvais l'en blâmer. Sheila ressemblait à une gamine de quatre ans, ainsi barbouillée de glace, et la peur lui donnait l'air solennel d'une petite orpheline. Elle s'appuyait de tout son poids contre ma jambe.

— Mais dis-moi, on dirait que tu as mangé quelque chose de bon, dit Sandy en souriant. Qu'est-ce que c'était ?

Sheila la regarda avec de grands yeux.

— De la glace, murmura-t-elle.

Je me demandai ce que Sandy pouvait bien penser. Je l'avais convaincue d'accepter Sheila essentiellement en lui vantant ses dons exceptionnels et son incomparable agilité verbale. Pour l'instant, Sheila était tout, sauf une incarnation de l'intelligence.

Mais c'était mal connaître Sandy. Elle avança des chaises, s'assit avec nous et entreprit de connaître en détails la passion de Sheila pour les glaces. Après quoi elle nous fit visiter sa classe. La salle de classe typique. Jefferson était un bâtiment de briques ancien et massif, avec des salles immenses. La classe contenait sans difficulté vingt-sept pupitres, ainsi qu'un certain nombre de « coins de travail » disposés sur son pourtour. Comme je pouvais m'y attendre de la part de Sandy, elle était en désordre. Des piles de cahiers de travaux pratiques défiaient les lois de la gravité sur un coin de table, des bribes de carton à maquette jonchaient les allées. J'étais loin de briller par mon soin et mon goût de l'ordre, mais Sandy me surpassait largement dans ce domaine. Il devait bien y avoir une demi-douzaine d'objets ou de dessins en cours de réalisation. Au fond de la salle, il y avait une bibliothèque bien garnie et une gerbille en cage.

Sheila se dégela peu à peu et revint à la vie. Les livres l'intéressèrent et finirent par vaincre sa timidité. Bientôt, elle se baladait un peu partout, inspectant les lieux. Sandy me fit un grand sourire complice, tandis que nous observions Sheila en silence. Elle y arriverait.

Dressée sur la pointe des pieds pour voir les couvertures des cahiers, Sheila en prit un au sommet d'une pile et le feuilleta. Elle vint vers moi, le cahier à la main.

— C'est pas les mêmes que les tiens, Torey, dit-elle.

— C'est sûrement sur ce genre de cahier que tu travaillerais, si tu étais ici.

Elle continua à l'examiner. Puis elle se tourna vers Sandy.

— J'aime pas tellement les cahiers de travaux pratiques.

Sandy plissa les lèvres et hocha lentement la tête.

— Tu n'es pas la seule dans ce cas. Ils n'ont pas l'air très rigolos, hein ?

Sheila la dévisagea un moment.

— Je les fais quand même. C'est Torey qui m'a appris à les faire. Avant, j'en faisais jamais, mais maintenant, si. Il a pas l'air trop dur, celui-ci. J'y arriverais, je crois. (Elle regarda attentivement une page.) Il a fait une faute, l'élève. Regarde, il y a une marque rouge à côté. (Elle me la montra.)

— Les élèves font parfois des fautes, dit Sandy.

Il faudrait que je lui parle de l'allergie de Sheila aux corrections. Ce serait l'une de ses tâches, l'an prochain : atténuer l'angoisse de Sheila devant ses erreurs.

— Qu'est-ce que vous leur faites ? demanda Sheila.

— Quand ils se trompent ? dit Sandy. Oh ! je leur demande simplement de recommencer. S'ils ne comprennent pas, je les aide. Tout le monde se trompe, de temps en temps. Ce n'est pas bien grave.

— Vous battez les enfants ?

Avec un grand sourire, Sandy secoua la tête.

— Non. Certainement pas.

Sheila me désigna du menton.

— Torey, elle le fait pas non plus.

Nous restâmes avec Sandy près de trois quarts d'heure. Sheila posait des questions, s'enhardissait. Je proposai finalement que nous partions, afin d'attraper son car. A la porte, Sandy invita Sheila à venir passer quelques heures dans sa classe, avant les vacances pour qu'elle voie comment se déroulait un cours élémentaire quand les enfants étaient là. Je la remerciai de nous avoir reçues et nous filâmes vers la voiture.

Sheila ne dit rien pendant la majeure partie du trajet. Au moment où je garais la voiture dans le parking, elle se tourna vers moi.

— Elle est pas trop mal, je crois.

— Bon, je suis contente qu'elle t'ait plu.

Nous descendîmes de voiture. Sheila me prit la main tandis que nous marchions vers le bâtiment de l'école.

— Tor, tu crois que je pourrais aller dans la classe de Miss McGuire un de ces jours ?

— Tu en as envie ?

— Ça me dérangerait pas.

Je hochai la tête. Je m'étirai, pris une fleur au cornouiller qui surplombait la porte d'entrée, la lui fixai dans les cheveux.

— Parfait, Sheil, je pense que nous pouvons organiser ça.

Le lundi de la dernière semaine, Anton conduisit Sheila dans la classe de Sandy. Elle avait décidé d'y rester toute la journée, et non seulement la matinée, ainsi que je le lui avais suggéré. Elle voulait déjeuner au self-service, payer son repas et choisir ce qu'elle avait envie de manger, comme les autres. Dans notre école, mes gamins étaient les derniers à prendre leur repas, et ils trouvaient les plateaux tout prêts, déjà installés sur les tables. Sheila voulait voir quel effet cela faisait d'être une élève normale. Mon cœur se serra un peu quand je la vis s'éloigner avec Anton, sa petite main dans la sienne. Elle avait préféré mettre la robe rouge, blanche et bleue que Chad lui avait offerte, plutôt que le jean et le chemisier que nous avions achetés pour tous les jours avec l'argent de son père. Elle me demanda de lui faire une queue de cheval, à laquelle elle fixa un morceau de fil qu'elle avait trouvé dans la boîte des travaux manuels. Elle semblait si minuscule, à côté d'Anton, et si vulnérable.

Sheila revint cet après-midi-là avec l'air grave et satisfait d'une femme d'expérience. La journée s'était fort bien passée, et elle souriait de fierté en racontant comment elle avait traversé tout le self avec son plateau sans renverser une goutte, et comment une fille dénommée Maria, qui avait les cheveux noirs les plus longs, les plus brillants et les plus jolis qu'elle eût jamais vus, lui avait fait une place à côté d'elle pour manger. Il y avait eu quelques anicroches. Elle s'était perdue en revenant des toilettes. Au ton de sa voix, je compris qu'elle avait dû avoir très peur. Mais elle retrouva finalement son chemin. Et, ajouta-t-elle avec un sourire d'orgueil, elle n'avait dit à personne qu'elle s'était perdue. A la récréation, elle découvrit que la robe longue, quoique ravissante, la gênait pour jouer. Elle se prit les pieds dedans en courant et s'écorcha les genoux. Elle la souleva pour me montrer. Les égratignures n'étaient plus très visibles, mais elles faisaient mal, me signala-t-elle. Elle n'avait pas pleuré. Sandy, qui l'avait vue tomber, était venue la consoler. Le visage rayonnant, Sheila me dit combien Sandy sentait bon quand elle l'avait prise dans ses bras et lui avait soufflé sur les genoux pour qu'elle n'ait plus mal. L'un dans l'autre, c'était une bonne journée. Sheila déclara qu'elle serait bien dans cette classe, mais elle espérait que Maria redoublerait, afin qu'elles soient dans la même classe l'année suivante. Je m'empressai de lui signaler qu'elle pourrait être copine avec Maria sans lui souhaiter pour autant cette malchance. Pour la première fois, Sheila n'avait pas cet air meurtri à l'idée de quitter ma classe ; elle n'en parla même pas. Au contraire, elle ponctuait sans cesse sa conversation de « L'an prochain, Miss McGuire dit que je peux... » ou « Miss McGuire me fera faire... quand je serai dans sa classe, l'an prochain. » Ce fut pour moi un moment doux et mélancolique, car je savais qu'une autre avait pris ma place.

Le dernier jour, nous fîmes un pique-nique. Je contactai tous les parents, et la plupart nous rejoignirent dans le parc, à quelques rues de l'école. Nous apportions des paniers-repas de la cantine, ainsi que de quoi composer de grosses glaces ; les parents vinrent avec des gâteaux et autres friandises. Le parc était immense, avec un petit zoo et une vaste mare à canards. Des parterres de fleurs étincelaient dans le soleil de juin. Les enfants s'éparpillèrent dans toutes les directions, chacun suivi d'un parent.

Le père de Sheila ne vint pas ; nous ne l'attendions pas vraiment. Mais Sheila était arrivée le matin vêtue d'une barboteuse blanche et orange vif. Elle semblait gênée d'exposer une si grande partie d'elle-même, et elle passa la première demi-heure à se promener les bras serrés autour du corps. Mais Anton s'extasia sur la couleur splendide de la barboteuse et menaça de la lui voler s'il en avait l'occasion. L'idée de voir Anton dans sa barboteuse la fit rire et la détendit, et elle se mit à danser pour nous sur la moquette de la salle, tandis que nous attendions les autres. Son père lui avait acheté la barboteuse la veille, dans un magasin à bas prix, et c'était, dans son souvenir, la première chose qu'il lui eût jamais offerte. Elle était folle de joie et ne pouvait tenir en place. Tout le long du trajet jusqu'au parc, elle fit des pirouettes sur le trottoir, ses cheveux blonds tourbillonnant autour d'elle.

Dans le parc, elle continua ses folles gambades. J'étais assise au soleil, au bord de la mare, après déjeuner, avec Anton et Whitney, et nous la regardions. Elle était à une dizaine de mètres de nous, sur l'allée qui faisait le tour de la mare. Concentrée sur quelque musique intérieure, elle glissait et virevoltait en mesure. Les promeneurs la contournaient, l'air amusé. Un saut, une pirouette, puis quelques arabesques. C'était presque irréel, de la voir danser seule dans le soleil, ses cheveux dessinant une grande roue jaune et scintillante. Sans se soucier le moins du monde des passants, des autres gamins, d'Anton, de Whitney ou de moi, elle vivait un rêve secret de danse. Mes compagnons devaient ressentir la même étrange fascination que moi. Anton l'observait sans un mot. Whitney penchait la tête, comme pour tenter de capter cette musique qu'aucun de nous n'entendait.

Anton se tourna vers moi.

— On dirait un esprit, non ? On a l'impression que si on cligne un peu trop les yeux, elle s'envolera.

Je hochai la tête.

— Elle est libre, dit Whitney tout bas.

Et c'était tellement vrai.

La fin de la journée arriva trop vite. Il fallut remballer nos affaires et rentrer à l'école pour distribuer les derniers devoirs et faire nos adieux. Notre salle, étroite et lambrissée, était presque vide. On avait retiré les dessins et les histoires des murs. Les animaux étaient chez moi. Les noms avaient été enlevés des casiers.

Sheila prit conscience de l'approche irrévocable de la séparation, et perdit sa belle humeur. Lorsque les devoirs furent distribués et que chacun attendait la sonnerie pour rentrer chez soi, Sheila se retira dans le coin, vide maintenant, où étaient les coussins et les cages. Elle s'accroupit par terre, n'ayant rien d'autre. Les autres gamins babillaient, tout excités par les vacances et leurs projets de rentrée. Et tandis qu'Anton leur faisait entonner des chansons, je m'approchai de Sheila.

Les larmes coulaient sans bruit sur ses joues brunies. A défaut de kleenex, elle les essuyait avec ses cheveux. Ses yeux étaient pleins de douleur et de chagrin.

— Je veux pas partir, gémit-elle. Je veux pas que c'est fini. Je veux revenir, Torey.

— Bien sûr, ma chérie. (Je la pris dans mes bras.) Mais c'est l'impression que tu as pour l'instant. Dans quelque temps, tu auras tout un été devant toi, et puis tu iras en cours élémentaire, dans une classe normale. C'est juste un peu difficile maintenant, c'est tout.

— Je veux pas partir, Torey. Et je veux pas que tu pars.

J'écartai doucement sa frange.

— Souviens-toi, je t'ai dit que je t'écrirais. Nous saurons toujours ce qui arrive à l'autre. Nous n'aurons pas l'impression d'être vraiment séparées. Tu verras.

— Non. Je veux rester. (Elle s'efforçait bravement de retrouver son calme, et son petit corps maigrelet tremblait dans mes bras.) Je ferai des bêtises. Je serai pas du tout sage dans la classe de Miss McGuire, et tu seras obligée de revenir.

— Hé là, je ne veux plus entendre ce genre de chose. C'est l'ancienne Sheila qui parle.

— Je serai pas sage. Jamais. Tu ne peux pas m'obliger.

— Non, Sheil, je ne peux pas. C'est toi qui décides. Mais tu sais que cela ne changera rien. Cette année ne reviendra pas, ni cette classe. Ni moi. Je vais retourner en classe, moi aussi, comme je t'ai dit. Ce que tu feras, tu es seule à le décider. Mais cela ne fera pas revenir cette année.

Elle regardait fixement par terre, en faisant la moue.

Je lui souris.

— N'oublie pas que tu m'as apprivoisée. Tu es responsable de moi. Ce qui veut dire que nous nous souviendrons toujours que nous nous aimons. Et aussi que nous allons sans doute pleurer un petit peu. Mais très bientôt, nous nous rappellerons seulement combien nous avons été heureuses ensemble.

Elle secoua la tête.

— Je serai jamais heureuse.

A ce moment, la cloche sonna et les cris emplirent la classe. Je me levai et allai retrouver les autres gamins. En traînant la patte, Sheila me suivit. Ce fut l'heure des au revoir. Tyler et William avaient les larmes aux yeux. Peter poussait des exclamations de joie. Nous échangeâmes étreintes et baisers, et ils s'enfuirent en courant dans la chaleur de juin.

Sheila rentrait au camp par le car du lycée. Le jour de la sortie, le car ne partait que peu de temps après ceux de l'école primaire. Je calculai qu'après avoir fait ses adieux à Anton et à Whitney et ramassé ses affaires, Sheila aurait juste le temps d'aller à pied jusqu'à l'arrêt de son car, à deux rues de là.

Elle eut du mal à se séparer d'Anton. D'abord, elle se cacha le visage et refusa de le regarder. Il la cajolait pour lui tirer un sourire, en lui disant des petites choses en espagnol qui m'échappaient, mais qu'elle comprenait. Après tout, lui rappela-t-il, ils se reverraient au camp. Il lui promit de l'emmener chez lui pour qu'elle joue avec ses deux petits garçons. Je dus recourir à un ultimatum. Je l'accompagnerais jusqu'à son car, mais elle devait partir sur-le-champ. Elle se tourna alors vers Anton et l'étreignit comme un lutteur dans ses bras minuscules. Elle fit un signe à Whitney et me prit la main. A la porte, elle s'arrêta, me lâcha et courut enlacer Anton une dernière fois. Elle l'embrassa sur la joue et revint aussitôt vers moi. Les larmes scintillèrent dans ses yeux tandis qu'elle ramassait ses affaires, quelques devoirs et l'exemplaire fatigué du *Petit Prince,* souvenir bien réel de ce qui avait existé. Nous descendîmes les marches et partîmes en direction du lycée.

Elle ne dit pas un mot pendant tout le trajet. Moi non plus. Les phrases étaient inutiles désormais. Elles auraient tout gâté. Le car attendait dans l'allée en demi-cercle du lycée, mais les élèves n'étaient pas encore montés. Le chauffeur nous fit un signe de la main et Sheila courut poser ses affaires sur un siège. Puis elle descendit du car et revint vers moi.

Elle me regarda, en protégeant ses yeux de la lumière. Je

la regardai. Une brève éternité sembla se poser dans les feux du soleil qui resplendissait.

— Au revoir, dit-elle tout bas.

Je me mis à genoux et la pris dans mes bras. Mon cœur bourdonnait à mes oreilles, et j'avais la gorge trop serrée pour parler. Puis je me levai et elle courut vers le car. Elle courut sans se retourner, mais sur les marches, elle s'arrêta. Les élèves étaient arrivés, et elle devait attendre pour monter. Elle regarda vers moi. Puis soudain, elle revint en courant.

— C'était pas vrai, fit-elle à bout de souffle. C'était pas vrai, quand j'ai dit que je ferais tout plein de bêtises. Je serai sage. (Elle leva vers moi un regard solennel.) Pour toi.

Je secouai la tête.

— Non, pas pour moi. Sois mignonne pour toi.

Elle me fit un petit sourire mystérieux. Puis en moins d'une seconde elle repartit vers le car, grimpa les marches en courant et disparut. Je vis bientôt son visage à la vitre arrière, appuyé contre le verre. Le chauffeur ferma la porte et le car s'ébranla.

— Au revoir, articulait-elle, le nez écrasé sur la vitre. Je ne sus pas si elle pleurait. Le car tourna et prit l'allée. Une petite main s'agita, frénétiquement d'abord, puis plus en douceur. Je levai la main et souris tandis que le car s'engageait dans la rue et s'évanouissait au tournant.

— Au revoir, parvins-je à articuler d'une voix presque inaudible, tant ma gorge me faisait mal.

Après quoi je m'en revins.

Épilogue

Il y a un an, je reçus au courrier une page de carnet chiffonnée, tachée de gouttes d'eau, écrite au feutre bleu. Aucune lettre ne l'accompagnait.

A Torey
avec tout mon « amour »

Tous les autres sont venus
Ils ont essayé de me faire rire
Ils ont joué avec moi
Parfois pour rire et parfois pour de bon
Et puis ils sont partis
En m'abandonnant dans les ruines de leurs jeux
Et je ne savais plus lesquelles étaient pour de bon
et lesquelles pour rire et
je me suis retrouvée seule
avec les échos de rires
qui n'étaient pas les miens.

Et puis tu es venue
Avec tes drôles de manières
pas tout à fait humaines
Et tu m'as fait pleurer
Et cela ne semblait pas avoir d'importance
Tu m'as dit qu'il n'était plus temps
De jouer
Et tu as attendu
Que mes larmes se changent en
Joie.

Achevé d'imprimer en juin 1983
sur presse CAMERON
dans les ateliers de la S.E.P.C.
à Saint-Amand-Montrond (Cher)
pour le compte de France Loisirs
123, boulevard de Grenelle, Paris

Dépôt légal , juin 1983
N° d'édition : 8069. N° d'Impression 987
Imprime en France